JOHANN WILHELM THOMSEN

Hannes im Glück

Eine Erfolgsgeschichte aus der Nachkriegszeit

Roman

Verlag Boyens & Co.

ISBN 3-8042-0864-9

Umschlaggestaltung: Günter Pump unter Verwendung von zwei Bildern aus dem Privatbesitz des Autors

Druck: Boyens Offset, Heide

Printed in Germany

I.

„Eine wirklich große Leistung ist nur möglich in der Freiheit. Wenn wir von Freiheit reden, so glauben wir an den schöpferischen Menschen“

Theodor Heuss

Im Grunde bin ich kein Händlertyp, habe nie Freude am Feilschen gehabt. Im Gegensatz zu meinem Vater, der stundenlang um ein paar Ochsen handeln konnte. So zum Beispiel das eine Mal, als er in unserer Kreisstadt Heide den Viehhändler Hans Hebbel auf dem Südermarkt traf, Hans Hebbel, den sie den ‚Gräserkönig' nannten. Der wollte meinem Vater eine Partie fetter Ochsen abkaufen, und da mein Vater sie auch verkaufen wollte, hätte die Angelegenheit in wenigen Minuten abgehandelt sein können. Weil hier aber zwei Handelsprofis aufeinander trafen, dauerte die Sache mit ‚Sich-gegenseitig-in-die-Hände-Schlagen', ‚Auf-die-Schulter-Klopfen', ‚Am-Rockaufschlag-Ziehen' und ‚Vom-Hundertsten-ins-Tausendste-Kommen' eine geschlagene Stunde. Das Ganze war filmreif, und die beiden konnten über Zuschauermangel auch nicht klagen. Ich stand dabei und dachte schon nach kurzer Zeit: „Wann kommen die endlich mal zu Potte?"

Das war immer mein Fehler: Mir fehlte die Geduld, ich habe immer zu früh ja gesagt.

Wenn ich später trotzdem Inhaber einer großen Supermarktkette geworden bin und mein Name Hans Martin Wiebensohn in den Firmennamen mehrerer großer Handelsunternehmen eingetragen ist, liegt der Grund dafür nicht in meinem Händlergeschick, sondern in der konsequenten Umsetzung einer guten Idee! Der Idee nämlich, dass die Landwirtschaft selbst etwas für den Absatz ihrer Erzeugnisse tun muss: Dass sie die von ihr erzeugten Lebensmittel selbst verarbeiten und selbst verkaufen sollte und dass sie vom Erzeuger bis zum Verbraucher die Ware in der Hand behalten muss und keine fremden Händler ins Geschäft lassen darf, die ihr das Gesetz des Handelns aus der Hand nehmen.

Dabei habe ich das Handeln, Kalkulieren, Werben und Verkaufen immer meinen Mitarbeitern überlassen. Ich selbst bin der Organisator, der die große Linie vorgibt und der das Risiko trägt!

Ich bin auch kein musischer Typ. Meine Fähigkeiten in künstlerischer Hinsicht beschränken sich auf ein wenig Mundharmonikaspielen, und mein Repertoire setzt sich aus den zwei Kinderliedern „Hänschen klein" und „Kommt ein Vogel geflogen" zusammen.

Wenn trotzdem eine Reihe bekannter und berühmter Schauspieler, Maler, Musiker, Schriftsteller, männliche und weibliche, zu meinem Freundes- und Bekanntenkreis zählen, ist das dem Umstand zuzuschreiben, dass ich mit einer berühmten Sängerin verheiratet bin.

Das hat mir niemand an der Wiege gesungen, und noch als „Stenz“, wie man uns Burschen nach dem Krieg und bis zur Währungsreform nannte, hatte ich nur drei Interessen: Arbeit, Schnaps brennen und Mädchen. Und das in genau dieser Reihenfolge!

Ein paar Jahre später, inzwischen war D-Mark-Zeit, hieß es dann: Mädchen, Motorräder, Arbeit! Die holde Weiblichkeit hatte sich an die erste Stelle vorgeschoben, doch auch die Arbeit hatte den ihr zukommenden hohen Stellenwert behalten. Denn wir waren eine Generation mit Biss!

Nachdem seit damals Jahrzehnte vergangen sind, haben sich meine Wertvorstellungen wieder verschoben: Familie, Geschäft, Bauernstand!

Familie, weil meine Frau Gesine Möller, die Sängerin, und ich drei prächtige Kinder haben. Geschäft, weil die schon erwähnte Supermarktkette und Lebensmittel verarbeitende Betriebe mit tausenden von Mitarbeitern und einem Milliardenumsatz volle Aufmerksamkeit verlangen.

Und Bauernstand? Ich verwende diesen altmodischen Begriff, um mit einem Wort zu verdeutlichen, um was es mir geht: Bewahrung des mir unverzichtbar erscheinenden Wertes der bäuerlichen Landwirtschaft. Dem Bauernsterben, Höfesterben, Dörfer-Plattmachen mit allen mir zur Verfügung stehenden Kräften entgegenzuwirken!

Alles begann Mitte der fünfziger Jahre, meinem dritten Lebensjahrzehnt, der produktivsten Zeit im Leben der meisten Menschen, den Jahren des Schaffens und des Aufbruchs!

Aber nun der Reihe nach: Ich war damals ein schlanker, hochgewachsener junger Mann, Sohn aus einer der alten Dithmarscher Bauernfamilien, die mit einem gewissen Stolz versuchten, ihre Familiengeschichte bis in die Republikzeit zurückzuverfolgen. Was allerdings nicht gelang: Der Stammbaum der Wiebensohns reichte nur bis 1585 zurück, die Dithmarscher Bauernrepublik ging aber schon 1559 zu Grunde.

Meine Vorfahren waren immer Bauern gewesen, und ich war nun das letzte Glied in der Kette, ausersehen, irgendwo im Heimatboden diese Kette festzumachen und den Grund für die Zukunft zu legen. Oder wie der Dichter Saint-Exupéry es ausgedrückt hat, dass man in einer Bauernsippe niemals ganz stirbt, weil jedes Leben wie eine Schote zerspringt und den Samen für weiteres Leben abgibt.

In der Praxis ging es nun darum, den Wiebensohn-Hof in einen modernen landwirtschaftlichen Betrieb umzuwandeln. Aber noch war mein Vater der Bauer, und Jan Wiebensohn war konservativ. Ich hatte zudem einen ziemlich alten Vater, der bei meiner Geburt schon sechsundvierzig gewesen war, also inzwischen auf die siebzig zustrebte.

Ein Mann in diesem Alter hatte schon das Recht, konservative Ansichten zu haben; doch war es ein Kreuz mit ihm, wenn es darum ging, den Betrieb auch nur ein ganz klein wenig zu modernisieren.

Einen ersten Erfolg konnte ich verbuchen, als es mir gelang, den alten, göpelbetriebenen Rübenschneider durch einen neuen zu ersetzen.

Als unsere Geschichte begann, war gerade tiefer Winter mit starkem Frost und Schneefall. Felder, Straßen, Höfe und Häuser verschwanden unter einer dicken Schneeschicht, und auch das Pferd, das hinter unserem Hof seine Runden um den Göpel zog, war auf Kopf, Hals und Rücken von dem allgegenwärtigen Schnee bedeckt.

Ein merkwürdiges Bild: Da stapfte ein Pferd stetig und unbeirrt immer im Kreis herum, ohne dass man einen Kutscher oder Treiber sehen konnte. Es hielt den Kopf etwas gesenkt, wohl um keinen Schnee in die Augen zu bekommen, und aus den Nüstern blies es stoßweise die in der Kälte gefrierende Atemluft. Die Hufe machten so gut wie kein Geräusch, so dämpfte die dicke Schneeschicht am Boden die Tritte des Pferdes. Dafür hing ein eigentümliches, röhrendes und polterndes Geräusch in der Luft, das von den großen, trocken laufenden Zahnrädern des Göpels verursacht wurde.

Man konnte dieser alten Technik einen gewissen Reiz nicht absprechen, doch war sie schon lange nicht mehr zeitgemäß. Es standen damals zwar auf manchen Höfen noch alte Göpel herum, doch wurden nur noch wenige benutzt wie bei uns auf dem Wiebensohn-Hof in Oldenhusen.

Auf dem hintersten Ende der großen Diele war ich mit einem Landarbeiter beschäftigt, Runkelrüben zu schneiden. Ich stand oben auf dem mit Rüben beladenen Ackerwagen und warf sie in den Trichter des Rübenschneiders, der sie mit rotierenden Messern zerschnippelte. Der Schneider wurde von dem Göpel angetrieben, wobei die Kraftübertragung durch eine dicke Welle besorgt wurde, die von draußen durch ein Loch in der Wand in die Diele hineinlief.

Mein Helfer war Fritz Fietkau, ein untersetzter, kräftiger Typ, zwei Jahre älter als ich. Er war 1945 als Flüchtling mit seiner Mutter aus Ostpreußen gekommen und in Dithmarschen hängengeblieben. Seit einigen Jahren war er bei uns als landwirtschaftlicher Gehilfe tätig. Jetzt stand er hinter dem Rübenschneider, schaufelte die geschnittenen Rüben auf einen Haufen und mischte sie dort mit Lagen von Spreu zu einem Futtergemisch.

Nun richtete er sich auf, stützte sich auf seine Schaufel und meinte zu mir aufblickend: „Wir kriegen ja doch noch etwas Winter. Ich wundere mich immer wieder über die milden Winter hier in Holstein. Bei uns zu Hause in Ostpreußen war der Winter noch'n Winter: Das fing im November an zu frieren und hielt erst im März wieder auf, und Schnee lag die ganze Zeit. Dafür war der Sommer dann auch wieder heiß und trocken."

Ich hatte auch mit der Arbeit innegehalten und meinte: „Wir haben zwischendurch auch kalte Winter. Wenn ich mich da an einige Winter im Krieg erinnere, Mann, war das kalt und Schnee, war fast kein Durchkommen!"

Als wolle er nun auch solidarisch Pause machen, stand plötzlich der Rübenschneider still. Der Grund war klar, das Pferd draußen war stehengeblieben. Ihm war wohl das dauernde Im-Kreis-Herumlaufen zu dumm geworden.

Fritz meinte: „Gottlieb ist stehen geblieben, hat keine Lust mehr. Kann ich verstehen. Wenn ich Pferd wäre, wollte ich auch nicht immer im Kreis um den Göpel laufen. Ist ja auch altmodisch so ein Göpel, gab's bei uns zu Hause schon lange nicht mehr."

Damit hatte er mir voll aus dem Herzen gesprochen, und ich konnte ihm nur zustimmen: „Das kannst du man laut sagen. Aber der Alte kann sich von dem Ding nicht trennen. Als ob es keine Elektromotoren gäbe. Aber ich denke, wir müssen sehen, dass wir weiter kommen“, und damit brüllte ich durch die halbgeöffnete Dielentür nach draußen: „Hüh, Gottlieb, hüh!“

Der Wallach zog auch wirklich wieder an, und wir machten weiter. Aber nicht lange und Pferd und Maschine standen wieder still. Wieder erklang von drinnen das „Hüh, Gottlieb“, aber der Wallach reagierte dieses Mal nicht, obwohl auch Fritz mit einstimmte.

Gerade überlegte ich, es müsse nun jemand nach draußen und dort das Pferd antreiben, da erschien mein Vater.

Vater war trotz seines vorgerückten Alters immer noch eine imponierende Figur: Breitschultrig und gewichtig, von hoher Statur und mit einer selbstbewussten Art des Auftretens, wie man sie von einem Dithmarscher Bauern seines Alters auch erwartete. Dabei war er keineswegs arrogant und despotisch, sondern verfügte sogar über eine gehörige Portion Humor, der auch jetzt wieder aufblitzte, als er gutmütig meinte: „Na, hier ruhen alle Wälder, Vieh, Menschen, Städte und Felder?“

Ich kann jetzt im nachhinein nicht mehr sagen, was mich dazu brachte, ein erstes Mal energisch gegen väterliche Autorität aufzumucken. Vielleicht war es auch nur seine Art von Humor, die ich gelegentlich als Sprücheklopferei empfand. Mit raschem Sprung war ich vom Wagen herunter, pflanzte mich vor Vater auf und schimpfte los: „Na, das gefällt dir nicht, dass der Gottlieb mal stehenbleibt? Dabei bist du doch selber schuld! Warum kaufst du keinen neuen Rübenschneider mit Elektromotor? Das ist hier bei uns doch wie im Mittelalter! So’n alten Göpel findest du auf keinem andern Hof mehr; nur bei uns gibts noch solchen Plünnkram!“

Vater war erst einmal sprachlos, Opposition war er von mir nicht gewohnt, und dann kam sie wohl auch ziemlich überraschend.

Dann meinte er etwas kläglich: „Aber der Göpel hat doch immer noch gut funktioniert. Und dann spart er auch Strom.“

Ich war nun schon so in Fahrt, dass ich keine Einwände mehr gelten ließ, und brüllte nur noch lauter: „Der ist vorsintflutlich, weiter nichts als Schrott. Es gibt schon seit dreißig Jahren billigen elektrischen Strom!“

Vater sah ein, dass er hier zur Zeit den kürzeren zog, drehte sich um und verschwand wortlos durch die nächste Tür.

Fritz meinte anerkennend: „Puh, dem hast du es aber gegeben!“

In den frühen fünfziger Jahren konnte man bei uns in den Dörfern noch einen Hauch der alten Zeit spüren. Noch wurde mit Pferden gearbeitet, noch gab es Menschen in Hülle und Fülle als Tagelöhner, Landarbeiterinnen, Hausangestellte und Dorfhandwerker. Und es gab noch so etwas wie Bauernkultur, die sich in alten Höfen und Strohdachhäusern, geschnitzten Schränken und Truhen, Leinenzeug und Tischgeschirr darstellte; und in dörflichen Festen, ländlichen Vereinen, Familientraditionen und der Dorfschule.

Mit einem Wort: Das Dorf war noch intakt!

Dann begannen die Jahre des Aufbruchs, und als erstes Zeichen der neuen Zeit wurde bei uns ein neuer Rübenschneider mit Elektromotor angeschafft. Der Göpel stand nun endgültig still. Dabei hatte die Mechanisierung der Landarbeit schon viel früher begonnen, wurde aber durch die beiden Weltkriege unterbrochen. Schon in den achtziger Jahren des vorigen Jahrhunderts hatte mein Großvater die ersten Mähmaschinen, Drillmaschinen und Düngerstreuer angeschafft. Und den ersten Trecker, einen Lanz-Bulldog kriegten wir auf dem Wiebensohn-Hof schon kurz vor Beginn des Zweiten Weltkrieges. Richtig in Schwung kam die Mechanisierung der Landwirtschaft aber erst in den späten fünfziger und in den sechziger Jahren und führte dann schließlich zum Ein-Mann-Betrieb. Das heißt, auf den Höfen waren nur noch der Bauer und seine Familie tätig.

Aber davon waren wir bei uns damals noch weit entfernt. Das entsprach auch nicht der Mentalität meines Vaters: Jan Wiebensohn musste immer den Hof voller Menschen haben. Er gehörte noch zu der Generation, die dem Grundsatz huldigte: „Wat een Mann kann, dat fallt twee ni to Last!“ Ins Hochdeutsche übertragen: „Was einer leisten kann, fällt zweien nicht schwer.“

Es waren ja auch die vielen Flüchtlinge da, die zu einem großen Teil noch mit auf den Bauernhöfen wohnten und oft auch dort arbeiteten. Auch auf unserem Hof in Oldenhusen waren noch lange Zeit drei Familien zu Hause: Die Familie Arens, Mutter mit drei Kindern, stammte aus Marienburg. Die Familie Großkreutz, ebenfalls Mutter mit drei Kindern, von denen die beiden ältesten schon aus der Lehre waren und auswärts wohnten. Sie kamen aus Hinterpommern, aus der Gegend von Stolp. Und dann waren da noch Auguste Fietkau mit ihrem Sohn Fritz, von dem ich schon erzählt habe.

Von den beiden erstgenannten Familien waren die Männer noch nicht aus dem Krieg zurückgekommen. Der Mann von Frau Arens war noch in russischer Kriegsgefangenschaft; er hatte immerhin schon einige Male geschrieben, und es bestand die Hoffnung, dass er schon bald entlassen würde. Die Familie Großkreutz jedoch hatte von ihrem Mann und Vater seit Jahren keine Nachricht, er gehörte zu dem großen Heer der Vermissten.

Auguste Fietkau war schon lange Witwe, ihr Mann ruhte in heimischer Erde im Samland. Sie selbst arbeitete genau wie ihr Sohn Fritz bei uns und war die Stütze meiner Mutter. Die beiden anderen Familien lebten im wesentlichen von Unterstützung durch die öffentliche Hand; denn die Ernährer waren in Gefangenschaft oder vermisst. Aber auch Frau Arens und Frau Großkreutz arbeiteten gelegentlich bei uns und verdienten dazu. In der Ernte und bei der Hackfrucht wurden damals immer noch viele Hände gebraucht.

Und eng war es damals in unserem Hause. Die Familien Arens und Großkreutz bewohnten jede ein kleines Zimmer, in dem sie auch kochten; denn abgesehen von der ersten Zeit nach Kriegsende, Mai 1945, hatte doch jede Familie ihren eigenen Haushalt. In jedem Zimmer war eine Art Kochhexe, ein kleiner Herd, mit dem gekocht und geheizt wurde. Feuerung stellte zum großen Teil der Hof.

Man muss sich die beengten Verhältnisse in den kleinen Räumen einmal vorstellen: Frau und drei Kinder auf zwei Betten verteilt, Kochecke, ein alter Schrank für die Kleidung, ein kleiner Tisch, ein paar Stühle und die sonstige Habe in Koffern und Kartons auf dem Schrank und unter den Betten.

Auguste Fietkau wohnte zusammen mit einem jungen Mädchen, das als Hausangestellte oder wie man auf plattdeutsch sagte: „Kköksch" bei meiner Mutter arbeitete. Fritz Fietkau wohnte mit einigen weiteren landwirtschaftlichen Gehilfen in der sogenannten Leutestube, die vormals die Schlafstube meiner Eltern gewesen war. Vater und Mutter schliefen in der ehemaligen „Besten Stube", und ich hatte mein Bett in der Wohnstube. Dort stand auch ein langer Tisch, an dem die ganze Belegschaft gemeinsam die Mahlzeiten einzunehmen pflegte. Das waren nie unter zehn Personen, meist mehr.

Also volles Haus!

Die sanitären Anlagen auf dem Wiebensohn-Hof waren damals ziemlich einfach, nach heutigen Verhältnissen kann man sagen: nicht vorhanden. Ein Bad gab es nicht; jeder wusch sich in irgendeiner Schüssel und schüttete das Wasser hinterher draußen aus. Das Wasser stammte aus einem eigenen Röhrenbrunnen, der immerhin schon mit einer Elektropumpe arbeitete. Es gab zwei Wasserhähne, je einen im Stall und in der Waschküche. Es gab natürlich kein WC; ein Plumpsklo im Stall musste für alle Menschen auf dem Hof reichen.

Da dieser Zustand nun schon sieben Jahre dauerte, war es verständlich, dass alle Beteiligten ein Ende der Situation herbeisehnten.

Zwar wurde der Wohnungsbau seit Jahren gewaltig vorangetrieben; doch wurden die Heimatvertriebenen ihrer Meinung nach nicht genügend berücksichtigt. Auch war die Arbeitslosigkeit unter ihnen damals noch besonders hoch. So setzten sie große Hoffnungen auf die vom Bundesvertriebenenminister angekündigten Umsiedlungspläne.

Überall fanden zu diesem Thema Versammlungen statt, und so waren auch eines Tages die Flüchtlinge aus Oldenhusen dabei. Heinz Großkreutz hat mir davon erzählt. Der Saal war gerammelt voll, und die Leute von unserem Hof kriegten man eben noch Platz an einem Tisch, an dem schon einige Leute aus Oldenhusen saßen, unter anderem ein alter Ostpreuße, den sie allgemein nur Opa Buchholz nannten.

„Mensch, Opa Buchholz“, wunderte sich Fritz Fietkau auf seine schnoddrige Art, „sag bloß, du willst auch noch umsiedeln auf deine alten Tage.“

„Na Menschke, wir wollen auch doch mal besser leben, und das wird bei uns Alten langsam Zeit. Aber was weißt du Lorbas schon davon“, konterte der Alte bissig.

„Ich dachte man, du willst doch deine Tabakplantage nicht aufgeben“, bemerkte Fritz. Er spielte damit auf die paar Tabakpflanzen an, die Opa Buchholz immer noch anbaute. Er war einer von den letzten, die sich vom selbstgebauten ‚Machorka‘ nicht trennen konnten. Als starker Raucher war er auch jetzt am Paffen und nebelte den ganzen Tisch mit seinem Tabaksqualm ein.

„Rauchwaren halten lange", meinte er sarkastisch und fixierte Fritz aus seinen kleinen Augen. In dem Augenblick kam der Kellner, verteilte die Grogglàser am Tisch und kassierte. Gleich danach fing die Versammlung auch an, einer stand vorne im Saal auf und eröffnete die Sache. Er gab nun einem von der Regierung das Wort, und der fing gleich an zu vertrösten, man solle nicht ungeduldig werden, es seien noch nicht genügend Wohnungen in den Aufnahmeländern gebaut und die Mittel seien sowieso knapp und was sonst noch alles.

Schnell breitete sich im Saal Unruhe aus, und die ersten Zwischenrufe wurden laut.

„Wir lassen uns nicht länger vertrösten", schrie einer von der Galerie herunter, und Fietkaus Auguste brachte es auf den Punkt:

„Sieben Jahre hocken wir hier bei anderen Leuten herum, wir wollen endlich wieder ein eigenes Zuhause haben. Und wenn das hier in Holstein nicht geht, dann müssen wir eben umsiedeln, und das bald!"

Großer Beifall wurde von allen Seiten laut, und alles schrie und spektakelte durcheinander. Der Mann, der die Versammlung eröffnet hatte, bimmelte vorne mit einer Glocke herum, und allmählich trat wieder Ruhe ein.

Zu aller Verwunderung stand auf einmal Opa Buchholz auf und bat laut und energisch ums Wort. Der Versammlungleiter meinte, wenn er was vorzubringen habe, das weiterhelfen könne, so solle er sprechen.

Nun legte Opa Buchholz seine Pfeife auf den Tisch und holte zu einer längeren Rede aus: „Die Aujuste Fietkau hat dat ebend all jesagt, seit sieben Jahren sind wir hier in Holstein, und die meisten haben immer noch kein eigenes Dach überm Kopf. Nu will die Regierung uns umsiedeln, aber der Lukascheck, unser Vertriebenenminister, lässt uns ausrichten, wir müssten noch warten."

Hier wurde er von Pfiffen und Pfuirufen unterbrochen, und einer fing an, auf dem Tisch zu trommeln. Langsam trat wieder Ruhe ein, und Opa Buchholz kam zur Sache: „Wir müssen uns nun selber helfen, sonst sitzen wir hier in zehn Jahren noch rum, und das ist für so'n alten Knacker wie mich sowieso zu spät. Wir müssen noch einmal wieder einen Treck aufstellen, und dann zieh'n wir diesmal nach Süden nach Nordrhein-Westfalen und Württemberg. Wir stellen eine Liste auf, und alle die mitwollen, können sich da eintragen", und dabei hatte er auf einmal einen Zettel in der Hand und schwenkte ihn durch die Luft.

Na, da war vielleicht was los!

„Du bist wohl meschugge", schrie einer vom Tisch nebenan, „nochmal wieder mit'm Treck unterwegs. Wer hat denn noch Pferd und Wagen, sind doch alle verkauft!" Das meiste, was vorgebracht wurde, konnte keiner verstehen in dem allgemeinen Radau. Am oberen Ende bimmelte wieder die Glocke, und nach einiger Zeit trat Ruhe ein.

Einer vom Vorstand des Kreisverbandes der Vertriebenen griff die Idee von Opa Buchholz auf: „Also Leute, ich find' das prima, was der olle Buchholz da vorgeschlagen hat. Die Aufnahmeländer erklären uns in letzter Zeit immer, es steht noch nicht genügend Wohnraum zur Verfügung. Das müssen wir auf das schärfste zurückweisen. Wer die Verhältnisse dort kennt, der weiß genau, dass die dortigen Altbauwohnungen längst nicht ausgelastet sind.

Wenn wir ihnen nun mit einem Treck auf die Bude rücken, dann werden schon Wohnungen da sein. Wir werden ab sofort überall Trecklisten auslegen, in die sich jeder, der mit will, eintragen kann!"

Nun schlug die Stimmung in große Begeisterung um; alle klatschten Beifall, und laut wurde „bravo" gerufen. Opa Buchholz setzte sich still auf seinen Platz und zündete die Pfeife wieder an. Gleich wurden Listen im Saal herumgeschickt, und viele trugen sich spontan ein.

Wie ein Lauffeuer ging die Sache durchs Land: Überall in Schleswig-Holstein lagen Trecklisten bei den Vertriebenenverbänden aus oder gingen von Hand zu Hand, und tausende trugen sich ein. Die Presse war auch bei der Versammlung dabei gewesen und machte die Idee mit den Umsiedlertrecks zur Sensation. So kam die Regierung in Zugzwang und musste schnell handeln.

Eines Tages sprach es sich herum, dass Kommissionen aus Nordrhein-Westfalen da seien, um mit Umsiedlungswilligen zu verhandeln. Viele hatten eine Einladung erhalten, und andere kamen einfach ungeladen, denn es hatte auch in der Zeitung gestanden. Niemand wollte seine Chance versäumen, und so war großes Gedränge im Tivoli in der Kreisstadt Heide. Im großen Saal saßen die Vertreter der Arbeitsämter aus Dortmund, Duisburg, Oberhausen, Recklinghausen, Siegen und Witten an einzelnen Tischen und verhandelten mit den Leuten. Dabei gingen die Emotionen hoch, denn lange nicht jeder wurde angenommen. Die Kommissionen suchten sich vor allem solche Umsiedler aus, die jung waren und noch ein langes Berufsleben vor sich hatten. Besonders gefragt waren Facharbeiter der eisenverarbeitenden Berufe und des Baugewerbes. Auch waren junge Leute gesucht, die sich zum Bergmann ausbilden lassen wollten. Und es wurden Familien mit Kindern gerne angenommen; denn Kinder wachsen bald heran und können in wenigen Jahren in das Arbeitsleben eingegliedert werden.

Keine Chance hatten dagegen die Alten, und so musste auch Opa Buchholz in Holstein bleiben. So reichte denn im „Tivoli" die Scala der Gefühle von heller Freude über stille Resignation bis zur bittersten Enttäuschung.

Die ausgewählten Umsiedler wurden innerhalb der folgenden Monate in ihr neues Heimatland gebracht. Dort erhielten sie geräumige Neubauwohnungen, und die Erwachsenen wurden in das Berufsleben eingegliedert.

Tausende von Familien wurden so umgesiedelt, und da viele Alte zurückblieben, nannte man Schleswig-Holstein bald das „Altenheim der Bundesrepublik". Was nun wieder übertrieben war; denn viele Heimatvertriebene wurden hier in das Berufsleben integriert und bauten sich Eigenheime, die mit Mitteln aus dem Lastenausgleich gefördert wurden.

Auch bei uns ging es nun ans Abschiednehmen. Als erste zogen die Fietkaus um, und zwar nach Schwenningen, ganz im Süden Deutschlands, schon fast am Bodensee. Dort in der Nähe wohnte schon ein Sohn von Auguste Fietkau, und so war diese Umsiedlung auch eine Familienzusammenführung. Fritz Fietkau erhielt dort Arbeit in einer Meierei zugesagt und war insofern noch etwas mit der Landwirtschaft verbunden. Im Gegensatz zu seiner Mutter fiel ihm der Abschied doch recht schwer; und genau wie ihm erging es auch mir. Zwischen Fritz und mir hatte sich im Laufe der Zeit eine echte Freundschaft entwickelt, was uns jetzt beim Abschied erst recht bewusst wurde.

Am Abend vor seiner Abreise saßen wir noch zusammen und klönten über gemeinsam Erlebtes und darüber, was die Zukunft wohl bringen werde.

„Ich wäre am liebsten hiergeblieben und hätte weiter in der Landwirtschaft gearbeitet", meinte Fritz, wobei er hin und wieder aus seiner kurzen Shagpfeife paffte, „aber Mutter will so gerne los, weil mein Bruder Ewald da mit seiner Familie wohnt. Ewald ist recht was älter als ich, ist verheiratet und hat drei Kinder. Und so 'ne olle Frau will ja auch mal mit den Enkelkindern spielen. Dann muss ich eben mit."

„Ach du wirst dich schon einleben. Und das soll ja auch 'ne wunderschöne Gegend sein da unten", versuchte ich ihm Mut zu machen.

„Von der Gegend her war es nirgendwo schöner als bei uns zu Hause in Ostpreußen. Wenn ich allein an die Küste bei uns im Samland denke. Wir haben mal einen Schulausflug nach Palmnicken an die Bernsteinküste gemacht und von dort zum Leuchtturm nach Brüster Ort, wo die Steilküste ist. Und der herrliche Sandstrand, da können eure Deiche nicht mitkommen!"

„Das glaube ich dir gerne", stimmte ich zu, „ich möchte das auch gerne mal sehen. Aber da ist ja der Russe, der lässt uns da nicht hin!"

Nun kam Fritz erst recht in Fahrt: „Nee, in unserm Leben nicht mehr. Wo der Russe sitzt, da geht er nicht so bald wieder raus.

Aber eines, das gefällt mir hier in Dithmarschen besonders, das sind eure schönen großen Bauernhöfe. Da kommen unsere Höfe in Ostpreußen nicht mit, nicht mal die Gutshöfe. Eure Niedersachsenhäuser mit den großen Reetdächern, etwas Schöneres gibt es doch auf der ganzen Welt nicht. Nimm doch nur mal den Vollmachtshof von Georg Huesmann am andern Ende von Oldenhusen oder den Hof von deinem Onkel Adolf. Meine Mutter, die näht ja viel und als Vorlage hat sie so 'ne Handarbeitszeitung, die nennt sich „Der goldene Schnitt". Eure alten Bauernhäuser sehen alle so aus, als wenn die Handwerker sie früher nach dem goldenen Schnitt gebaut hätten."

„Das mag wohl sein", räumte ich ein, „aber praktisch sind sie nicht gerade. Ich meine die alten Ställe fordern viel Arbeit, die man eigentlich sparen könnte!"

„Ach was, denk doch nicht immer an die Arbeit. Denk auch mal ans Festefeiern. Weißt du noch, wie wir damals in der schlechten Zeit auf dem Vollmachtshof in der Scheune die schönen Feste gefeiert haben? Da war nicht viel Aufwand nötig. Ein paar Dampertische waren aufgestellt, und da saßen die Deerns, und wir jungen Männer standen gegenüber, und wenn dann die Kapelle Heuck anfing zu spielen, dann ging das Scherpeln los."

„Na klar erinner' ich mich daran", schwärmte ich nun auch, „wir haben so auf der Lehmdiele getanzt und damit es besser ging, hatten sie Hafer gestreut. Und zwischendurch gab es selbstgebrannten Rübenschnaps. Alle vier Wochen war Junge-Leute-Ball auf dem Vollmachtshof. Aber an eines erinner' ich mich nicht so gern: Da war immer so eine Distanz zwischen Flüchtlingen und Einheimischen. Ich meine bei den Mädchen. Tanzen ja, aber wenn man als Einheimischer dann eine Flüchtlingsdeern nach Hause bringen wollte, dann war da so 'ne unsichtbare Wand dazwischen."

„Na das kam doch von euch Einheimischen", kam nun Fritz hoch, „ihr meintet doch immer, ihr wärt was Besseres!"

„Mein Gott, ist das ein Quatsch! Bei der Liebe hört so was doch auf, aber gerade da klappte die Verständigung zwischen Flüchtlingen und Einheimischen nicht. Eigentlich doch komisch. Ich wollte so gerne mit der kleinen Elfriede Großkreutz was anfangen, aber gar nicht dran zu denken. Richtig zickig wurde sie, und nicht dass da jemand anderer war. Und wie war es denn bei dir und der Anke Thießen? Erst schien es doch so, als wenn du ihre große Liebe wärst, und dann aus der Traum."

„Na, da hast du auch wieder recht", räumte Fritz ein, „und deshalb geh ich ja auch mit nach Schwenningen. Wenn ich hier ein Mädel hätte, kriegten mich keine zehn Pferde weg!"

„Na dann fahr man in dein neues Leben, ich wünsch dir alles Gute. Aber vergiss uns hier oben nicht ganz, komm mal wieder vorbei!"

So waren die Fietkaus weg; und bald siedelte auch die Familie Großkreutz um. Aber bei denen entwickelte es sich zu einem regelrechten Drama. Je näher der Abreisetermin heranrückte, um so mehr Ängste bauten sich bei Frau Großkreutz auf. Dora Großkreutz war eine recht konservative Bäuerin aus einem kleinen Dorf in Hinterpommern. Die Flucht hatte sie mit ihren Kindern relativ unbeschadet überstanden, und dass sie auf dem Wiebensohn-Hof in Oldenhusen untergekommen war, empfand sie immer als Glücksfall. Sie hatte sich bald eingelebt, und nach und nach machten sich bei ihr in Bezug auf Dithmarschen regelrechte Heimatgefühle bemerkbar. Dazu trug auch mein Vater durch seine fürsorgliche Art bei. Immer wenn irgendwelche Versorgungsprobleme auftauchten, war er mit Rat und Tat zur Hand, so dass er für „seine Flüchtlinge" bald zu einer Art Vaterfigur wurde.

Und nun sollte umgesiedelt werden; man sollte diese kleine, von Geborgenheit geprägte Welt verlassen und nach Recklinghausen, in den Ruhrpott, in eine ganz andere Welt ziehen. Dora Großkreutz konnte nicht mehr schlafen, sie wurde fahrig und unkonzentriert, und das schlimmste, sie schimpfte mit ihren Kindern. Die wollten doch unbedingt umsiedeln, die waren schuld, dass sie aus der Geborgenheit des Wiebensohn-Hofes in eine fremde, unbekannte Welt musste.

Die Kinder versuchten, sie zu beruhigen: Es sei doch für alles gesorgt, man kriege eine schöne, geräumige Neubauwohnung, Heinz und Elfriede sei ein Arbeitsplatz zugesagt und der kleine Gerhard werde eine weiterführende gute Schule besuchen können. Und dann bekomme sie, die Mutter, es auch einmal besser, brauche nicht mehr arbeiten zu gehen.

Dora Großkreutz klagte meinen Eltern ihr Leid und fragte, ob sie nicht bleiben könne? Mein Vater meinte dazu, das sei grundsätzlich schon möglich, aber was würden ihre Kinder davon halten? Die brauchten doch die Mutter, sonst sei die ganze Familie doch kaputt.

„Ach das ist sie doch schon, seit mein Mann in den Krieg musste! Warum kommt er auch nicht zurück", jammerte sie nun los und fing bitterlich an zu weinen.

In einer derart trüben Stimmung fuhr sie schließlich mit ihren Kindern ab, und wenn diese wohl insgeheim gehofft hatten, es werde sich schon bessern, wenn man erst in Recklinghausen sei, so hatten sie sich getäuscht. In der neuen Umgebung steigerte sie sich immer mehr in eine Psychose hinein, der sie nicht mehr gewachsen war. Nur einige Tage war sie dort, als sie ihrem Leben ein Ende setzte.

Wir wurden von dem Unglück durch ein Telegramm informiert, das von den Großkreutz-Kindern kam und von dem völlig fassungslosen Ernst Meyn, unserem alten Dorfpostboten, überbracht wurde.

Für die armen Kinder der Dora Großkreutz war das ein bitterer Beginn in der neuen Heimat.

Ich war nun mittlerweile Anfang zwanzig und noch nie aus Oldenhusen herausgekommen. Nicht dass ich etwas gegen das Leben in meinem Heimatdorf einzuwenden gehabt hätte; ich fühlte mich hier durchaus wohl, doch andererseits schien es mir nun an der Zeit zu sein, einmal über den Oldenhusener Tellerrand hinauszublicken. Es schien mir auch deshalb angeraten, für einige Zeit einmal Abstand von zu Hause zu gewinnen, weil ich in letzter Zeit immer wieder Meinungsverschiedenheiten mit meinem Vater hatte. Meistens ging es dabei um landwirtschaftliche Fragen, wobei sich die vorwärts drängenden Ansichten der Jugend mit den konservativen Lebenseinstellungen der alten Generation hart im Raume stießen.

So entschloss ich mich, einen Sommer lang in einem anderen landwirtschaftlichen Betrieb zu arbeiten und dabei nach Möglichkeit auch einmal aus Dithmarschen hinauszukommen. Ich hörte mich um, und es bot sich eine Stelle auf der Insel Nordstrand in Nordfriesland. Die Verkehrsverhältnisse von Oldenhusen nach Nordstrand waren ziemlich umständlich, und so kam mir der rettende Gedanke, dass ein Motorrad die Lösung wäre. Eigentlich hatte ich schon lange Lust auf so einen fahrbaren Untersatz, es waren aber die lieben Finanzen, die diesem Wunsch bisher immer im Wege gestanden hatten. Ich verdiente damals bei meinem Vater fünfzig Mark im Monat plus freie Station. Damit kann man keine großen Sprünge machen. Mein Gott, man will sich doch auch anständig kleiden, man braucht Taschengeld für alle möglichen Kleinigkeiten, und ausgehen will man ja auch mal. Ich hatte etwas übrig für Literatur; also war ich Mitglied bei einem Lesering, und dann war da noch die Landjugend.

Also, für große Anschaffungen war in meinem Etat kein Geld übrig. Neunhundert Mark sollte ein Motorrad kosten, und das war nur so ein kleiner Flitzer. Bis zu diesem Zeitpunkt hatte ich mich nicht getraut, meinem Vater mit dem Wunsch nach einem Motorrad zu kommen. Aber jetzt schien mir der Augenblick günstig, und ich trug ihm mein Anliegen vor. Nun hatte Vater selbst einige Zeit ein Motorrad besessen, und er sah auch ein, dass es für mich fast unmöglich war, mit öffentlichen Verkehrsmitteln nach Nordstrand zu kommen. So kriegte ich grünes Licht, ein Motorrad zu kaufen, fünfhundert Mark wurden bewilligt.

Am nächsten Sonnabend ging der Motorradkauf vonstatten. Ich hatte mich mit meinem Freund Walter Thießen verabredet, der mir bei diesem wichtigen Geschäft zur Seite stehen wollte. Walter Thießen war der Sohn vom Nachbarhof, einige Jahre älter als ich, und noch kurze Zeit als Flacksoldat Kriegsteilnehmer gewesen. Er war ein baumlanger, hagerer Typ, wortkarg, aber als Freund eine treue Seele. Immer fühlte er sich verpflichtet, mich zu bemuttern und auch gelegentlich den jüngeren, etwas impulsiven Freund zu bremsen und auf den Boden der Tatsachen zurückzuholen.

Wir trafen uns gleich beim Ausspann im Stall des Handelshofes und gingen dann zu dem Motorradhändler am Grünen Weg. Ich war ja schon mal da gewesen und hatte mir die Räder angeschaut. Die standen in einer langen Reihe, angefangen von den kleinen 98ern, den sogenannten Tretmotorrädern, bis hin zu den großen 500er Maschinen, die damals der Traum eines jeden jungen Mannes waren.

Aber Walter meinte: „Da schau man gar nicht erst hin. Mit den fünfhundert Mark, die dein Alter dir zugestanden hat, darfst du auf den großen Maschinen höchstens mal hupen."

„Ach weißt du", antwortete ich zuversichtlich, „wenn wir von den kümmerlichen fünfhundert Mark ausgehen, hätten wir gar nicht erst loszulaufen brauchen. Oder siehst du hier ein Motorrad für fünfhundert Mark? Mein Vater muss sowieso zulegen!"

Ich war aber doch so einsichtig und ließ es bei einer 125er NSU bewenden, einem netten kleinen Rad für neunhundert Mark, das auch stark genug war für zwei Personen. Denn das war ja wichtig, wenn man mal ein Mädchen oder einen Freund mitnehmen wollte, dann musste die Karre dafür geeignet sein.

Walter legte sich nun gewaltig ins Zeug und handelte noch einen Soziussitz dabei heraus, denn der war im Preis zuerst nicht enthalten. Wir machten einen Vertrag mit der Bedingung, dass die Finanzierung noch erst durch ein ernstes Gespräch mit meinem Vater abgeklärt werden müsse.

Als Walter und ich gegen Mittag im Handelshof aufkreuzten, hatten wir uns schon einen Schlachtplan zurechtgelegt. Wir wollten gleich dort am runden Tisch in aller Öffentlichkeit die Sache regeln. Walter meinte dazu: „Ist ja'n bischen unfair, deinem Vater in der Öffentlichkeit die neunhundert Mark unterzujubeln, hat aber die meiste Aussicht auf Erfolg."

Wir brauchten uns übrigens keine Gewissensbisse zu machen, denn Jan Wiebensohn griff selbst das Thema auf: „Na ihr zwei beiden, hat es mit dem Motorrad geklappt?"

Und dann teilte er der Versammlung wichtig mit: „Mein Hans Martin kommt in Stellung nach Nordstrand, und dazu kriegt er ein Motorrad!"

Ohne Kommentar legte ich ihm die Vertragsdurchschrift auf den Tisch. „Wat is dat", fuhr er hoch, „neunhundert Mark soll die Karre kosten? Dann hättst ja man gleich ein Auto kaufen können!"

„Dazu hatten wir keine Erlaubnis", schaltete sich Walter nun ein, „und was meinst du denn, Onkel Johann, was so'n Motorrad kostet?"

Vater musste einräumen, dass er über Motorradpreise so genau nun auch wieder nicht informiert war, wollte aber wissen, ob es denn auch wirklich ein gutes Rad sei.

Und als Walter ihm versicherte, dass ich damit zufrieden sein könne und hinzufügte: „Damit kann Hans Martin lange fahren", war er beruhigt und meinte zu mir, ich solle ihm die Rechnung man geben und es gehe schon in Ordnung. Er wolle einen schlachtreifen Ochsen verkaufen, und davon solle dann das Motorrad bezahlt werden.

Ein ganz klein wenig Rache übte er aber doch, indem er nämlich das Motorrad den „Ochsen" nannte, weil es mit dem Gegenwert eines Ochsen bezahlt worden war.

„Mein Sohn saust auf einem fetten Ochsen durch die Gegend", war einige Zeit seine Redewendung. Weil er dazu aber immer den ganzen Sachverhalt erläutern musste, wurde es ihm bald lästig, und er ließ diesen Unsinn.

Am ersten Mai fing ich auf Nordstrand an. Mein neuer Arbeitsplatz war ein schöner, großer Marschhof im Elisabeth-Sophien-Koog, dessen Inhaber auf ganz Nordstrand nur bei seinem Vornamen Paul gerufen wurde, und dabei soll es hier auch bleiben. Paul hatte Frau und Kinder, ein Mädchen und zwei Jungen, die alle noch schulpflichtig waren. Da meine Stellung mit Familienanschluss war, gehörte es sich, dass ich die Mahlzeiten zusammen mit Paul und seiner Familie einnahm. Außer mir war da noch, ebenfalls mit Familienanschluss, Annemarie, eine Bauerntochter von der Schleswigschen Geest. Annemarie hielt auf Abstand und blieb die einzige, mit der ich während der ganzen Zeit auf Nordstrand nicht warm wurde.

„O Gott, o Gott, dieser dämliche Dithmarscher soll sich doch bloß nichts einbilden", so schien ihre Meinung zu sein. Als Beispiel sei hier folgende Begebenheit erwähnt: In Süden, einem Ort auf Nordstrand, war Kino. Beide wollten wir hin, ich auf dem Motorrad und Annemarie mit dem Fahrrad. Da es ziemlich weit war, bot ich ihr an, sie auf dem Motorrad mitzunehmen. Ich blitzte voll ab, mit Entrüstung wurde mein „Ansinnen" abgewiesen. Sie musste es wohl so aufgefasst haben: Sitze sie erst bei mir auf dem Motorrad, seien wir so gut wie verlobt.

Besser kam ich mit den übrigen Hofbewohnern zurecht und vor allem mit meinen direkten Arbeitskollegen. Das waren die beiden Tagelöhner Ernst und Gustav, Nordstrander der eine, Pommer der andere.

Ernst war Erz-Nordstrander, seine Aussprache des Plattdeutschen so, als wenn er beim Sprechen die Zähne fest zusammenbiss. Und plattdeutsch sprach er mit einer Ausschließlichkeit, wie ich sie bis dato noch nie gehört hatte. Während der ganzen Zeit kam von Ernst nicht ein einziges hochdeutsches Wort. Und Ernst sprach viel, eigentlich immer. Dabei ging es meistens um Thema Nummer eins: die Liebe oder was Ernst darunter so verstand. Gleich in den ersten Tagen vertraute er mir an: „Nodem ick verheirot bün, heff ik noch dörti Brüd hatt, un all heff ik se brukt."

Im übrigen war Ernst eher klein von Statur, aber zäh. Ein guter Landarbeiter, der sein Handwerk verstand. Ein guter Arbeiter war auch Gustav, auch wenn er viel ruhiger war und das ganze Leben mit der Gelassenheit anging, die einen echten Pommern auszeichnet. So verkündete er oft und gern: „Ik bün Pommer. De Pommer is in'n Winter so dumm as in'n Sommer!"

Nun ja, wenn er meinte.

Ansonsten erzählte er viel aus seiner Soldatenzeit. So ein einfacher Landarbeiter wie Gustav wäre doch normalerweise aus seinem Dorf in Hinterpommern und von dem Gut des Herrn Grafen nicht weggekommen. Höchstens alle Jubeljahre mal nach Stolp oder Köslin, oder wenn besonders weit, dann nach Stettin. Und nun war Gustav in Frankreich gewesen, auf dem Balkan und zuletzt noch in Russland. Und überall musste er Krieg machen! Das heißt, die Zeit war nicht ausgefüllt mit Pflügen, Mistfahren, Mähmaschine-Bedienen und Dreschen, sondern er hatte auf Menschen schießen müssen.

Was Wunder, dass so ein alter Krieger sich da mal Luft machen musste, auch wenn alles schon Jahre her und er selbst so alt noch gar nicht war. Bei Gustav lief alle Erkenntnis aus dem Krieg am Ende immer wieder auf das eine hinaus: Im Grunde hast du keine Wahl! Entweder schießt du ihn tot – oder er dich!

Gustav und Ernst boten mir gleich am ersten Tag das Du an. Das sei hier auf dem Hof so üblich, und wenn man immer zusammen arbeiten müsse, sei das mit dem Sie und Herr sowieso doch Quatsch.

Die Arbeitszeit war auf Nordstrand noch länger als in Dithmarschen. Zwar ging es zu Hause auch schon um fünf aus den Federn, aber abends war um sechs Uhr Feierabend, hier erst halb sieben. Wenn man für Frühstück, Mittag und Vesper anderthalb Stunden abrechnete, kam man auf eine Arbeitszeit von siebzig Stunden in der Woche, denn am Sonnabend wurde noch voll gearbeitet.

Dafür verdiente ich auch achtzig Mark im Monat, bei freier Station. Das heißt, ich hatte freie Kost und Logis, und Lohnsteuer und Sozialkosten zahlte der Arbeitgeber. Das war damals eine Handvoll Geld für einen jungen Mann wie mich, mein lieber Scholli!

Mit der Arbeit kam ich gut klar, schließlich hatte ich von der Pieke auf gelernt, und im großen und ganzen lief es hier auf Nordstrand genauso ab wie zu Hause. Marschland war es hier wie dort. Abgesehen von einigen speziellen Ausdrücken war auch die plattdeutsche Sprache hier wie dort die gleiche. Also zu Spaten sagten die hier Rüffel, und die Harke hieß auf Nordstrand Rief, die Pferdeharke Riefmaschien, das musste man natürlich wissen.

Die erste Arbeit, zu der ich eingeteilt wurde, war Kornhacken. Damals wurde das ganze Getreide noch mit der zwei Meter breiten Hackmaschine gehackt. Ich hatte dabei die beiden Pferde zu lenken, was ich mit der linken Hand besorgte, und mit rechts bediente ich die Steuerung der Vorderräder. Hinten ging Ernst und betätigte die Feinsteuerung. Zwischen je zwei Kornreihen lief ein Hackmesser, eine kleine Schar, brach den Boden auf und schnitt das Unkraut ab.

Da auf zwei Meter elf Kornreihen wuchsen, waren an der Hackmaschine zwölf Hackmesser angebracht, die Ernst mit seiner Feinsteuerung genau zwischen den Kornreihen zu halten hatte, damit kein Korn abgehackt wurde. Deshalb musste auch möglichst langsam gefahren werden. So wurden nun wochenlang die ganzen Getreidefelder gehackt, ohne Motorenlärm und ohne Einsatz von Chemie. Nur ab und zu schnob mal eins der Pferde, und Ernst erzählte hinten in einer Tour von seinen Liebesabenteuern.

Wenn ein Feld fertig gehackt war, kam Gustav mit der leichten Saategge und eggte alles noch einmal über. Dadurch wurde der Boden gelockert und das letzte Unkraut herausgerissen. Nur einige Disteln mit ihren langen Pfahlwurzeln wuchsen weiter und wurden dann von Hand mit dem Distelstecher abgestochen, womit wir drei auf Pauls Hof noch weitere vierzehn Tage beschäftigt waren. So wie dort ging es in den fünfziger Jahren noch überall in der deutschen Landwirtschaft zu.

Noch bis Ende Mai hatte ich kaum Zeit gefunden, mir die nähere und weitere Umgegend anzusehen. Das änderte sich, als ich kurz vor der Heuernte auf den Heuboden des Hofes kam, um dort für das Einlagern des Heues Vorbereitungen zu treffen. Ich war dort mit Gustav zugange, und als er die Bodenluke nach draußen öffnete, fiel mein Blick hinaus bis über den Deich.

Ich war fasziniert!

Der Blick schweifte über das zum Hof gehörende Land und über den Deich hinaus weit über die Nordsee. Die See lag im Sonnenschein wie eine riesige Fläche flüssigen Silbers und mittendrin vier Häuser, als wären es Schiffe: Die Hallig Nordstrandischmoor.

Der Blick schweifte weiter über das Meer, links konnte man Teile von Pellworm erkennen, geradeaus im Hintergrund die Warften der Hallig Langeneß und rechts die Küste des Festlandes, wo vom Sönke-Nissen-Koog die grünen Blechdächer der großen Höfe über den Deich lugten. Über allem spannte sich ein Himmel, den man kaum anderswo so weit empfindet wie hier über dem Wattenmeer.

Noch am selben Abend ging ich an den Deich, der nur wenige hundert Meter hinter dem Hof begann. Die See war jetzt dunkler, weil die tiefstehende Sonne sich hinter Wolken versteckt hatte. Der vorhin weite Himmel hatte sich durch die Wolken verengt, ein Horizont war nur noch schwach auszumachen, graubraun die vorherrschende Farbe im Wattenmeer. Wie anders das Bild gegenüber dem am Nachmittag, als alles im Sonnenschein lag.

Dagegen schob sich jetzt mehr das Naheliegende ins Blickfeld.

Dominierend der Deich in seiner Wucht! Menschenwerk, das sich trutzig ins Bild setzte, besonders weil Ebbe war und die Nordsee in einiger Entfernung. Schafe grasten am Deich, Möwen segelten darüber hin, ihre Schreie gellten im Abendwind.

Ich stieg den Deich empor, wanderte auf ihm entlang. Von hier konnte man den ganzen Koog überblicken: Die lange Straße mit den baumumstandenen Höfen und Häusern, die Getreidefelder und Weiden in ihrem satten Grün, dazwischen ein paar gelbe Rapsfelder, schon im Ausblühen begriffen.

Das ist die Marsch in ihrer herben Schönheit und Wehmut. Sie ist schwer zu beschreiben, und dem Fremden erschließt sie sich nur langsam, wenn überhaupt. Ich war ein Kind der Marsch, doch in Oldenhusen war mir ihre Schönheit nicht bewusst geworden. Mir war auch nie der Gedanke gekommen, dass da noch etwas anderes war als Wohnen, Arbeiten, Leben. Dazu musste ich erst nach Nordstrand kommen, um hier auf dem Deich zu stehen und die Gewalt der Heimat zu empfinden.

Allmählich rückte die Erntezeit heran; mit dem Heu fing es an. Es war eine Nordstrander Eigenart, dass man das Heu ausnahmslos auf Reutern trocknete. Beim Reutern hatte man einen Wagen voller Reuter dabei, stellte die dreibeinigen Gerüste aus Rundhölzern auf und bepackte sie mit dem halbtrockenen Heu.

Welch ein Aufwand an Handarbeit!

Und außerdem war es eine Arbeit, die man gelernt haben musste. Nur wenn man den Kniff raus hatte, konnte man den Reuter so bepacken, dass er Verband hatte und hielt.

Wie änderte sich dabei das Aussehen der Wiese!

Erst wuchs dort das grüne Gras, nach dem Mähen bekam es beim Trocknen diesen typischen graugrünen Heuschimmer. Dann wurde es zusammengeharkt, natürlich mit der „Riefmaschien“ und lag in dicken Wülsten quer über der Wiese. Und nach dem Reutern stand die ganze Wiese voller großer Haufen, so hoch ein Mann mit der Forke langen konnte.

Später wurde eingefahren, wobei mir das Amt des Ladens zufiel. So ein Lader steht oben auf dem Fuder, nimmt das Heu mit weit ausgebreiteten Armen in Empfang und muss es so verstauen, dass möglichst viel raufgeht, das Fuder gerade wird und die Ladung untereinander Verband hat, so dass es unterwegs nicht abrutscht oder umkippt.

Mir hatte diese Arbeit schon immer viel Spaß gemacht. Wenn das Fuder immer höher wuchs und der Lader fühlte, dass er die Sache im Griff hatte, das Ganze schön vierkantig wurde und der Aufstaker unten sich gewaltig recken und strecken musste, um seine Forke voll Heu oben über die Kante zu bringen, das war schon ein starkes Gefühl. Und der Lader musste sein Fuder auch noch selbst zum Hofe oder, wie die Nordstrander sagten, „an die Warft“ bringen. Er blieb nach dem Laden gleich oben auf dem Fuder sitzen, bekam vom Aufstaker die Leine hochgelangt und „hüh, meine Pferde“ ging es heimwärts auf den Hof vor die Luke. Weil auf Nordstrand ein Bäumen oder Festzurren der Ladung nicht üblich war, war es jedesmal wieder eine Herausforderung, heil an die Warft zu kommen.

Einmal erwischte es mich aber doch!

Das war schon in der Getreideernte. Am nächsten Tag sollte Hafer gedroschen werden, und wir wollten ein Fuder laden, damit wir Vorrat hatten. Ernst war als Aufstaker mit mir aufs Feld gekommen und hatte sich vorgenommen, dem Lader einmal zu zeigen, was ein richtiger Aufstaker kann. So stakte er hoch all was das Zeug hielt, natürlich immer zwei Garben auf einmal. Ich hatte meine liebe Not, dagegen anzuarbeiten, schaffte es aber doch so grade. Denn es lag ja in der Natur der Sache, dass der Aufstaker immer langsamer wurde, je höher das Fuder wuchs.

Bald fing Ernst von unten an, seine Kommandos zu geben, wie ich das Fuder zu laden habe: „De Ecken wieder rut“, schrie er und hielt seine Forke als Messlatte in die Höhe und animierte mich, das Fuder so zu laden, dass es vorne und hinten ein gehöriges Stück überhing. So bauten wir ein Riesenfuder, auf das wir eine ganze Hockenreihe raufkriegten. Ich konnte von oben fast die Pferde nicht mehr sehen, und das Hinterteil des Fuders schwankte beim Fahren auf und ab wie ein Lämmerschwanz.

Als wir fertig waren und den Heimweg antraten, rutschte auf halbem Wege das überhängende Hinterteil ab und blieb als wüster Garbenhaufen mitten auf dem Koogsweg liegen. Ernst, der hinter dem Fuder herging, kriegte den Haufen vor die Füße und brachte erstmal mit einem lauten „Prr“ das Gespann zum stehen.

Es folgte nun ein erregter Disput mit gegenseitigen Schuldzuweisungen. Dann wollte ich das Restfuder, auf dem ich immer noch obenauf saß, nach Hause fahren, einen leeren Wagen holen und darauf den Garbenhaufen vom Weg aufladen. Ernst vertrat jedoch die Meinung, wir sollten die unten liegenden Garben wieder aufladen und hinten anflicken. Und fing auch gleich damit an. So blieb mir nichts anderes übrig, als die Fracht, so gut es ging, zu verstauen, wobei ich mehr als einmal deutlich machte, dass ich die ganze Sache für Quatsch hielt.

Es wurde Flickkram, und wir kamen mit Ach und Krach so eben auf den Hof, wo direkt vor der großen Dälentür der ganze Kram noch einmal herunterkam.

Für mich war dies eine Lehre, an die ich mich danach strikt hielt: Als Lader soll man nicht auf die Ratschläge des Aufstakers hören. Oder anders ausgedrückt: „Wer an der Straße baut, hat viele Meister!“

Paul hatte etwas, was es bei uns auf dem Wiebensohn-Hof in Oldenhusen bis dato nicht gab: Eine eigene Dreschmaschine. Diese stand ortsfest quer zur Längsachse des Hauses neben der großen Däle, die auf Nordstrand nur „Loh“ genannt wurde. Man hatte dort den Boden einen halben Meter ausgeschachtet, ein Loch in die

Außenwand des Hauses gebrochen, dort Dreschmaschine und Strohpresse hineingeschoben und dann die Mauer bis auf einen breiten Schlitz wieder zugemauert. Durch diesen Schlitz kamen beim Dreschen die Strohbunde heraus, die dort von Ernst übernommen und quer über den Hof in den Strohschuppen getragen wurden. Angetrieben wurde das ganze Geschütz durch einen alten Lanz-Bulldog, der auf der gegenüberliegenden Seite des Hauses draußen stand und seine Kraft über einen Treibriemen, wieder durch ein Loch in der Wand, an die Maschine abgab.

Das Korn wurde, bis auf die Bohnen, aus dem Hocken gedroschen. Dazu brauchten wir eine Reihe von Hilfskräften, die Paul sich bei den sogenannten Fiskusleuten besorgte. Viele Nordstrander Arbeiter waren beim Küstenschutz beschäftigt, also beim Staat, dem Fiskus. Sie reparierten die Deiche, zogen Grüppen im Vorland, bauten Buhnen und Buschdämme und das nur während der Ebbe. War Flut, so stand ihr Arbeitsplatz unter Wasser, und sie konnten in der Ernte beim Bauern einem zweiten Beruf nachgehen. Bei Paul waren sie am Aufstaken und bedienten die Dreschmaschine, trugen das gedroschene Korn auf den Speicher oder wogen es in Säcken zum Verkauf ab.

Paul selbst spielte den Maschinenmeister, war mit der Ölkanne zugange und reparierte kleine Schäden, die hin und wieder auftraten und zu einem Halt zwangen. Er war nicht wenig stolz auf seine Dreschmaschine und empfahl sie mir mit Nachdruck:

„Mein lieber Wiebensohn, wenn Sie später den Hof von Ihrem Vater übernehmen, dann sollten Sie sich auch eine eigene Dreschmaschine anschaffen. Erstmal sparen Sie viel Geld, das Sie sonst dem Dreschmaschinenunternehmer in den Rachen werfen, und dann können Sie dreschen, wann sie wollen, müssen nicht warten, bis Sie dran sind."

Das leuchtete mir natürlich ein, ich hatte nur Bedenken, ob die Dreschmaschine nicht bald veraltet sein würde und der Mähdrescher im Kommen sei.

„Ach glauben Sie doch bloß den Quatsch nicht", verteidigte Paul seine geliebte Dreschmaschine, „der Mähdrescher wird sich hier in Deutschland niemals durchsetzen. In Amerika, ja da geht das. Die haben dort auch viel mehr Sonne. Bei uns muss das Korn erst gemäht werden und im Hocken nachtrocknen, wenn man gute Qualität haben will!“

Es war Sommer – es war die schöne Zeit der Jugend, und es war die Zeit der Liebe.

Und Sommer war es, als sich die jungen Leute im Elisabeth-Sophien-Koog zusammenfanden und sich ein Freundeskreis, eine Clique, bildete. Treffpunkt war der Feldweg hinter Pauls Hof, kurz vor dem Deich. Hier stand eine alte Schäferhütte, eine Bretterbude, in der im Sommer ein Schäfer wohnte, der seine Schafe am Deich hütete. Von ihm kannte man nur den Vornamen Hermann, und Hermann-Scheper war, wie Schäfer nun mal sind oder jedenfalls damals noch waren: still und zurückhaltend und wohl auch etwas sonderbar. Doch eigenartigerweise hatte er nichts dagegen einzuwenden, dass unsere Clique sich ausgerechnet den Platz vor seiner Hütte mit der Bank an der Wand und einem Holzstapel dicht dabei als Treffpunkt und Sitzplatz ausgesucht hatte. Hier trafen sich an schönen Abenden die jungen Leute vom Koog, Jungs und Mädchen, meist alle in der Landwirtschaft tätig. Da waren die Bauernsöhne und -töchter und die jungen Leute von auswärts, die mit Familienanschluss. Es kamen regelmäßig die Andresen-Jungs aus dem Koog, die kleine Ingrid Ketelsen vom Nachbarhof und Hein Jacobs, mit dem man so gut über Ackerbau und Viehzucht diskutieren konnte. Auch meine Kollegin Annemarie war immer dabei, hielt sich aber auch hier im Hintergrund wie sonst. Neben diesem harten Kern waren noch andere dabei, die nur hin und wieder kamen, so dass mitunter an die fünfzehn Leute zur Clique gehörten.

Die Mädchen saßen meistens auf der Bank vor der Schäferhütte, wir Jungs teilweise auf dem Holzstapel oder wir standen im Kreis, und dann wurde geklönt und diskutiert. Hermann-Scheper lehnte im geöffneten Fenster, paffte aus seiner kurzen Stummelpfeife und freute sich an dem Jungvolk vor seiner Behausung; er sagte aber meistens kein Wort.

Eines der Hauptthemen war die Arbeit; darüber wusste jeder etwas, wir kamen ja alle von den Höfen und aus der Landwirtschaft.

Hein Jacobs schwärmte von meinem Motorrad: „Also das kann ich euch sagen, mein ganzes Geld, das ich verdien’, spar’ ich für ein

Motorrad. Wie soll man hier in dieser weitläufigen Gegend mit dem Fahrrad zurechtkommen? Wenn man mal irgendwo hin will, erst stundenlang auf dem Fahrrad zu strampeln, ist doch Mist!"

Ein großes Thema war auch das Kino, das von vielen regelmäßig besucht wurde. Alle Filme, die wir gesehen hatten, wurden hier noch einmal durchlebt und die Leistungen der Schauspieler bewertet.

Zu der Zeit war gerade der schwedische Komiker Nils Poppe populär, der mit seinen Soldatenfilmen wie „Der Stolz der Kompanie" das Militär auf die Schippe nahm. Das lag damals im Trend, das Militär hatte keinen hohen Stellenwert. Den verlorenen Krieg mit dem Flüchtlingselend und den schlechten Jahren danach hatten auch wir Jungen noch in wenig guter Erinnerung; von Krieg und Militär wollte keiner etwas mehr wissen. Die Diskussion über die Wiederbewaffnung setzte erst einige Zeit später ein.

In der Sparte des Liebesfilms war der große Schwarm von uns allen Rita Hayworth. Vor allem wir Jungs konnten uns gar nicht genug begeistern: Mensch war das eine Frau, ein richtiges Superweib. Diese Begeisterungsstürme kamen den anwesenden Mädchen ziemlich übertrieben vor. Sie waren schließlich auch noch da und Rita Hayworth doch nur auf der Leinwand in Aktion!

Deshalb brachte Ingrid Ketelsen das Gespräch auf ein mehr hiesiges Thema: den bevorstehenden Sommernachtsball.

Es war Willi Andresen, der eines Tages vorschlug, man solle doch einmal gemeinsam badengehen. Nun sei doch Sommer, und hier sei man doch direkt am Meer, und das sei doch bestimmt eine wunderbare Sache.

„Mensch, das ist doch Klasse", stimmte Hein Jacobs zu, „warum sind wir nicht schon lange auf die Idee gekommen? Und ist ja auch gerade Flut am Abend."

So kamen wir überein, dass am nächsten Abend großer Badetag sein sollte. Willi Andresen ordnete an: „Alle ihre Badehose mitbringen, und um sieben treffen wir uns hier. Und dann suchen wir uns eine schöne Stelle am Deich und im Vorland, wo wir baden können."

Am nächsten Abend waren alle da, auch Annemarie und sogar ein neues Mädchen. Sie hieß Gesine und war zu Besuch in den Semesterferien bei Verwandten im Koog; einige Mädchen aus der Nachbarschaft hatten sie mitgebracht.

Eine Studentin also, das war in der Clique natürlich etwas ganz Besonderes. Und dann – mein Gott, der Name: Gesine, so einen Namen hatte man hier noch nie gehört. Hier hießen die Mädchen Anke und Wiebke, Annemarie und Ingrid, aber doch nicht Gesine!

Sie war von mittelgroßer Statur, schlank, mit langem brünetten Haar und einem aparten Gesicht, mit einem Wort: eine Schönheit! Deshalb und auch weil sie aus der Großstadt kam, Studentin dazu, wurde sie bald der schillernde Mittelpunkt unserer Clique. Und dann beim Baden war sie das einzige der Mädchen mit zweiteiligem Badeanzug – du meine Güte, wie aufregend! Es war sowieso schon lange her, dass ich mit Mädchen zusammen gebadet hatte. Damals in der großen Kuhle hinter dem Vollmachtshof in Oldenhusen waren es noch Schulmädchen gewesen. Und hier nun alles ausgewachsene junge Frauen und diese Gesine mit ihrem raffinierten zweiteiligen Badeanzug; mir klopfte das Herz bis zum Halse.

Ich hatte das Gefühl, dass alle merkten, wie ich nur auf Gesine starrte, drehte mich um, rannte zum Wasser und war als erster drin.

Wir hatten einen schönen Platz gefunden, wo das Watt bis dicht an den Deich heranging, nicht so viele Muscheln im Boden staken und keine Lahnungen das Baden behinderten. So konnten wir alle das Badevergnügen nach Herzenslust genießen, und die Folge war, dass von da an die Clique fast jeden Abend am Strand zu finden war. Bei Flut stand Baden auf dem Programm, bei Ebbe Wattenlaufen, hinterher wieder Diskutieren vor der Hütte.

Gleich am ersten Abend verliebte ich mich Hals über Kopf in Gesine. Beim Baden schwamm sie einmal direkt auf mich zu, so dass ich ausweichen musste. Wir wechselten ein paar belanglose Worte, und sie lachte mir zu; ich hätte vor Aufregung beinahe das Schwimmen vergessen.

Nachher bei der Hütte merkte ich, dass noch andere aus der Clique Interesse für Gesine zeigten. Besonders frech wie immer war Willi Andresen, setzte der sich doch gleich neben Gesine auf die Bank und fing zu turteln an – igitt so ein Angeber. Wenn ich also nicht von Anfang an ins Hintertreffen geraten wollte, musste ich schon mithalten. Ich also nicht faul und mich an die andere Seite der Traumfrau gesetzt und geflirtet, was das Zeug hielt. Die Clique stand dabei und sah sich das Schauspiel an, belustigt die einen, etwas spöttisch die anderen, vor allem die Mädchen.

Das war genau genommen der Startschuss für Pärchenbildung. Bisher war alles recht harmlos abgelaufen, ab jetzt fanden sich die Liebesleute. Hein Jacobs brachte schon am selben Abend Ingrid Ketelsen nach Hause. Doch dies Pärchen und einige andere erregten kaum das allgemeine Interesse; im Mittelpunkt stand an den darauf folgenden Tagen das Geschehen um Gesine.

Später fühlte ich mich veranlasst, sie nach Hause zu begleiten. Sie an der Seite von Willi Andresen durch den dunklen Abend nach Hause wandern zu sehen, der Gedanke war für mich unerträglich. Mein Gott, was konnte da alles passieren!

Willi meinte zwar ziemlich unwirsch: „Was willst du denn? Du brauchst doch nicht mitzukommen, bist doch schon zu Hause!"

Aber so leicht ließ ich mich nicht abschütteln: „Wieso soll ich nicht noch ein bisschen spazieren gehen? Wenn mir das Spaß macht und überhaupt, was geht dich das an?"

So zogen wir also zu dritt los, Gesine in der Mitte, hinterher der ganze Schwarm. Bei Gesines Verwandten angekommen, standen wir noch lange vor der Tür und klönten; besonders Willi Andresen und ich standen wie angewurzelt – bis Gesine dem harten Konkurrenzkampf ein Ende bereitete, sich fröhlich verabschiedete und ins Haus ging.

Am nächsten Tag, gleich nach dem hastig verschlungenen Abendbrot, eilte ich wieder die Koogstraße entlang, Gesine abzuholen. Willi Andresen war schon da, grinste frech: „Du kommst zu spät!"

Ich hielt dagegen: „Ach Quatsch! Hau du bloß ab, dich braucht hier niemand!"

So ging es ein paar Tage, sehr anstrengend und nervenaufreibend, bis der Sonntag kam. Ich beschloss, aufs Ganze zu gehen und lud Gesine ins Kino ein; ich würde sie mit dem Motorrad abholen. Und Gesine nahm die Einladung an.

Natürlich bekam Willi Andresen Wind von der Sache. Er wollte nicht kampflos aufgeben und fuhr mit dem Fahrrad voraus nach Süden, wo auf Nordstrand das Kino war.

Etwas in der Art hatte ich vorausgesehen, und so schlug ich ihm ein Schnippchen: Ich holte Gesine rechtzeitig ab und fuhr mit ihr den zwar längeren, doch dafür gegnerfreien Weg nach Husum, wo wir uns in aller Ruhe „Immensee“ mit Christina Söderbaum und Carl Raddatz in den Hauptrollen ansahen.

Danach in dem kleinen Weinlokal in der Neustadt waren wir endlich allein. Ich erzählte von mir und meinem Zuhause in Oldenhusen, und auch Gesine plauderte munter von sich und ihrem Studentenleben. Gesine Möller war Arzttochter aus Hamburg, studierte Deutsch und Geschichte, wollte Lehrerin werden. Sie hatte erst in Hamburg studiert und war dann nach Kiel gegangen, um auch einmal eine andere Universität kennenzulernen. Dann fing sie an von der Weltfriedensbewegung, vom Existentialismus und von Jean-Paul Sartre zu schwärmen. Sie erzählte von Grunderfahrungen, von existentiellen Erlebnissen und Grenzsituationen des Menschen. Und von Sartre wusste sie, dass er den Menschen als zur Freiheit verurteilt sah, der sich in unüberwindbarer Subjektivität den Sinn seiner Existenz selbst geben muss.

Mein Gott, was war die Frau klug, was ging in deren kleinen Gripskasten alles rein! Ich war begeistert – welch eine Frau!

Ich dachte an Ernst und seine dreißig Bräute. Nein, so ging das nun wirklich nicht, für mich würde eine Frau kein Gebrauchsartikel sein. Und so eine Prachtfrau wie diese Gesine schon gar nicht. An welche Weiber war Ernst da bloß geraten, oder hatte er solche gerade gesucht? Wahrscheinlich hatte er auch schamlos übertrieben, und statt dreißig waren es nur drei gewesen.

Ich war ja nicht gerade dumm, aber nun merkte ich doch, dass es an meiner Bildung haperte. Jetzt, wo ich es mit dieser klugen und emanzipierten Frau zu tun hatte.

Trotzdem konnte ich einigermaßen mithalten. Von Existentialisten und Friedensbewegung hatte ich gelesen, und von Sartre hatte ich „Die schmutzigen Hände“ im Gastspieltheater gesehen.

So war es wohl mehr mein Interesse für die von Gesine bevorzugten Themen und weniger das Motorrad, dass sie sich für mich entschied und Willi Andresen sausen ließ.

Wir fuhren zurück nach Nordstrand, und ich parkte das Motorrad unten an der Koogstraße. Hand in Hand gingen wir den Weg zum Haus entlang.

Der Mond schien durch die Blätter der Kastanien, zärtlich legte ich die Arme um Gesine und flüsterte: „Ich hab dich lieb."

Dann küsste ich sie, und sie drängte sich an mich. Sie fröstelte – die lange Fahrt auf dem Motorrad in der frischen Nachtluft hatte es bewirkt – und sie zog mich mit zu dem kleinen Gartenhaus. Hier war noch etwas von der Hitze des Tages gespeichert, und als wir uns in dem dunklen Raum zurechtgefunden hatten, setzten wir uns auf die kleine Bank. Gesine kuschelte sich an mich, und ich legte die Arme um sie.

Dann überließen wir uns dem Zauber unserer ersten Liebesnacht.

Es folgten einige Wochen der Zweisamkeit, die für mich zu der schönsten Zeit meines bisherigen Lebens wurden.

Täglich waren Gesine und ich zusammen; für alle erkennbar, dass wir zusammengehörten. Das musste nun auch Willi Andresen einsehen, und er hielt sich einige Zeit von der Clique fern. Überhaupt war der Zusammenhalt im Freundeskreis nicht mehr so stark wie in der ersten Zeit. Viele gingen ihre eigenen Wege, die Diskussionsrunde bei der Schäferhütte wurde immer kleiner. Aber gebadet wurde immer noch; doch hielten sich auch hier die Pärchen abseits.

An den Wochenenden waren Gesine und ich viel unterwegs. Mit dem Motorrad wurde Nordfriesland erkundet. Wir waren sehr an Land und Leuten interessiert, und Gesine schlug oft kulturelle und heimatkundliche Erkundigungen vor. So fuhren wir durch den Sönke-Nissen-Koog und zur Hamburger Hallig, wo wir in ein fürchterliches Gewitter gerieten und bis auf die Haut nass wurden. Wir waren in Eiderstedt und begeisterten uns für die alten Bauernhäuser, die Haubarge. In Husum wandelten wir auf den Spuren Theodor Storms, und hier konnte ich Gesine auch einige Sehenswürdigkeiten zeigen, die ich kannte. Das waren dann meist so profane Dinge wie der weitberühmte Viehmarkt mit dem dahinterliegenden Gelände, auf dem einmal im Jahr die Hengstkörungen des Schleswiger Kaltblutes stattfand. Museen wurden auch nicht ausgespart: das Nissenhaus in Husum wurde besichtigt, und an einem Sonntag fuhren wir nach Schleswig und besuchten im Schloss Gottorf das Landesmuseum.

Zu einem großen Erlebnis wurde eine Halligfahrt. Mit einem kleinen Motorschiff, das mehr an eine Barkasse erinnerte als an einen seetüchtigen Ausflugsdampfer, ging es vom Nordstrander Norderhafen zur Hallig Hooge. Das Wetter war schön, und wir wanderten über die Hallig, schauten uns die Sehenswürdigkeiten, den Königspesel und die Kirchwarft an. Nach dem Mittagessen in einem Halligkrug blieb noch Zeit genug für ein ausgedehntes Bad in der Nordsee. Danach lagen wir am Strand auf einer mitgebrachten Decke, plauderten und schmusten.

Gesine beugte sich über mich und küsste mich leicht auf den Mund, wobei ihre langen Haare an beiden Seiten herunterhingen und unsere beiden Gesichter wie mit einem braunen Schleier einrahmten.

„Weißt du überhaupt, dass ich sehr erstaunt über uns bin", flüsterte sie zärtlich.

„Wieso denn das?"

„Nun ja, dass es mit uns beiden so harmoniert", fuhr sie fort. „Ich bin doch aus der Großstadt und du ein Bauer hier vom flachen Land, da gibt es doch gewaltige Unterschiede in der ganzen Lebenseinstellung."

„Das macht eben die Liebe, da werden solche Unterschiede belanglos", meinte ich glücklich, zog ihren Kopf zu mir herab und küsste sie wieder.

„Das mag schon sein", grübelte sie weiter, als sie sich von mir etwas frei gemacht hatte, „aber trotzdem ich wundere mich. Ich habe bisher immer nach etwas hoch über mir Stehendem gesucht. Versteh mich nicht falsch, ich will dich nicht herabsetzen; aber ich suchte bisher immer nach jemand, der in hohem Grade die Geisteswissenschaften verkörperte."

„Ein Existentialist vielleicht, ein Jean-Paul Sartre junior?"

„Du bist schon ganz etwas Besonderes", flüsterte sie und küsste mich wieder, „und irgendwie ist doch jeder Bauer auch ein Existentialist. Wenn er sein Korn sät und heranwachsen sieht und später die Ernte, das sind doch seit Jahrtausenden Grunderfahrungen und existentielle Erlebnisse von hoher Dichte!"

„Wenn du es sagst, wird es wohl so sein", stimmte ich glücklich zu, „aber dann ist ja auch jeder Verliebte ein Existentialist. Was ich jetzt gerade erlebe, ist schon eine Grunderfahrung von existentieller Dichte."

Ich zog sie wieder zu mir herab und versank im Schleier ihrer Haare.

Gegen Ende des Sommers folgte noch ein Höhepunkt für die jungen Leute auf Nordstrand: Sommernachtsball in England. Gemeint ist nicht Großbritannien, sondern das kleine Dorf England, Postanschrift Nordstrand-Mitte. Dort bei dem Krugwirt Boje Maaßen fand dieses Fest statt, und es vermittelte noch einen Hauch von guter alter Zeit. Allein die Ausstattung des Saales war ziemlich antiquarisch, und wie der Ball ablief, so hatte ich meinen Vater aus seiner Jugendzeit erzählen hören: Rund um den Saal standen Bänke in langer Reihe, auf denen die Mädchen saßen. Die jungen Männer standen am oberen Ende vor der Theke, und wenn dann die Musik einsetzte, stürmten sie los und holten sich eines der Mädchen zum Tanz. Dabei gab es jedesmal ein gewaltiges Gedränge; denn jeder wollte der erste sein und die Konkurrenz abhängen.

Alle, die schon einen festen Schatz hatten, saßen an Tischen hinter den Bänken, wo sich auch Gesine und ich mit Freunden aus dem Koog einen Platz gesucht hatten.

Gesine war die Schönste im Saal, ihr helles Kleid bildete einen wundervollen Kontrast zu ihrem brünetten Haar. Ich war richtig stolz auf meine Deern; und wie sie tanzte, einfach himmlisch! Wir harmonierten auch auf dem Tanzboden wunderbar; das konnte jeder sehen.

Das Nordstrander Nationalgetränk war damals der Teepunsch, nicht etwa der vielgerühmte Pharisäer. Überall sah man die kleinen Teepunschtassen mit dem blauen Zwiebelmuster, gefüllt mit dem goldgelben Inhalt: Zwei Drittel Tee, zwei Stück Zucker und mit geelem Köm aufgefüllt.

Es bot immer wieder ein belustigendes Bild, wenn sich die Leute mit den Teepunschtassen zuprosteten: Den Henkel der Tasse zwischen Daumen und Zeigefinger, die anderen drei Finger der Hand mehr oder weniger zierlich abgespreizt, wurde vorsichtig angestoßen. „Hoch die Tassen“, also diese bekannte Redewendung muss danach wohl von Nordstrand stammen.

Der Abend war schon fortgeschritten, als in einer Tanzpause plötzlich Willi Andresen vom Tisch nebenan herüberkam, in der linken

Hand seinen Stuhl haltend und mit der rechten seine Punschtasse auf der Untertasse balancierend. Er stellte den Stuhl zwischen Gesine und mich ab und meinte: „Darf man sich hier mal kurz niederlassen?"

Und als kein Widerspruch kam, fuhr er fort: „Also mit euch beiden wollte ich gerne mal anstoßen. Damit nicht der Eindruck bleibt, ich sei euch irgendwie böse."

„Warum solltest du auch", meinte Gesine und hob ihre Tasse zum Anstoßen in die Höhe.

„Eben, sag ich doch", stimmte Willi wieder zu, „man muss auch verlieren können." Mir war es auch recht; denn ich hatte im Grunde nichts gegen Willi einzuwenden, und so wurde mit dem Geklöter der Teepunschtassen alle Gegnerschaft begraben.

Das dicke Ende kam dann gleich danach; denn als nun die Musik einsetzte, wollte Willi mit Gesine tanzen, forderte sie auf und meinte mit einem Seitenblick zu mir: „Du hast doch wohl nichts dagegen?"

Was sollte ich nun anderes machen als gute Miene zum bösen Spiel, wo wir doch gerade allen Streit beigelegt hatten? So schaute ich den beiden beim Tanzen zu und merkte, wie immer noch Eifersucht an meinem Herzen nagte. Ich forderte Ingrid Ketelsen zum Tanz auf, um wenigstens nicht so dumm dazusitzen.

Und die muntere Ingrid heiterte mich auch bald wieder auf, indem sie in den Refrain des Schlagers einstimmte: „Ist meine Frau nicht fabelhaft, nie geht sie abends aus. Sitzt da in ihrer Leidenschaft, komm' ich des Nachts nach Haus!"

Sommernachtsball in England, wie bald waren die schönen Stunden vorbei.

Kaum vom Ball zu Hause ging die Arbeit schon wieder los. So war es damals auf den Höfen: Die Arbeit stand im Mittelpunkt, spielte ihre unverzichtbare Rolle. Gestern abend noch Sommernachtsball und Fröhlichkeit, morgens um fünf wieder aus den Federn und die Pferde von der Weide geholt.

Das war die Unerschütterlichkeit des bäuerlichen Lebens, bestimmt durch Jahreszeiten und Arbeitsabläufe.

Kurz danach waren Gesines Semesterferien zu Ende. Sie verbrachte den letzten Sonntag auf Nordstrand. Die Stunde des Abschieds war gekommen.

Oh mein Gott, die Liebe ist nicht einfach! Nach einer wundervollen Zeit sollte nun geschieden sein – doch wohl nicht für immer?

Gesine hatte mich nachmittags zum Kaffee eingeladen, der in dem kleinen Gartenhaus stattfand. Wir waren nicht allein, die Verwandten waren dabei, es war eine größere Runde. Gesine und ich waren still, die Konversation wurde von den anderen geführt.

Danach unternahmen wir einen Spaziergang, wollten noch einmal alleine sein. Wie selbstverständlich lenkten wir unsere Schritte an die altbekannten Plätze hinter Pauls Hof und zur Badestelle am Deich. Es war uns nur recht, dass wir keinen aus der alten Clique trafen, und Hand in Hand wanderten wir den Deich entlang.

Bei der Badestelle machten wir halt, wir küssten uns, und ich fragte unsicher: „Wirst du mich bald vergessen haben?"

Sie schaute mich erstaunt an und meinte: „Was redest du für dummes Zeug? Es ist doch nicht zu Ende mit uns. Wenn wir nur wollen, kann es jetzt erst richtig anfangen. Oder bist du froh, dass du mich los wirst?"

„Wo denkst du hin, ich liebe dich doch! Also werden wir in Verbindung bleiben?"

„Ach Liebster", sagte Gesine leise und wurde ganz ernst, „natürlich bleiben wir in Verbindung. War es auch erst nur eine Sommerliebe, bei mir ist es jetzt viel mehr. Wir wollen uns schreiben und auch so oft wie möglich sehen. Wozu hast du ein Motorrad?"

„Da hast du recht, ich will kommen, so oft ich kann", antwortete ich entschieden, legte den Arm um Gesine, und wir wanderten zum Koog zurück.

Als wir bei der Schäferhütte vorbei kamen, saß Hermann-Scheper auf der Bank, und es war fast so, als wenn er auf uns gewartet hätte. Er stand auf, machte einige Schritte auf uns zu und sagte bestimmt: „Haltet immer zueinander, die Sache ist es wert! Es ist so schwer, allein zu sein."

Dann drehte er sich um, pfiff seinem Hund, der bis dahin still am Boden gelegen und Gesine und mich aus seinen klugen Augen angesehen hatte, und beide verschwanden in der Hütte.

Schon einige Tage nach Gesines Abreise kam ein Brief von ihr.

Sie schrieb: „Ich bin sehr einsam und sehne mich nach dir, besuche mich, sobald du kannst!"

Ich fuhr schon am nächsten Sonntag nach Kiel. Wir bummelten durch die Stadt, aßen in der Mensa zu Mittag, hockten noch einige Zeit in Gesines Studentenbude und schwärmten von der schönen Zeit auf Nordstrand.

Dann machte sie mir den Vorschlag, im Winter einen mehrmonatigen Lehrgang in der Heimvolkshochschule in Rendsburg zu belegen.

„Du wolltest doch immer etwas für die Aufbesserung deiner Bildung tun, da ist die Volkshochschule genau das Richtige. Und außerdem ist Rendsburg nicht weit von Kiel, dann kannst du mit dem Motorrad in kurzer Zeit hier sein", meinte sie.

Das war nun ein ganz neuer Gesichtspunkt, mit dem ich mich erst einmal anfreunden musste. Ich versprach aber, mir darüber Gedanken zu machen und auch Erkundigungen einzuholen. Dann wurde es Zeit für mich, nach Nordstrand zurückzufahren, und unter Küssen und Tränen, die an dem Tag bei Gesine leicht flossen, verabschiedeten wir uns.

Unterwegs gingen mir eine Menge Gedanken durch den Kopf. Die Sache mit der Volkshochschule wollte gut überlegt sein. Gewiss war es eine gute Gelegenheit, meine Nur-Volksschulbildung aufzupolieren. Doch ob es sich machen ließ, musste mit den Eltern besprochen werden. Immerhin war ich jetzt schon ein halbes Jahr in Oldenhusen als Arbeitskraft ausgefallen, und mein Vater war auch nicht mehr der Jüngste.

Dann schweiften meine Gedanken wieder zu Gesine. Sie fühlte sich einsam in Kiel, wo sie doch mit all den Studenten zusammen war. War es womöglich die Liebe zu mir, die in ihr das Gefühl der Einsamkeit aufkommen ließ, sobald ich nicht bei ihr war?

Ein Traum war Wirklichkeit geworden: Gesine liebte mich!

Die Clique der jungen Leute im Elisabeth-Sophien-Koog gab es nicht mehr. Spontan war es im Frühsommer losgegangen, sang- und klanglos ging es zu Ende. Es war kein gutes Badewetter mehr; es regnete jetzt viel und keiner hielt sich da gerne im Freien auf. Viele gingen ihren eigenen Weg.

Der Sommer war vorbei – ein Stück Jugend dahin. Und eines Tages war auch Schluss mit meiner Zeit auf Nordstrand.

Ich war gerne bei Paul gewesen, der mitunter zwar etwas brummig und wortkarg, im großen und ganzen aber ein guter Chef gewesen war. Auch hatte er immer ein Herz für die jungen Leute und nahm Anteil.

So meinte er auch jetzt zum Schluss, mir einen Rat mit auf den Weg geben zu müssen, der bei mir aber keine große Freude auslöste: „Mein lieber Wiebensohn, hören Sie auf den Rat eines alten Mannes. Machen Sie Schluss mit dieser jungen Frau, dieser Gesine. Das wird nie eine Bäuerin! So eine Großstädterin ist auf einem Bauernhof nicht am rechten Platz, und außerdem ist sie viel zu zart für die schwere Arbeit!"

Na das war vielleicht ein Hammer zum Schluss! Den Quatsch hätte er sich lieber verkneifen sollen.

Kaum in Oldenhusen angekommen, lief mir einer in die Quere, den ich hier nun am allerwenigsten vermutet hätte: Fritz Fietkau.

„Mensch Fritz", fuhr es mir heraus, „wo kommst du her? Ich denke, du bist in Schwenningen!"

„Ach was Schwenningen, geh mir bloß los! Ich bin schon vierzehn Tage wieder hier."

„Wieso, mochtest du da nicht sein?"

„Nee, absolut nicht! Ich konnte mich da nicht eingewöhnen. Die Menschen sind da eben anders als hier und reden auch so anders. Und dann hat mir die Arbeit auch nicht gefallen. Und zu guter Letzt ging mir mein Bruder Ewald auf die Nerven. Der hatte das noch gar nicht mitgekriegt, dass ich inzwischen erwachsen war. Wollte mich immer herumkommandieren und erziehen. Da hab' ich deinem Vater einen Brief geschrieben, ob ich nicht wieder bei ihm arbeiten kann, und nun bin ich wieder hier auf dem Wiebensohn-Hof in Oldenhusen."

Das war gut, das war sogar sehr gut! Nun konnte ich beruhigt nach Rendsburg zur Heimvolkshochschule gehen und brauchte keine Angst zu haben, dass zu Hause etwas schief lief. Denn auf Fritz war Verlass. Meine Eltern hatten schließlich auch nichts gegen meinen Aufenthalt in Rendsburg einzuwenden, auch wenn er Schulgeld kostete.

Vater war das sogar sehr recht, denn er meinte: „Deine Generation hat in Punkto Bildung etwas nachzuholen. Als du zur Schule gingst, war Nazizeit und Krieg. Die jungen Lehrer waren an der Front und ihr musstet euch mit alten Knackern und Nazibonzen, die sich „Politische Leiter“ nannten, herumärgern. Ich gönne dir die Zeit in Rendsburg, mach’ was daraus!“

Mir blieben nur wenige Tage zu Hause, schon am zweiten November fing die Schule in Rendsburg an.

Fünf Monate sollte der Lehrgang dauern, der unter dem Leitwort „Der junge Mensch vor den Aufgaben der Zeit“ stand. Die Arbeit an der Volkshochschule war als Wegweiser zur Entwicklung und Lebensführung des Menschen in eigener Verantwortung zu sehen, die systematische Behandlung von Lehrstoff und die bloße Vermittlung von Wissen traten dahinter zurück. Der Lehrgang setzte sich zum Ziel, junge Mädchen und junge Männer, die eine ehrliche Begründung ihres Lebens erstrebten und eine positive Einstellung zu den kommenden Aufgaben finden wollten, in die Fragen des Zusammenlebens in der Gesellschaft einzuführen. Dabei sollte den jungen Menschen die richtige Einstellung zur beruflichen und ehrenamtlichen Mitarbeit in Staat, Gemeinden, Parteien, Gewerkschaften und Berufsverbänden in Stadt und Land vermittelt werden, und das im Sinne einer echten demokratischen Gestaltung des gesamten Lebens.

Die Schule war Internat, ich teilte mir mit noch zwei jungen Männern ein Zimmer, das zum Nordostseekanal hinaus lag und vor dessem Fenster die Schiffe vorbeifuhren. Meine zwei Stubengenossen waren genau wie ich junge Bauern, wie überhaupt die Hälfte aller Schülerinnen und Schüler aus der Landwirtschaft kam.

Darüber hinaus waren viele Handwerker bei uns, auch Angestellte, Arbeiter und auch noch eine Reihe von Arbeitslosen, die damals wenige Jahre nach Ende des Zweiten Weltkrieges ihren Platz im Arbeitsleben noch nicht gefunden hatten.

In Vorträgen, Arbeitskreisen und Gesprächen wurden Fragen zur Lebenskunde, Geschichte, Naturwissenschaft, Philosophie und Gesellschaftskunde behandelt. Auf kulturellem Gebiet waren es Dichtung und Literatur, Kunstbetrachtung, Musik und Gruppensingen, die besondere Beachtung und Zuspruch fanden, und außerdem kamen Sport, Spiel und Gymnastik nicht zu kurz.

Was den besonderen Charme der Rendsburger Heimvolkshochschule ausmachte, war einmal die Gemeinschaft, das Gruppenerlebnis und zum anderen der hohe Stellenwert der Musik im Tagesablauf. Schon frühmorgens wurden wir mit Musik geweckt. Der Hausmeister marschierte mit seiner Ziehharmonika spielend durchs Haus und weckte mit seinen Liedern die Leute aus dem Schlaf.

Vor jeder Unterrichtsstunde wurde gemeinsam ein Lied gesungen und an vielen Abenden Hausmusik und Chorsingen zu Gehör gebracht. Das blaue Liederbuch war das am meisten zur Hand genommene Buch im Hause und unser Lieblingslied: „Wieder einmal ausgeflogen, wieder einmal heimgekehrt, fand ich doch die alten Freunde und die Herzen unversehrt!"

Die Gemeinschaft mit Diskussionen, mit Musik, Sport und Spiel wirkte sich auf uns in einer Weise aus, dass wir die Rendsburger Zeit in einer gewissen Aufbruchsstimmung erlebten. Für mich persönlich wurde sie zu einer Zeit der geistigen Neuorientierung, in der mir auch die ersten politischen Einsichten kamen.

Ausgangspunkt in der geschichtlichen und politischen Diskussion war der Zweite Weltkrieg und der Versuch einer Aufarbeitung dieser Zeit.

Einige von uns waren noch Soldat gewesen, die meisten jedoch hatten die Zeit des Dritten Reiches als Kind erlebt. Jeder ging dabei von seinem eigenen Erleben aus, und oft stand im Vordergrund, was der Einzelne erlitten hatte. Bei Kriegsteilnehmern habe ich es immer wieder erlebt, dass die ehemaligen Soldaten immer gerne und intensiv über ihre Kriegserlebnisse berichteten, so lange sie selbst der leidende Teil, also Opfer waren. Nur selten und quasi nebenbei fielen solche Redewendungen wie: „Wir waren ja nicht gerade zimperlich!" oder „Wir sind da zum Tier geworden!"

Ich selbst war bei Kriegsende dreizehn und versuchte mir auszumalen: Was wäre gewesen, wenn? Wie hätte ich mich verhalten, wenn ich dabei gewesen wäre? Zum Beispiel bei der SS?

Wie Peter Vester, ein Bauer aus Oldenhusen und eine Reihe von Jahren älter als ich, der bei der SS-Leibstandarte gewesen war. Zwar hatte er während des Krieges einen bequemen Posten gehabt: Er war als Wachmann dazu eingeteilt, das Hamburger Funkhaus in der Rothenbaumchaussee zu bewachen. Da war er nun gar nicht in die Lage gekommen, gegen jemand Gewalt auszuüben. Doch genau so gut hätte er auch ein paar Kilometer weiter in dem KZ Neuengamme landen können, um dort als Menschenschinder eingesetzt zu werden.

Wie hätte er sich dort verhalten? Oder ich, wenn ich an seiner Stelle gewesen wäre?

Interessant war für uns damals die Begegnung mit Ausländern. Wir hatten zwei Schweden und einen Dänen in unserem Lehrgang. Sie waren mit einer großen Neugier Deutschland und den Deutschen gegenüber nach Rendsburg gekommen, und besonders Axel, einer der Schweden, stellte viele kritische Fragen und nahm mit großem Interesse an den Diskussionen über die Nazizeit, den Zweiten Weltkrieg und die sich daraus ergebenden Fragen teil. Dass die Skandinavier so intensiv an der Diskussion zu diesen brisanten Fragen teilnahmen, wirkte sich sehr befruchtend aus, und es ergaben sich viele Gesichtspunkte, die wir Deutschen so nie gesehen hatten.

Dann kamen wir auf die entsprechende Literatur zu sprechen. In erster Linie wurde „Die Anatomie des Friedens“ von Emery Reves besprochen, damals ein Kultbuch der Antikriegsliteratur, über das Albert Einstein erklärt hatte, hier sei die Antwort auf das politische Problem zu finden, das die Entdeckung der Atomenergie geschaffen habe.

Es wurde nicht nur die jüngere deutsche Geschichte in unsere Arbeit an der Heimvolkshochschule eingebunden, sondern auch die aktuelle Politik. Unsere Informationen hierzu konnten wir den verschiedenen Zeitungen entnehmen, die von der Schule abonniert waren und in Leseräumen auslagen.

Darüber hinaus war einer unserer Lehrer, Studienrat Steckel, ein engagierter Kommunalpolitiker und einige Zeit Bürgervorsteher von Rendsburg. Er war auch irgendwie ein Original, besonders wenn er mit seiner „Stachelschweintheorie“ daherkam. Danach hätten sich die meisten Deutschen durch Nazizeit und Krieg ein dickes Stachelfell zugelegt, um nichts und niemanden an sich heranzulassen. Wenn es mit unserer neuen Demokratie etwas werden solle, so Steckel, dann müsse den Deutschen erstmal ihr Stachelfell abgezogen werden, damit darunter der Mensch wieder zum Vorschein käme.

Nun wurde in Rendsburg nicht nur gearbeitet, politisiert und diskutiert, die Freizeit kam auch nicht zu kurz.

Es war z. B. eine Bibliothek vorhanden, die sehr in Anspruch genommen wurde. Ich habe mich dort mit Hemingway vertraut gemacht und „Wem die Stunde schlägt“ gelesen. Und dann kriegte ich dort zum ersten Male etwas von Antoine de Saint-Exupéry in die Hände. Sein Fliegerroman „Wind, Sand und Sterne“ war ein weiteres Kultbuch unserer Generation und ist eines meiner Lieblingsbücher geblieben.

Natürlich sind wir viel ins Kino gegangen, und vor allem war da das Theater, dessen Spielplan von der Operette bis zur Tragödie ein breit gefächertes Programm bot, und gerne von uns aufgesucht wurde.

Dann wurde gleich zu Anfang unseres Lehrganges ein Schülerchor ins Leben gerufen, bei dem ich im Bass mitsang. Wir probten mehrmals in der Woche und stellten bei Hausmusikabenden unser Können unter Beweis.

Zu guter Letzt sei auch die Tanzschule nicht vergessen, die einmal in der Woche in der Turnhalle stattfand. Dazu war eigens ein Tanzlehrer aus der Stadt engagiert worden, und der brachte auch einige Mädchen mit, weil wir Jungens erheblich in der Überzahl waren. Auch hierbei machte ich mit, weil ich gerne tanzte, und man soll ja nicht aus der Übung kommen.

Aber eine rechte Freude kam bei mir nicht auf, denn Gesine war nicht dabei. Wenn man eine feste Freundin hat, so konzentriert sich bei einem jungen Mann ein großer Teil des Handelns und Denkens auf diese Beziehung. So erging es mir jedenfalls; die ganze Woche dachte ich an Gesine und freute mich schon auf unser Treffen am Sonntag.

Gleich nach dem sonntäglichen Mittagessen fuhr ich mit dem Motorrad nach Kiel; und dann hatten wir den Nachmittag und Abend für uns. Das heißt, in Wirklichkeit stand uns nur der halbe Abend zur Verfügung, denn um elf musste ich wieder in Rendsburg sein. Wenn man in einem Internat untergebracht ist, muss man sich natürlich an die Hauszeiten halten und das hieß: in der Woche wurde die Haustür abends um zehn abgeschlossen und am Sonntagabend um elf. Wenn ich dann in Kiel um halb elf aus dem Kino kam und danach mein Mädel noch nach Hause bringen sollte, war es so gut wie unmöglich, um elf Uhr in Rendsburg zu sein. In Ausnahmefällen konnte man sich von der Hausdame einen Schlüssel mitgeben lassen; aber was tun, wenn die Ausnahme zur Regel wird? Gottseidank gab es da noch eine Notlösung: Man konnte beim Hausmeister ans Fenster klopfen, und der ließ einen dann hinein. Dann war natürlich ein Trinkgeld fällig, und wenn es öfter passierte auch mal 'ne Buddel Rum als Geschenk – oder war das schon Bestechung? Wie auch immer, wenn man eine Liebste hat, muss man sich ihr widmen, sonst läuft man Gefahr, dass man sie verliert.

Doch Gesine und ich waren nach wie vor bis über beide Ohren ineinander verliebt.

Mein Gott, war die Deern süß! Wir konnten den ganzen Sonntagnachmittag in ihrer Bude sitzen und schmusen und uns verliebte Dinge ins Ohr flüstern und merkten dann auf einmal, dass der Nachmittag schon herum war, weil es dunkel wurde.

Sie machte uns Abendbrot, und wenn es auf halb acht zuging, machten wir uns auf den Weg ins Kino oder in ein kleines Tanzlokal. Das war das größte: Bei Kerzenschein und zärtlicher Musik ein Glas Wein trinken und tanzen. Die Deern im Arm halten, ihre Bewegungen spüren, den Duft ihres Haares schnuppern, ab und zu ein flüchtiger Kuss. Ich hielt tatsächlich das Glück selbst in meinen Armen!

Nach und nach lernte ich auch die Studentenclique kennen, die sich um Gesine und einige ihrer Kommilitonen gebildet hatte. Gesine war – mal wieder – der Mittelpunkt und ich als Nichtakademiker der Außenseiter.

Die meisten akzeptierten mich, doch bei einigen von den Männern aus der Clique machte sich ein ausgesprochenes Platzhirschverhalten bemerkbar, was ich aber nicht so mitkriegte, weil es sich meist nicht in meiner Gegenwart abspielte. Doch Gesine machte ihrer Clique deutlich, dass für sie unsere Liebe absoluten Vorrang hatte und sie eher die Clique verlassen würde als mich aufzugeben.

Sie schrieb ihnen ins Stammbuch: „Erstens geht euch das sowieso nichts an, und zweitens sollten wir uns vor dieser widerlichen Arroganz hüten, die bei uns Akademikern leider zu oft zu beobachten ist: Hans Martin ist mit uns gleichaltrig, kann aber schon auf einige Jahre Berufsleben zurückblicken. Das heißt, während wir noch zur Schule gingen oder zu studieren anfingen, hat er schon schwer arbeiten müssen. Er weiß mehr vom wirklichen Leben als die meisten von uns."

Danach waren alle recht freundlich zu mir. Viel später hat Gesine mir die Zusammenhänge erzählt.

So nahm ich denn auch am Studentenleben teil: Statt tanzen zu gehen oder ins Kino, ging ich hin und wieder mit Gesine in irgendwelche Studentenkneipen und hörte mir die Gespräche und Diskussionen an, sagte aber meistens nicht viel dazu.

Auch hier war es genau wie bei uns in Rendsburg, die meisten waren in unserem Alter, doch einige waren dabei, die Soldat gewesen waren und normalerweise schon längst im Berufsleben gestanden hätten. Durch den Krieg hatten sie Jahre verloren, in Einzelfällen ein ganzes Jahrzehnt. Nun versuchten sie, das Versäumte wieder einzuholen. Es waren durchweg stille und verschlossene Männer, denen man anmerkte, dass sie den Krieg und die damit verbundenen Erlebnisse immer noch nicht verarbeitet hatten. Sie schlossen sich auch nur zögernd der Clique an und kamen nur selten zu den Treffen.

Die jüngeren Semester, mit denen ich im selben Alter war, redeten viel und laut über Gott und die Welt, waren aber in ihrer ganzen Entwicklung auch nicht weiter als wir in Rendsburg. Hatte ich bis dahin vor Akademikern eine gewisse Scheu gehabt, weil ich sie mir hoch über mir stehend vorgestellt hatte, so ging diese Scheu sehr bald verloren. Ich stellte fest, dass die Studenten, mal abgesehen von ihrem Fachgesimpel aus der jeweiligen Fakultät, auch nicht viel klüger waren als ich. Und das stärkte mein Selbstvertrauen ungeheuer!

Das einzige, was mir imponierte, war der amerikanische Bürstenhaarschnitt, mit dem einige der Studenten aufwarten konnten. So eine Frisur wolle ich mir demnächst auch zulegen, äußerte ich gegenüber Gesine, traf bei ihr aber auf energischen Widerspruch: „Mach doch bloß diesen Modequatsch nicht mit", reagierte sie geradezu entrüstet. „Ich liebe dich so wie du bist, und dazu gehört auch dein schönes, volles Haar!"

So wurde es wieder mal nichts mit einer neuen Frisur. War wohl auch besser, denn der Bürstenhaarschnitt erinnerte in gewisser

Weise an die „Glatze mit Vorgarten“, die uns Jungen gegen Ende des Krieges zwangsweise verpasst wurde.

Und ohne Gesines Einverständnis lief bei mir sowieso nichts mehr. Nicht dass ich regelrecht unter ihrem Pantoffel stand. Dazu war sie viel zu klug. Aber eine starke Frau war sie schon; doch eben mit dem Hauch der fünfziger Jahre. Das heißt, damals waren auch moderne und emanzipierte Frauen bemüht, dem Partner genügend Freiräume zu lassen. Wir begannen aber schon uns aneinander anzupassen, eine echte Partnerschaft aufzubauen.

Gesine war zunächst einmal Tochter aus gutem Hause, und sie war Hamburgerin. Das gute Elternhaus machte sich in ihrem ganzen Auftreten und Lebensstil immer wieder bemerkbar. Nie ließ sie es an der notwendigen Höflichkeit fehlen, und ihre Sprache war immer angemessen und – um Gottes willen – nie ordinär. Dabei war sie eine temperamentvolle junge Frau und gar nicht hanseatisch unterkühlt. Und sie war ohne jeden Dünkel.

Für die Großstädterin gehörte Kultur als Selbstverständlichkeit zu ihrem Leben. Ohne Theater, Malerei und vor allem Musik konnte sie sich ein Leben nicht vorstellen.

Ihre Vorliebe galt der echten und starken Volksmusik, amerikanischen Country-Liedern und französischen Chansons, wobei sie besonders für Juliette Greco schwärmte. Wenn ich es mir recht überlege, so versuchte sie ein ganz klein wenig die Greco zu imitieren. Nicht die schwarze Kleidung, die bei der Französin fast schon zu einem Markenzeichen geworden war, soweit ging sie nicht. Gesine liebte helle und bunte Kleider und weit schwingende Röcke mit luftigen Blusen, jedenfalls im Sommer. Aber wenn ich mir ihre Frisur anschaute, so war das eine regelrechte Grecofrisur. Und hin und wieder nannte sie mich „mon Amour“. Mir wäre es lieber gewesen, sie hätte mich statt dessen „mien Seuten“ genannt, aber plattdeutsch war nicht ihre Stärke, obwohl sie es gerne hörte, wenn ich Platt sprach.

Bei uns in Oldenhusen wurde noch viel Plattdeutsch gesprochen, wenn auch die Flüchtlinge das Hochdeutsch mitgebracht hatten. Nicht dass wir Dithmarscher vorher des Hochdeutschen nicht mächtig gewesen wären – schließlich lernte man es in der Schule. Doch die Umgangssprache war in den Dörfern Schleswig-Holsteins bis dahin ausschließlich Niederdeutsch gewesen. Eben unsere Muttersprache.

Als dann die Bombengeschädigten aus Hamburg und Kiel und später die Flüchtlinge aus dem Osten kamen, ging man zweisprachig miteinander um. Standen Einheimische zusammen und erzählten auf Platt, so wurde gleich auf Hochdeutsch umgeschaltet, sobald ein Hochdeutscher dazukam. Da war man flexibel und tolerant. Ging der Hochdeutsche dann wieder, so fielen die Plattdeutschen automatisch wieder in ihre geliebte Muttersprache.

Und dann war da bei Gesine noch dieser romantische Hang zum Landleben, wie er sich als Gegenbild zur städtischen Bürgerkultur darstellte: Das Dorf mit den Bauern, ihren Höfen und den Feldern, die dazu gehörten. Die Dorfbewohner, die auf den Feldern und in den Ställen ihrer Arbeit nachgingen, die Plattdeutsch sprachen und ihre dörflichen Feste feierten.

So hatte Gesine das Landleben auf Nordstrand kennengelernt, und so ein Bild machte sie sich auch von meinem Dorf.

Es wurde langsam Zeit, dass ich sie zu mir nach Hause einlud, ihr den Hof zeigte und sie meinen Eltern vorstellte.

Meinte ich. Gesine war auch zuerst begeistert von meiner Einladung, kriegte aber dann doch Bedenken und lehnte ab: „Ich finde es noch etwas zu früh. Nach Zuhause einladen ist so offiziell, das geht schon in Richtung Verlobung, weißt du. Wir haben doch noch so viel Zeit; ich habe doch erst gerade mit meinem Studium angefangen."

So war das damals in den fünfziger Jahren – man ließ sich Zeit. Die jungen Leute „gingen miteinander", oft jahrelang, ehe es zu einer festen Verbindung kam. Und ohne Trauschein einfach zusammenzuleben, war sowieso undenkbar. Man nannte das abwertend: eine „polnische Ehe" führen, was als eine regelrechte Schande galt.

Als Entschädigung dafür, dass Gesine meine Einladung nach Oldenhusen nicht angenommen hatte, schenkte sie mir ein Bild von sich, vom Fotografen aufgenommen: mit einem kleinen süßen Lächeln auf den Lippen schaute sie mich an. Ich verstaute das Bild in meiner Brieftasche; nun war sie immer bei mir.

Einige Tage vor Weihnachten fand in der Heimvolkshochschule der große Konzert- oder Musikabend statt. Es sangen unser

Schulchor, zwei kleine Gesangsgruppen, die sich zusammengetan hatten, und Pastor Schuberth, einer unserer Lehrer, der außer für Weltanschauung und Lebenskunde auch für Musik im Unterricht zuständig war, spielte auf dem Flügel. Und einige Male konnten alle mitsingen; das blaue Liederbuch kam zu Ehren.

Zu dem Musikabend waren Gäste willkommen, und da ich Gesine beiläufig davon erzählt hatte und sie großes Interesse zeigte, lud ich sie ein, und dieses Mal nahm sie die Einladung an. Sie kam mit dem Bus. Ich holte sie mit dem Motorrad von der Bushaltestelle am Paradeplatz ab und fuhr sie nach der Veranstaltung wieder nach Kiel.

Mir war es zuerst etwas peinlich, meinen Schatz präsentieren zu müssen. Aber andere hatten auch Gäste eingeladen, und es fiel in der großen Masse weiter nicht auf, dachte ich mir. Aber ein so schönes Mädchen wie Gesine fällt überall auf, und ich machte großen Eindruck mit ihr.

Meine Stubenkameraden Helmut und Herbert waren jedenfalls voll des Lobes und meinten, ich hätte das schönste Mädel von allen. So was hätten sie mir gar nicht zugetraut.

Und das freute einen denn ja auch!

Der Abend wurde ein voller Erfolg, einmal ganz allgemein und besonders auch aus Gesines Sicht. Sie war vor allem von dem Auftritt einer der Gesangsgruppen angetan. Es waren drei unserer Mitschülerinnen, die sich zu einem Trio zusammengefunden hatten und altbekannte Volkslieder auf eine besonders hinreißende Art sangen. Der Auftritt dieser Gruppe gab den Anstoß dazu, dass Gesine sich in Kiel einer Studentenband als Sängerin anschloss.

Über die Feiertage wollte Gesine nach Hause fahren, und da in Rendsburg über Weihnachten und Neujahr die Bude dicht gemacht wurde und sich daran eine Reise nach Bayern anschloss, würden wir uns erst in der zweiten Januarhälfte wiedersehen.

So gab ich Gesine schon an dem Abend in Rendsburg ihr Weihnachtsgeschenk: Es war eine Schallplatte mit Chansons von Juliette Greco.

Reisen bildet, das ist eine altbekannte Tatsache und so bot auch die Heimvolkshochschule in jedem Jahr eine Studienfahrt an. Es ging dieses Mal nach Oberbayern, obwohl zunächst eine Fahrt nach Schweden geplant war, schon wegen der engen Verbindungen, die seitens der Schule nach Skandinavien bestanden. Aber was sollte man im Winter in Schweden, da fährt man besser in die Berge.

Mit der Bahn ging es zunächst einmal nach München, wo wir uns drei Tage aufhielten.

Für viele von uns war dies die erste große Reise, so auch für mich. Es wurde ein großes Erlebnis.

Vollgepackt mit Eindrücken schlossen wir unsere Reise ab. Die vierzehn Tage in Oberbayern wurden zu einem Eintauchen in eine bis dahin unbekannte Landschaft und Menschenwelt und brachten Erkenntnisse auf Gebieten der Kultur und Wirtschaft. Darüber hinaus festigten sie unsere Gemeinschaft, die dann nur noch bis Ende März bestand, bis der Lehrgang zu Ende ging.

An einem der letzten Abende in Rendsburg kamen wir spät aus dem Theater. Es hatte den „Fliegenden Holländer" gegeben. Wir standen noch unter dem Eindruck der Aufführung und diskutierten bei einem Glas Wein im „Landsknecht". Dann ging es in Richtung Schule. Wir brauchten uns nicht zu beeilen; denn einer hatte einen Hausschlüssel dabei.

So landeten wir bei der Drehbrücke am Nordostseekanal, und Helmut machte den Vorschlag über die Brücke zu gehen. Nur so zum Spaß, hin und zurück. Nebel zogen über das Wasser im Kanal, als wir die Brücke betraten. Zwischendurch rissen die Schleier auf, dann spiegelten sich in langen Reihen die Lichter der Kanalbeleuchtung im dunklen Wasser, danach wallten wieder die Nebelschwaden darüber hin. In der Ferne tutete die Sirene eines Dampfers.

Als wir zurückkamen, hörten wir das bekannte Klingelzeichen, das anzeigte, dass man wegen Drehung der Brücke diese nicht mehr betreten durfte. Die Schranken gingen zu, und ehe wir uns versahen, fing die Brücke an sich zu drehen. Wir waren noch ziemlich in der Mitte und schwenkten mit in Richtung Ufer.

Es folgte ein Erlebnis, von dem ich später nicht mehr wusste, ob es Traum oder Wirklichkeit war. Alles war so märchenhaft und unwirklich, um nicht zu sagen: gespenstisch. Es war wie eine Fahrt durch Zeit und Raum, abgehoben von allen irdischen Bindungen.

Nebel zogen wieder in Schwaden über das Wasser und hüllten auch die beiden Ufer mit den Häusern ein. Nur nach oben war der

Blick auf einen strahlenden Sternenhimmel frei, und während wir uns über das Wasser zum Ufer drehten, schwenkten auch die Sternenbilder mitsamt der Milchstraße um neunzig Grad herum.

Dann kam das Schiff.

Obwohl es nur wenig mehr als zwanzig Meter von uns entfernt vorbei zog, war nur ein dunkler Schatten auszumachen. Kein Licht war an Bord zu sehen, nicht einmal die grünen und roten Positionslaternen, die jedes Schiff in der Nacht anzünden muss.

Nur hören konnte man es genau: Zuerst das Rauschen der Bugwelle, dann stampfte die Maschine an uns vorbei und zum Schluss das Palschen der Schiffsschraube, das immer dann besonders deutlich hörbar wird, wenn ein Schiff ohne Ladung fährt und hoch aus dem Wasser ragt.

Langsam verebbten die Geräusche, und als es wieder ganz still war, hörte ich einen von uns neben mir flüstern: „Das war er – der Fliegende Holländer!"

Schon drehte sich die Brücke zurück. Die Nebel verschwanden so schnell und abrupt, als würde ein Vorhang vor der Bühne hochgezogen. Die Ufer mit den Häusern wurden wieder sichtbar, überall brannten die Lichter.

Von dem Schiff war nichts mehr zu sehen, es war, als wäre es geradewegs im All verschwunden!

Was haben wir mitgenommen von der Heimvolkshochschule?

Es war der Versuch junger Menschen, sich über sich selbst und über ihren Platz in der Welt klar zu werden.

Dabei hat sich aus den vielen Eindrücken und Erlebnissen, die wir in dieser Zeit sammeln konnten, bei den meisten von uns kein fertiges Weltbild ergeben. Dafür hat wohl jeder von uns Anstöße erhalten, die zu inneren Wandlungen und Neuorientierungen führten, auch wenn man sich dessen erst in Monaten und Jahren bewusst wurde.

Unser Hof lag in Dithmarschen, in der alten Marsch, da wo der Boden am schwersten ist. In alten Zeiten war das eine Garantie für gute Ernten; und hier saßen auch die mächtigsten Geschlechter, die in der Republikzeit das Sagen hatten!

Die meisten Dörfer in der alten Marsch liegen lang auseinander gezogen an den Straßen, die in Nord-Süd-Richtung verlaufen. So haben unsere Vorfahren, die alten Sachsen, das Land dem Meer abgetrotzt: Schritt für Schritt, Dorf für Dorf haben sie sich westwärts vorgewagt und vorgekämpft, im harten aber friedlichen Duell.

Der Gegner war die Nordsee, der Siegpreis das Land!

An den Dorfwegen haben sie ihre Häuser gebaut und drum herum Bäume gepflanzt. Zwischen den Reihendörfern liegen die Felder, flach und der Jahreszeit entsprechend im Braun des frisch geackerten Feldes, im Grün des heranwachsenden Korns; hellgelb der blühende Raps und ocker das reife Getreide. Zur Farbe gehört der entsprechende Geruch: Dem frisch gepflügten Acker entströmt ein schwerer, erdiger Geruch, besonders intensiv, wenn ein warmer Sommerregen kurz hernieder rauscht.

Wenn der Weizen blüht und man durch die Felder wandert, wird man von dem herbsüßen Duft fast betäubt. Der Unkundige mag sich wundern, woher der Duft kommt, sind die kleinen Ährenblüten doch nur bei näherem Hinsehen auszumachen.

Anders beim Raps, dessen knallgelbe Blütenteppiche kilometerweit leuchten und den honigsüßen Geruch geradezu optisch unterstreichen. Der Ernteduft entwickelt sich erst richtig, wenn das Korn geschnitten ist oder eingefahren und gedroschen wird, und beizt die Nase besonders intensiv, wenn die Ernte in Gefahr ist zu verregnen, ein dem Landmann verhaßter Geruch.

An der schleswig-holsteinischen Westküste zieht sich die Marsch von der dänischen Grenze bis kurz vor Hamburg in einem langen Streifen hin, der sich in einer Reihe verschiedener Landschaften aufteilt. Marsch ist alles, doch hat jede Landschaft ihren eigenen Charakter.

Die Ausblicke sind hier unendlich weit und atmen Freiheit und Größe. Dazu trägt auch der Himmel mit seinen eigenartigen Wolkengebilden bei. Dithmarschen ist ein Wolkenland; natürlich gibt es auch Tage mit strahlend blauem Himmel und Sonnenschein, doch die Wolkentage überwiegen.

Unser Hof war früher ein reines Niedersachsenhaus, das aber im Laufe der Zeit eine Reihe von Um- und Ausbauten hatte über sich ergehen lassen müssen. So um 1880 hatte man den Wohnteil erweitert und dabei zur Westseite einen hohen, steilen Giebel aus Backsteinen errichtet.

Unser Garten hatte etwas von einem kleinen englischen Park, was durch weitläufige Rasenflächen und alten Baumbestand besonders hervorgehoben wurde. Sieben große Bäume standen im Garten, sechs Eschen und ein Ahorn. Ganz am Grabenrand unten an der Straße schloss eine Reihe von Erlen den Garten ab, und zur Seite an der Auffahrt sowie zu Norden hinter dem Hause breiteten alte Kastanien ihre knorrigen Äste in die Luft. Zum Süden des Wohnhauses gab es drei alte Linden und am Ende des Hofplatzes eine gewaltige alte Blutbuche, die alle anderen Bäume an Mächtigkeit und Höhe übertraf.

Wie kahl und trist wäre das Dorf, wenn man sich all diese Bäume wegdenkt!

Der Garten zur Straße hin war nur Ziergarten, außer Rasen und Baumbestand gab es noch einige Rosen- und Staudenbeete sowie zur Auffahrt hin eine Reihe von Ziergehölzen: Flieder, Schneeball, Pfaffenhütchen und andere.

Ein Nutzgarten schloss sich an der Südseite des Hofes an und war in Gemüsegarten und geräumigen Obsthof aufgeteilt. Hier fand man noch lange Zeit alte Obstsorten wie Gravensteiner und Borsdorfer Äpfel, den Purpurroten Cousinot und ein Exemplar der alten Speckbirne. Kirschen- und Pflaumenbäume gab es in Menge. Auch Beerensträucher waren vorhanden: Stachelbeeren, rote und schwarze Johannisbeeren, eine Rabatte mit Himbeeren, und am Grabenrand wucherten Brombeeren.

An alles hatte man gedacht, als man den Garten anlegte; denn ein Bauernhof musste sich seinerzeit selbst versorgen können.

Marmeladen und Säfte wurden eingekocht, Äpfel gepflückt und kistenweise gelagert. Zugekauft wurde so gut wie nichts, kein Obst und kein Gemüse, alles musste der eigene Garten liefern. Nur ab und zu wurden ein paar Südfrüchte eingekauft, aber das waren schon Geschenke: Eine Tüte Apfelsinen zu Weihnachten, ein paar Bananen zum Geburtstag.

So hatte ich es in meiner Kinderzeit kennengelernt, und so blieb es auch bis in die fünfziger Jahre.

Nun war ich also wieder zu Hause, nach fast einem Jahr. Es war wie immer: morgens um fünf aus den Federn, dann eine Stunde Stallarbeit und erst danach Frühstück. Inzwischen war auch mein Vater aufgestanden, teilte die Arbeit ein, und der Tag nahm seinen Lauf.

Außer mir arbeiteten noch Fritz Fietkau und der Tagelöhner Detlef Bruhn auf unserem Hof, und meine Mutter hatte noch zwei Deerns, die ihr im Haushalt halfen und zu deren Pflichten auch das Melken und Kälbertränken und die Gartenarbeit gehörten.

Während Fritz Fietkau und ich als Vertreter der jungen, vorwärts drängenden Generation bestrebt waren, den Hof zu modernisieren und voran zu bringen, war Detlef Bruhn noch ein Landarbeiter vom alten Schlage. Er konnte gut mit Pferden umgehen und mit Spaten und Haugeschirr arbeiten. Da war er eine Spitzenkraft, und niemand machte ihm etwas vor.

Diese Alten hatten noch ein besonderes, ein fast freundschaftliches und inniges Verhältnis zu ihrem Arbeitsgerät. Den Spaten hütete Detlef wie seinen Augapfel, und niemand anderer durfte damit arbeiten. Das Blatt glänzte vom vielen Kontakt mit der schweren Marscherde wie Silber und wurde nach getaner Arbeit sorgfältig gesäubert und eingefettet. Der Stiel war besonders an den Stellen, an denen Detlef mit seinen schweren Fäusten immer und immer wieder zugepackt hatte, blank gescheuert und wurde zwischendurch mit Talg behandelt. Das gab einen weichen Griff und schonte die Hände.

Zum Anhauen oder Erbsenmähen wurde hin und wieder noch das Haugeschirr, die Kniesense, verwendet. Auch dieses Gerät pflegte Detlef mit viel Hingabe und Sachverstand. Das Blatt wurde abgenommen, gedengelt und wieder angeschraubt, wobei der Sitz am Stiel genau kontrolliert wurde. Dabei ging er nach verschiedenen, geheimnisvollen Verfahrensweisen vor, die mir immer ein Rätsel blieben. Allerdings bemühte ich mich auch nicht besonders, dahinter zu kommen. Wir Jungen hatten das dunkle Gefühl, Spaten, Sense, Haugeschirr waren Dinge von gestern, bald würde etwas Neues kommen!

Mein Liebesleben durchlief in dieser Zeit eine Wende, weil Gesine nicht mehr in Kiel, sondern wieder in Hamburg studierte. Sie hatte allerdings nicht nur den Studienort, sondern auch die Fakultät gewechselt und sich ganz der Kunst verschrieben, indem sie an der Musikhochschule Gesang studierte.

Die Deern wollte Sängerin werden, von Beruf Sängerin – Herr du meine Güte – Sängerin!

Es dauerte eine ganze Zeit, bis ich die ganze Tragweite dieses Entschlusses mitbekam. Schließlich war es zwischen Gesine und mir doch eine ziemlich ernste Sache: Wir liebten uns von ganzem Herzen, und der normale Weg in so einem Fall wäre doch Verlobung und Heirat gewesen.

Und so sehr viel Zeit zum Überlegen blieb mir eigentlich auch nicht, wenn man bedenkt, dass mein Vater in etwa einem halben Jahr die siebzig erreicht haben würde; und dass er den Betrieb liebend gerne an seinen Nachfolger, also an mich, übergeben und sich zusammen mit meiner Mutter auf's Altenteil zurückgezogen hätte. Und noch einmal: Der Normalfall wäre gewesen, wenn ich geheiratet und als Bauer mit meiner Frau den Hof übernommen hätte.

Und das mit einer angehenden Sängerin? Wie war das unter einen Hut zu bringen? Wie hatte Paul doch gesagt: „Machen Sie Schluss mit dieser jungen Frau, das wird nie eine gute Bäuerin!"

Sollte der alte Schwarzseher am Ende Recht behalten? So wie es zur Zeit aussah, würde sie überhaupt keine Bäuerin werden, weder eine gute – noch eine weniger gute.

Es blieb mir nichts anderes übrig, als meinen Schatz zu fragen, wie es mit uns weitergehen sollte: „Wenn ich es richtig sehe, so dauert deine Ausbildung zur Sängerin mindestens drei oder vier Jahre; was wird in der Zwischenzeit aus uns?"

Sie hatte sich darüber auch ihre Gedanken gemacht und meinte in vollem Ernst: „Die Hauptsache ist doch noch immer, dass wir uns lieben, und davon können wir doch ausgehen? Ich liebe dich jedenfalls sehr und meine auch, dass es so bleibt!"

Nachdem ich genickt hatte, fuhr sie fort: „Wenn ich also Sängerin werde dann wird das zwischen uns nichts ändern. Allerdings kann ich dann nicht als Bäuerin bei dir in Oldenhusen leben, sondern werde viel unterwegs sein."

„Und wie stellst du dir unser Leben vor", fragte ich etwas beklommen, „soll ich weiter jedes Wochenende nach Hamburg kommen? Oder wenn du dann gerade ein Konzert in München oder Köln gibst, hinterherfahren, damit ich dich mal kurz zu sehen kriege? Oder soll ich den Beruf wechseln und als dein Manager mit dir durch die Lande ziehen?"

Sie meinte mit einem spitzbübischen Lächeln: „Daran habe ich noch gar nicht gedacht; aber wenn du es unbedingt willst, können wir darüber nachdenken."

„Um Gottes Willen, nein", bremste ich sofort ab, „ich will Bauer bleiben und sehe da gewisse Schwierigkeiten, die auf uns zukommen. Vor allem wollen meine Eltern bald auf's Altenteil, was ich ja verstehen kann; denn Vater wird demnächst siebzig."

„Dann übernimm doch den Hof, und für den Haushalt nimmst du dir eine Haushälterin", wurde sie nun konkret. Und weiter meinte sie: „Wenn ich das erste Jahr auf der Musikhochschule hinter mir habe und weiß, ob es überhaupt was wird mit meiner Karriere, dann können wir meinetwegen heiraten. Ich ziehe dann zu dir auf den Hof und werde von dort weiter zur Schule gehen oder in die Städte fahren und Konzerte geben. Und wenn ich dann erst Geld verdiene, übernehme ich die Kosten für die Haushälterin. Das heißt, wenn es nicht so eine junge, hübsche ist, dass ich dauernd eifersüchtig sein muss."

Und dabei machte sie wieder ihr süßes Lausbubengesicht, dass ich ihr erst einmal einen Kuss geben musste. Abschließend meinte sie dann noch: „Auf jeden Fall ist mir mein Beruf so wichtig, dass ich den Versuch, Sängerin zu werden, einfach machen muss. Wann, wenn nicht jetzt?"

Ziemlich verwirrt fuhr ich nach Hause. Unterwegs fiel mir ein, sie hatte von Heirat gesprochen. Ja waren wir jetzt verlobt?

Das musste baldmöglichst abgeklärt werden, und ich rief sie am nächsten Tag an.

„Natürlich sind wir verlobt", kam ihre süße Stimme aus dem Telefon, „wenn ich sage, dass wir in einem Jahr heiraten können, so ist das doch ein Versprechen, oder Verlobung, wie auch immer! Das ist dir doch recht?"

Mein Gott, und wie mir das recht war! Am nächsten Wochenende war ich wieder in Hamburg und wir besprachen Einzelheiten. Es sollte zunächst noch eine heimliche Verlobung bleiben. Im Sommer wollten wir es offiziell machen; dann kannten wir uns ein Jahr.

Gesine wohnte wieder zu Hause, und so lernte ich auch ihre Familie kennen und diese mich. Ihre Mutter war eine freundliche und fröhliche Frau, von der Gesine sehr viel hatte. Jeder konnte sehen, dass sie Mutter und Tochter waren. Sie war mir von Anfang an sympathisch, und ich hatte bald das Gefühl, dass auch sie mich mochte.

Ihr Vater war etwas reservierter, ganz Mediziner und recht hanseatisch; doch auch bei ihm hatte ich nicht das Gefühl, dass er mich ablehnte.

Dann waren noch zwei jüngere Geschwister da, der Bruder Ralf, wohl achtzehn oder neunzehn und die Schwester Irene, süße siebzehn Jahre alt. Beide himmelten ihre ältere Schwester an und bezogen mich auch gleich in diese Sympathie mit ein.

Ich war nun im Hause Möller eingeführt und konnte mit der Aufnahme dort sehr zufrieden sein. Zu der Zeit hatte die Landwirtschaft noch einen hohen Stellenwert in unserer Gesellschaft, ihr Image-Verlust setzte erst später ein. Ein dithmarscher Bauernsohn war damals noch wer.

Nun war es wohl an der Zeit, auch meine Eltern über den Stand der Dinge zu informieren und sie mit Gesine bekannt zu machen. Das sollte über Pfingsten vor sich gehen. Gesine hatte nun auch keine Einwendungen mehr, bei uns zu Hause zu Besuch zu sein.

Dass ich eine feste Freundin hatte, damit hatten meine Eltern schon lange gerechnet, wussten sie doch von meinen vielen Fahrten nach Kiel und neuerdings nach Hamburg. Als ich ihnen nun die näheren Umstände mitteilte: Hamburgerin, Arzttochter, Sängerin, da blieb es bei Vater und Mutter zunächst recht still. Sie schauten sich an, ich weiß nicht wie, war es enttäuscht, entgeistert? Nein, das wäre wohl doch übertrieben, aber begeistert wirkten sie ganz und gar nicht.

Es war meine Mutter, die als erste das Wort nahm und meinte: „Ja weißt du, Hans Martin, uns schwebte als Schwiegertochter mehr eine hiesige Bauerntochter vor, die auch eine gute Bäuerin abgibt. So wie du uns diese Gesine geschildert hast, ist sie bestimmt eine bezaubernde junge Frau, und wir haben auch nichts gegen sie, ich meine persönlich. Aber du wirst es nicht leicht haben ohne Bäuerin an deiner Seite. Auf so einen Hof wie den unseren gehört schon eine tüchtige Frau, die ihrem Mann mit Rat und Tat zur Seite steht!"

„Grundsätzlich hast du schon recht", antwortete ich meiner Mutter, „aber es muss auch so gehen. Gesine und ich lieben uns so tief und fest, ich kann und will ihr jetzt nicht aus wirtschaftlichen Erwägungen den Laufpass geben. Und wenn ich das täte, was wäre dann? Dann soll ich ein Mädchen von hier heiraten, nur um eine Haushälterin, Bäuerin und Mutter meiner Kinder zu haben? Das ist doch keine gute Grundlage für eine Ehe! Ich heirate dann eine Frau fürs Grobe und liebe im Stillen immer noch Gesine.

Lernt sie man erst einmal kennen, sie kommt zu Pfingsten."

Die Marsch hatte ihr schönstes Kleid angelegt, als meine Deern zu Besuch kam. Pfingsten war früh in diesem Jahr; deshalb standen die Kastanien in voller Blüte und machten den Eindruck von riesenhaften Weihnachtsbäumen mit brennenden Lichtern. In der Dorfflur leuchteten die Rapsfelder mit ihrem intensiven Gelb, und im Vorgarten hingen Flieder und Goldregen voller Blüten.

Gesine ließ sich vom Bahnhof mit dem Taxi zu uns heraus fahren; denn sie hatte einen Koffer mit ihrem Ballkleid dabei, den man auf dem Motorrad so schwer hätte unterbringen können.

Sie hatte ein helles Chanel-Kostüm an, war leicht geschminkt und sah einfach hinreißend aus. Meine Eltern kamen zur Begrüßung mit vor die Tür, und ihnen mag wohl fast die Luft weggeblieben sein angesichts der Schönheit ihrer zukünftigen Schwiegertochter.

Jedenfalls waren Vater und Mutter die Freundlichkeit selbst. Ich habe nie erlebt, dass mein knorriger Vater so etwas wie Charme entwickeln konnte, aber in Gesines Gegenwart konnte er. Er hielt sich mit Reden zurück, polterte nicht gleich los, riss nicht das Gespräch an sich wie sonst. Er machte nur hin und wieder eine witzige Bemerkung und das auch noch an passender Stelle.

Da inzwischen die letzten Flüchtlinge ausgezogen waren, konnten wir eines der kleinen Zimmer als Fremdenzimmer nutzen, und dort wurde Gesine untergebracht. Ich hatte dafür gesorgt, dass alles wohnlich hergerichtet worden war, und eigenhändig einen Strauß Flieder aus dem Garten geholt und in einem alten Krug auf den Tisch gestellt.

Auch auf der geschnitzten Eichentruhe im Flur stand ein großer Strauß weißen Flieders und im Wohnzimmer ebenfalls. Ich hatte mich in einen regelrechten Fliederrausch hineingesteigert, es war fast ein wenig zu viel des Guten.

Gesine war kurz vor Mittag angekommen, und so ging es bald danach zu Tisch. Außer meinen Eltern, Gesine und mir war noch meine ältere Schwester Telse mit ihrem Mann Werner dabei. Es gab das Dithmarscher Nationalgericht „Bunten Mehlbeutel". Bunten Mehlbeutel gibt es am letzten Tag der Ernte, zu Weihnachten und anderen festlichen Anlässen. Dazu wird aus Mehl, Eiern und Milch mit einer Prise Salz und dem nötigen „Buntwerk", das sind Rosinen und Backpflaumen, ein schlanker Teig hergestellt. Den gibt man in ein entsprechend großes Leinentuch, verknotet es, und der Mehlbeutel muss dann in einem genügend großen Topf zwei Stunden im Wasserbad kochen. Wenn er gar ist, wird der Mehlbeutel aus dem Tuch genommen und kommt auf einem großen Teller ganz auf den Tisch. Jeder kann sich dann nach Belieben ein Stück davon abschneiden; dazu gibt es Zucker und Zimt und geschmolzene Butter. Zu trinken gab es nichts, es gibt kein Getränk, das dem Mehlbeutel gerecht wird.

Gesine jedenfalls war begeistert; so etwas hatte sie noch nie gegessen.

Das Gespräch wurde von den Frauen bestritten und ging von dem Mehlbeutel zum Wetter und zu der Frage, ob Gesine eine gute Reise gehabt hätte. Und ich himmelte meine Deern an; mein Gott war ich verliebt!

Nach dem Essen zeigte ich meinem Mädel den Hof. Natürlich hatten wir unser bestes Silber und Porzellan auf dem Tisch gehabt. Auf dem Gebiet hat so ein Dithmarscher Bauernhaushalt schon einiges aufzuweisen. Dann die großen Zimmer mit Blick auf Garten und Hof, die alten Eichenmöbel, geschnitzte Truhen und Schränke, gedrechselte „Geschlechterstühle" mit dem Wappen der Wiebensohns und was es da sonst noch gab. Gesines Augen begannen zu leuchten, sie war aus dem Häuschen!

Dann ging es in den Stall, und hier wurden die weitläufigen „Booßen", die Rinder- und Pferdeställe besichtigt und natürlich die „Lohdiele", Mittelpunkt des alten Niedersachsenhauses.

Hier hockte noch die alte Zeit auf den handbehauenen Balken, den Kopfstücken, der Lehmdiele und den Klappen vor den Viehtrögen der Booßen. Nis-Puck hatte seine Winkel und heimlichen Verstecke im Heu und hinter Spinnenweben.

Ein Wurf halbwüchsiger Herbstkatzen jagte durch die Däle, und die Muschis blieben verwundert stehen, als wir vorbeigingen. Gesine wunderte sich über die vielen Farben der Katzengeschwister: grau, scharz, weißbunt und fragte nach der Rasse. Worauf ich keine Auskunft geben konnte: „Katzen eben, einfache Hofkatzen, deren Vorfahren hier in der Gegend vielleicht schon gelebt haben, als die Angeln und Sachsen nach England auswanderten und in den Schiffen kein Platz mehr frei war für sie. Jedenfalls sind sie nicht sehr zutraulich, lassen sich ungern anfassen, sind aber gute Mäusefänger."

Auf der Lohdiele war lange Zeit der Dreschplatz. Früher mit dem Flegel wurde den ganzen Winter über die Tenne herauf und hinunter gedroschen. Dann kamen die Dreschmaschinen, erst per Handkurbel und mit dem Pferdegöpel angetrieben, später mit der Lokomobile als Antriebskraft.

Der „Damper" war Lohndrescher, zog von Hof zu Hof und brachte zwanzig – dreißig Leute mit, Monarchen und fremdes Volk dabei. Die Namen einiger Meister sind unvergessen in den Dörfern: Hannes Flessau und Johann Johannsen, den sie Johann-Gallopp nannten.

Johann-Gallopp soll einmal im Eiltempo von Hof zu Hof gezogen sein und davon seinen Namen erhalten haben. Als die letzte Garbe auf dem Wiebensohn-Hof gedroschen war, Treibriemen runter, Bremsklötze weg, vier Pferde davor und in vollem Karree zum Thießen-Hof und dort auf die Lohdiele. Als die Maschine dort unter dem Forkloch zu halten kam und die Bremsklötze wieder vorgelegt wurden, war sie noch nicht zum Stillstand gekommen: Die Trommel drehte sich noch, und die Schüttelei schwang hin und her.

Das waren so Geschichten und Erinnerungen, die irgendwo im Halbdunkel dieses alten Raumes hingen und bei Gelegenheit wieder lebendig wurden.

Natürlich verbinden sich auch Kindheitserinnerungen mit der großen Diele. Einmal, ich mag wohl elf oder zwölf Jahre alt gewesen sein, hatte ich hier ein besonderes Erlebnis. Wir hatten am Nachmittag gespielt, und kurz vor dem Zubettgehen fiel mir ein, dass ich meinen Pullover ausgezogen und liegengelassen hatte. Also lief ich schnell hin, um ihn zu holen.

Mir fiel auf, dass noch Licht brannte, und als ich durch die offenstehende Tür dorthin kam, kriegte ich einen gewaltigen Schreck. Im Heu lag ein Pärchen und war mit körperlicher Liebe beschäftigt. Eine von unseren Kökschen mit ihrem Liebhaber in voller Ekstase. Ich verdrückte mich hinter die halbgeöffnete Tür und blieb da mit klopfendem Herzen bis zum Schluss.

Von meinen Eltern bin ich nie aufgeklärt worden; aber wozu auch, wenn einem solche praxisbezogene Aufklärung geboten wurde?

Davon erzählte ich Gesine natürlich nichts.

Wir verließen die Stallungen und gingen zwischen den Feldern den Weg entlang. Ich erläuterte den Hof, und sie war verwundert, dass jedes Feld seinen Namen oder eine Bezeichnung hatte. Wenn Großstädter auf's Land kommen, meinen sie, dass alles nur Gegend ist. Aber Gegend teilt sich auf in Acker, Wiese, Weide, Wege, Gräben und Hofplätze. Und der Bauer muss seine Felder kennen, muss wissen wie groß sie sind, welche Nücken und Vorteile sie haben, um ihnen die richtige Pflege angedeihen lassen zu können.

Wir kamen zur Pferdeweide, stiegen über das Gatter und gingen hinein.

Damals wurde noch viel mit Pferden gearbeitet, obwohl wir einen Trecker hatten. Der alte Lanz-Bulldog war mehr für's Grobe, zog den Tiefpflug, die Scheibenegge und in der Ernte den Bindemäher. Alle anderen Arbeiten wurden noch mit Gespannen erledigt, vor allem die Transporte. Wir hatten noch drei Gespanne, also sechs Pferde, Schleswiger Kaltblut. Dazu noch einige Fohlen und Zweijährige; denn es wurde noch auf eigene Nachzucht Wert gelegt. Und dann war noch Vaters Wagenpferd da, Meta, eine Holsteiner Stute. Denn für den Personentransport hatten wir damals noch einen „Federwagen"; so genannt, weil er im Gegensatz zu den Ackerwagen über Federung verfügte.

Wir gingen zu den Pferden, die auf der Weide grasten. Eine der Stuten, die gutmütige Pauline, kam zu uns und beschnupperte uns. Die Pferde waren es gewohnt, dass sie mit einem Knust Schwarzbrot angelockt wurden, wenn wir sie zur Arbeit holten. Ich hatte etwas Brot dabei und bot es Pauline an, die es mit Wohlbehagen von meiner flachen Hand aufnahm und verputzte. Noch eine weitere Stute kam herbei, um an dem Festmahl teilzuhaben, während die anderen Pferde misstrauisch Abstand hielten.

Die Pferde sind ja klug genug zu wissen, dass sie mit dem Brot nur angelockt werden, um nachher ins Geschirr zu müssen. Nach dem Zuckerbrot kommt jedesmal die Peitsche! Aber Pauline wusste wohl auch, dass die Arbeit sowieso kommt, ob sie nun das Brot nimmt oder nicht. Also nahm sie erst mal das Brot, und sie hatte diesmal Glück, da hinterher keine Arbeit kam.

Gesine versuchte nun auch, die Stute mit einem Stück Brot zu verwöhnen; doch als die rauhe Pferdezunge über ihre Hand fuhr, ließ sie mit einem kleinen Schrei das Brot fallen. Ich hob es wieder auf, und sie versuchte es noch einmal; nun klappte es.

Der Hof lag im Sonnenschein, als wir vom Feld zurück kamen. Ich half Gesine über das Gatter, bei welcher Gelegenheit der Rock ihres Kostüms etwas nach oben rutschte. Sie trug noch Strümpfe mit Nähten und Strapsen, du meine Güte, wie mich das reizte. Und zwischen uns war das Gatter, sie drüben und ich hüben, und das Blut klopfte mir in den Ohren.

Sie lachte mich an, mein Gott, warum lachte sie so verführerisch?

Ich sprang mit einem Satz über das Gatter und wäre vor Aufregung beinahe auf die Nase gefallen. Sie lachte wieder und rief: „Fallen Sie nicht, Herr Leutnant!"

So ein alberner Spruch noch aus der Kriegszeit, aber mir verdrehte sie völlig den Kopf damit. Ich nahm sie in die Arme und wir küssten uns lange und heiß. Bis auf einmal ein Pferdekopf auftauchte und uns beschnupperte. Die Stute Pauline war hinterhergekommen und bettelte um ein weiteres Stück Brot. Aber Brot war aus; jetzt war die Liebe an der Reihe. Eng umschlungen gingen wir zum Hof zurück.

Am Abend dann war Ball, große „Pfingstharmonie" in Büsum. Im Hotel „Seegarten" traf sich in zwei Sälen die Jugend aus der Nordermarsch. Darüber hinaus waren auch noch viele aus der älteren Generation dabei, die während des Krieges und der schlechten Nachkriegszeit auf so vieles verzichten mussten und noch etwas nachzuholen hatten.

Wir hatten einen Tisch im unteren Saal bestellt und waren acht Leute: Gesine und ich, meine Schwester Telse mit Schwager Werner, Walter Thießen mit seiner Frau Helga und Walters Schwester Anke mit Fritz Fietkau.

Damals wurde die Musik noch von Hand gespielt. Im unteren Saal machte eine fünf Mann starke Kapelle Tanzmusik und oben wirkte eine kleine Combo. Denn zwischendurch gingen wir auch mal in den oberen Saal, um zu sehen, was da los war.

Der Ball war Spitze. Gesine hatte ein traumhaftes Ballkleid an und sorgte mal wieder für Aufsehen. Unser Tisch hatte eine Bowle bestellt, die zwischendurch nachgefüllt werden musste; kein Wunder, dass bald Stimmung aufkam. Außerdem gab es eine viel umlagerte Bar, an der Gesine und ich irgendwann landeten. Rundherum hingen viele bekannte Gesichter am Tresen, und alle wollten mit uns anstoßen und natürlich Gesine kennenlernen – und mit ihr tanzen. Sie hat die ganze Nacht kaum einen Tanz ausgelassen.

Und irgendwann gegen Morgen stand sie bei der Kapelle auf dem Podium und sang: „Das ist ja prima! Das ist ja prima! Wer hätte das gedacht, was das für Freude macht!"

Sie hatte eine etwas dunkle Altstimme, voll und kräftig und drang auch ohne Mikrophon und bei all dem Tanzlärm durch. Es war das erste Mal, dass ich sie singen hörte, und ich war begeistert. Aber auch etwas traurig. So wie sie sang und sich auf der Bühne dabei bewegte, war sie die geborene Künstlerin. Mit etwas Glück würde sie eine große Karriere machen können.

Und sie würde nie meine Bäuerin werden, damit musste ich mich wohl abfinden.

In den Tanzpausen wurde am Tisch über Gott und die Welt diskutiert, wobei wir Männer vor allem über Ackerbau und Viehzucht redeten. Ganz besonders Walter Thießen und Fritz Fietkau konnten sich so recht festbeißen bei neuen Landmaschinen und Treckern und was es sonst auf dem Gebiet so gab.

Mein Schwager Werner war da ganz anders. Er liebte das Leben und die schönen Frauen, und ob er meiner Schwester immer treu gewesen ist, dafür will ich meine Hand nicht ins Feuer legen. Er tat immer so, als wäre er der große Frauenkenner, der Kavalier vom Scheitel bis zur Sohle, und möglicherweise war auch 'was dran.

Und dann hatte er immer solche Sprüche auf Lager wie: „Hauptsache sie hat Körper“ oder „die kann man mit Appetit in den Arm nehmen“. Und doch, man konnte ihm nicht böse sein. Wo Werner dabei war, war ausgelassene Stimmung und Fröhlichkeit, und er kam einem auch nie dumm.

An diesem Abend nutzte er die Gelegenheit und tanzte ausgiebig mit Gesine. Und er war mir auch nicht böse, als ich ihn wissen ließ, dass es nun wohl genug sei; denn schließlich sei Gesine mit mir da. Dann kam auch ich mal wieder dazu, mit Gesine zu tanzen. Und es waren die alten Volkstänze, die damals auf jedem Tanzboden einmal am Abend noch gespielt und getanzt wurden.

Sie waren einfach zu tanzen, und jeder konnte mitmachen. Man brauchte nur nachzumachen, was die anderen taten und wie sie sich bewegten bei: „Herr Schmidt, Herr Schmidt, wat bringt dien Dochter mit“ oder „Wenn hier een Pott mit Bohnen steiht un dor een Pott mit Brie, denn lot ik Brie un Bohnen stohn un danz mit mien Marie“.

Zum Schluss kam dann Partnerwechsel bei den Klängen von: „Goh vun mi, goh vun mi, ik mag di nich sehn; kumm to mi, kumm to mi, ik bün so alleen“.

Ich musste Gesine nun alleine lassen und mir eine andere Tanzpartnerin suchen und kriegte, wie der Zufall so spielt, Ute Rolfs zu fassen, mit der ich vor Gesine mal ein Techtelmechtel hatte. Erst waren wir beide etwas gehemmt. Der Tanz war dann bald zu Ende, und als ich sie an ihren Platz brachte, lud sie mich zu einem Glas Bowle ein.

Wir stießen an, und sie meinte mehr oder weniger versöhnlich: „Du hast jetzt ja eine sehr schöne Freundin, diese Gesine. Du woll test ja immer etwas besonderes. Ich gönn’ sie dir, aber ich glaube nicht, dass du sie halten kannst!“

Diesen kleinen Stich konnte sie sich nicht verkneifen. Ich war mir meiner Sache sicher und konterte weinselig: „Und ob ich sie halten kann! Und wenn nicht, dann kann ich ja immer noch dich heiraten.“

Das war wohl doch etwas fies. Ute lächelte denn auch säuerlich und ihre Augen blitzten vor Wut und Eifersucht. Ich empfahl mich auch bald und sah zu, dass ich wieder an unseren Tisch kam.

Gesine nannte mich seit diesem Abend Hannes, wie alle meine Freunde. Sie meinte, den Namen Hannes könne man zärtlich aussprechen, das sei mit Hans Martin nicht möglich.

Und ein Mädchen, dass sich solche Gedanken macht, soll ich nicht halten können? Die spinnt doch, diese Ute!

Kurz nach Pfingsten wurde ich ernsthaft krank, eine schwere Vergiftung machte mir zu schaffen. Es begann damit, dass ich mitten in der Nacht wach wurde, von einem Alptraum gequält. Es war eine mathematische Aufgabe, die ich zu lösen hatte und die einfach nicht aufging. Ein furchtbares Zahlengewirr war zu ordnen, ein Gordischer Knoten der Mathematik, und ich war dazu ausersehen, ihn zu durchschneiden und damit eine Katastrophe abzuwenden.

Aber es ging nicht!

Es lag nicht an meinen Fähigkeiten und Rechenkünsten. Die Aufgabe war einfach nicht zu lösen, auch von dem klügsten Professor nicht!

Völlig verwirrt lag ich eine Zeit lang im Bett und konnte mich nicht konzentrieren, wusste kaum, wo ich war. Ich machte Licht, wanderte in der Wohnung hin und her, und ganz langsam wich der Alpdruck von mir. Ich ging nach draußen, und erst an der frischen Luft kriegte ich langsam wieder einen klaren Kopf. Dann wurde mir auf einmal übel und ich musste mich erbrechen. Es folgte ein furchtbarer Schüttelfrost; ich machte so schnell ich konnte, dass ich wieder ins Bett kam. Am Morgen war ich nicht in der Lage aufzustehen, hatte Fieber. Mir war immer noch speiübel, und an Frühstücken war nicht zu denken.

Der Arzt wurde gerufen und stellte einen Kreislaufkollaps fest; er gab mir eine Spritze.

Was war geschehen?

Unser Rapsfeld, circa vier Hektar groß, war stark vom Rapsglanzkäfer befallen. Ich besorgte mir einen Rückenstäuber mit einer großen Portion Stäubepulver und behandelte den Raps gegen den Glanzkäfer. Dazu musste ich in dem blühenden Raps auf- und abgehen, mit der linken Hand die Pumpe des Gebläses bedienen und mit der rechten Hand das Stäuberohr über den Raps halten. Aus dem Rohr kam dabei laufend dieses Stäubepulver in mehr oder weniger starker Konzentration als eine Art Nebel heraus, und ich lief dauernd in diesem Staub und atmete ihn dabei ein. Das ganze dauerte von morgens um halb zehn bis ungefähr zur Kaffeezeit.

Kein Mensch hatte mir gesagt, dass dies meiner Gesundheit schade, aber bei einiger Überlegung hätte ich auch von allein darauf kommen können. Man hätte mir gleich eine Atemmaske mitgeben müssen, oder ein einfaches Tuch, vor Mund und Nase gebunden, hätte schon gute Dienste getan.

So war ich drei Tage und Nächte bettlägerig, und erst nach Wochen war ich wieder voll bei Kräften. Fortschrittsgläubig wie wir damals waren, als die Chemie uns über den Hals kam, hatte ich den Raps behandelt. Von Risiken und Nebenwirkungen war mir nichts bekannt, mir nicht und anderen auch nicht. Wir alle vertrauten der Industrie, dass sie uns Mittel entwickelte und an die Hand gab, die zwar wirkungsvoll, aber doch für Menschen und Umwelt verträglich und ungiftig wären.

Meine Eltern wollten sich langsam auf ihren Lebensabend, das sogenannte Altenteil vorbereiten. Neben unserem Hof stand ein geräumiges Wohnhaus, in dem eine unverheiratete Schwester meines Vaters wohnte. Früher einmal hatte es als Altenteilerhaus zum Hof gehört. Vater und Mutter besprachen nun mit Tante Gretchen, ob sie zu ihr ins Haus ziehen könnten, und die sagte freudig zu. So war sie doch im Alter nicht ganz allein und auf sich gestellt. Nur mussten vorher noch umfangreiche Renovierungen vorgenommen werden, mit denen baldmöglichst angefangen werden sollte.

Die Eltern teilten mir diese Entwicklung der Dinge mit und fügten hinzu, dass sie nach Möglichkeit noch in diesem Herbst oder Winter umziehen wollten. Dann sollte ich den Hof überschrieben bekommen und ihnen ein angemessenes Altenteil zahlen. Ich müsse dann auch meinen eigenen Haushalt führen und entweder eine junge Bäuerin heiraten oder eine Haushälterin einstellen.

Ich war mit allem einverstanden und freute mich auf meine Selbständigkeit. Wenn man jung ist, muss man aufbauen; die Zeit dafür war gekommen.

Wann, wenn nicht jetzt?

Am Abend rief ich Gesine an, und sie freute sich mit mir und meinte: „Wenn deine Eltern dann ausgezogen sind, renovieren wir unsere Wohnung, und im nächsten Frühjahr heiraten wir.“

Wir waren beide sehr glücklich!

Nur hatten wir nicht mit meiner Mutter gerechnet. Mutter war eine kleine, fast zierliche Person, der man auf den ersten Blick ihren festen Willen nicht ansah und erst recht keine Intrige zutraute.

Sie war immer noch der Meinung, dass Gesine nicht die richtige Frau für mich sei, und da sie wusste, dass ich auf ihre diesbezüglichen Einwendungen nicht reagierte, nahm sie zur Intrige Zuflucht.

Als kurz nach meiner Krankheit eines ihrer jungen Mädchen kündigte, lancierte sie eine Annonce in die Zeitung, wonach sie ein „besseres junges Mädchen mit Familienanschluss“ als Hilfe für den Haushalt suchte. Von den sieben oder acht Mädchen, die sich daraufhin meldeten, suchte sie genau die aus, die ihrem Idealbild einer Schwiegertochter entsprach.

Hannelore Huesmann war also die Geheimwaffe meiner Mutter, die sie gegen Gesine einsetzte. Sie entstammte einer alten Dithmarscher Bauernfamilie, hatte den Beruf der Bäuerin erlernt und passte auch altersmäßig gut zu mir. Sie war nicht so schön wie Gesine und auch nicht so damenhaft, eben keine Großstädterin. Aber trotzdem, mit ihrem blonden Haar, den strahlend blauen Augen und ihrem Atombusen war sie eine richtig süße Deern.

Hannelore machte mir bald schöne Augen und suchte, wo immer es ging, meine Nähe. Na klar, der Wiebensohn-Hof war ja auch einer der schönsten Höfe in der Nordermarsch und ich somit einer der begehrtesten Junggesellen in unserer Gegend.

Natürlich hatte Hannelore dabei die Rückendeckung meiner Mutter. Genaues weiß ich bis heute nicht; doch für mich steht absolut fest, dass Mutter ihr gesagt hat: „Liebe Hannelore, ich würde es gerne sehen, wenn Sie meine Schwiegertochter würden“, oder etwas in der Art. Sie wird es wohl nicht gleich in den ersten Tagen gesagt haben, aber doch schon bald; denn sie hatte keine Zeit zu verlieren.

Hannelore wird wohl erst einen roten Kopf bekommen und verlegen zu Boden geblickt haben, aber sie hat sich wohl auch gute Chancen ausgerechnet. Nun, es sollte mit ihr noch ein Fiasko geben, ein regelrechtes Melodram.

Schneller als ursprünglich geplant und angenommen, fing es mit Gesines Karriere als Sängerin an. Genau wie in Kiel die Studentenband war es auch in Hamburg eine Gruppe junger Musiker, die sich zusammengefunden hatte. Sie machten in der ersten Zeit Tanz- und Unterhaltungsmusik; und deshalb war es mit Gesines Zeit an der Musikhochschule vorbei. Zu der Band gehörten ein Schlagzeuger, ein Bläser, der abwechselnd Posaune, Trompete und Saxophon spielte und ein oder zwei Gitarristen; denn der Bandleader, Bert Holler, war außer an der Hammondorgel auch an den verschiedensten Klampfen firm. Und Gesine als Sängerin war wieder einmal der strahlende Mittelpunkt. Bert Holler war schon in Kiel bei der Studentenband dabei gewesen und auch hier in Hamburg die treibende Kraft.

Die „Goldenen Fünfziger" waren ein singendes, klingendes Jahrzehnt mit einer Fülle und einem Nebeneinander der verschiedensten Musikrichtungen: Von letzter Operettenseligkeit über Musicals, Film- und Schlagermusik bis hin zum Rock 'n' Roll. Dann kamen noch zwei technische Neuerungen: Die Musikbox und das Transistorradio brachten die Musikszene der Jugend noch zusätzlich auf Trab.

Volksmusik oder Folklore, wie die Richtung genannt wurde, lag ja genau gegen diesen großen Trend. Trotzdem stießen Gesine und ihre Band damit in eine weit klaffende Marktlücke. Hauptanliegen ihrer Folkmusik bestand darin, alte Volkslieder jung und modern vorzutragen und, nach Möglichkeit, zu echten Kunstwerken zu gestalten. Besonders das Publikum im „Mittelalter", die Dreißig- und Vierzigjährigen, denen das Schlagergesülze und Rock 'n' Roll-Gedröhne auf die Nerven ging, war für diese Art Musik begeisterungsfähig.

Nun fehlte noch ein Name für die Gruppe. Nach einigem Hin und Her und Probieren nannten sie die Band in Anlehnung an ein altes Volksliederbuch aus der Wandervogelzeit „Zupfgeigenhansl".

Sie hatten es zuerst nicht leicht – was Wunder: Aller Anfang ist schwer! Sie spielten in Bars und Tanzcafés und mussten schon deshalb auf das „normale" Schlagerangebot zurückgreifen. Nur ab und zu konnten sie einige ihrer Folktitel einflechten.

Dann hatten sie das zweifelhafte „Glück", dass ein Schlagerproduzent sie hörte und von ihrer Musik angetan war. Er wollte sie produzieren und rückte mit einem Vertrag an, der aber nicht die ungeteilte Zustimmung der Gruppe fand. Sie sollten manipuliert werden, spielen und singen, was die Schlagermacher wollten. Von ihrem ursprünglichen Konzept wäre so gut wie nichts übrig geblieben, Gesine sollte zu einem Star aus der Retorte gemacht werden.

So kam es zu keinem Vertrag, weil vor allem Gesine und Bert Holler dagegen waren. Sie blieben hart, auch wenn es Zoff in der Gruppe gab und der Produzent sie höhnisch als Snobs beschimpfte. Dann hatten sie die Idee, sich selbst zu produzieren, Konzerte in eigener Regie zu geben und auf Tournee zu gehen.

Soweit war die Sache gediehen, als ich mal wieder in Hamburg war, um meinen Schatz zu besuchen; dabei lernte ich die Mitglieder der Band in einem dieser Tanzlokale kennen. Das waren, außer Bert Holler, der Schlagzeuger Michael Skibowski, der Bläser Tim Kleemann und der Gitarrist Harm Willisen. Der erste Eindruck war positiv; alle waren die Freundlichkeit selbst, ich gab einen aus und wir stießen auf Brüderschaft an. Ich hatte aber doch im Laufe des Abends das Gefühl, dass sie mich beobachteten und einzuordnen versuchten. Und dies Gefühl sollte nicht trügen; besonders Bert Holler belauerte mich. Der Grund dafür war, wie sich später herausstellte: Er wollte mir Gesine ausspannen.

Nun war ich es ja gewohnt, dass Männer Gesine umschwärmten wie Motten das Licht; das war schon auf Nordstrand so gewesen, in Kiel und anderswo. Eigenartigerweise war ich, mal abgesehen von Willi Andresen, auf niemand konkret eifersüchtig. Mit Bert Holler war das anders. Instinktiv fühlte ich, dass hier Gefahr drohte, und das Schlimme war, dass ich nicht viel machen konnte.

Die Band war bei Proben und Konzerten immer zusammen; hinterher wurde noch diskutiert und gelegentlich gefeiert. Allein durch den Beruf und die gemeinsamen Interessen ergab sich ein enges Verhältnis von Gesine zu den Mitgliedern der Band. Ich konnte nur telefonieren und an den Wochenenden nach Hamburg fahren, was ich auch regelmäßig tat.

An diesem Abend wurde es spät. Die Tanzerei ging bis weit nach Mitternacht, ehe Schluss war und die Instrumente eingepackt werden konnten.

Danach saßen wir noch bei einer Cola zusammen, und es wurden die Probleme der Band diskutiert. Die waren erheblich, und es drehte sich zum Schluss einmal wieder um das liebe Geld, das für den Start in eigener Produktion gebraucht wurde. Es war der Schlagzeuger Michael Skibowski, der sich an mich wandte mit dem Anliegen: „Vielleicht kann Hannes uns das Geld beschaffen?“

Ich schaute Gesine an, und sie strahlte mich an, als wäre die Sache schon abgemacht und als hätte ich alle Probleme behoben.

Bert Holler grinste süffisant vor sich hin, als wenn er sagen wollte: „Das schafft er nie und dann ist er für uns erledigt und für Gesine auch!“

Um Zeit zu sparen, stellte ich die konkrete Frage: „Wieviel braucht ihr eigentlich“, und löste damit eine längere Diskussion aus. Es wurden eine Reihe ziemlich konfuser Kalkulationen und Überschläge angestellt, und zum Schluss lagen mehrere Vorstellungen auf dem Tisch, die von fünfhundert bis zehntausend Mark variierten.

So konnte ich mich erstmal ganz leger aus der Affäre ziehen mit der vagen Versprechung: „Ich will's versuchen“, und ich schob die knallharte Forderung nach, „ihr müsst aber erstmal eine genaue Kostenaufstellung mit möglichst einem brauchbaren Haushaltsplan vorlegen.“

Wer Musiker kennt, der weiß, dass unter hundert höchstens zwei oder drei in der Lage sind, ihre Geschäfte zu führen. Sie kennen nur ihre Musik, und das ist ja auch gut so. Was mit Kosten-Nutzen-Rechnung, Bilanzen und überhaupt mit Geld zusammenhängt, das sind für die meisten von ihnen Böhmische Dörfer. Sonst würden ja auch nicht so viele Produzenten, Manager und Agenten ihr Brot gerade auf dem Musiksektor verdienen.

Ohne konkretes Ergebnis gingen wir auseinander, und ich brachte Gesine nach Haus. Dort saßen wir noch eine Zeit lang in der Küche, und ich wollte wissen, ob ich nun wirklich den Versuch unternehmen sollte, Geld für die Band aufzutreiben.

Gesine meinte: „Einerseits kommen wir ohne die nötigen Mittel nicht weiter, andererseits ist es wirklich nicht deine Sache, das Geld für mein erstes Konzert aufzutreiben. Schließlich hast du deine eigenen Probleme, und ich will dich nicht in Schwierigkeiten bringen. Aber irgendwie muss es weiter gehen.“

Damit fuhr ich nach Hause, und unterwegs stellte ich so meine Überlegungen an. Es ging mich wirklich nichts an, wie es mit dem „Zupfgeigenhansl“ weiter ging. Aber vielleicht war es auch für mich so etwas wie Hoffnung, wenn ich möglicherweise Gesine damit noch stärker an mich band und diesen Bert Holler etwas an die Kandare nahm.

Aber woher das Geld nehmen?

Ich überschlug meine Möglichkeiten: Ein paar hundert Mark auf dem Sparbuch, einige Schweine, die ich auf eigene Rechnung mästete und ein Hektar Blumenkohl, auch auf eigene Rechnung. Mit Ach und Krach würde ich tausend Mark locker machen können; später, wenn der Blumenkohl geerntet war, vielleicht noch einmal die gleiche Summe.

Es dauerte fast vierzehn Tage, bis ich den ersten Tausender flüssig gemacht hatte und Gesine das Geld aushändigen konnte. Ich bestand darauf, dass sie es nahm; mit ihren Musikern sollte sie sich selbst auseinander setzen. Auf einen Schuldschein verzichtete ich und meinte: „Du bist mir für eine Million gut, nur habe ich sie nicht.“

Gesine war baff und unsicher, als sie das Geld in Empfang nahm; doch an ihrem roten Kopf merkte ich, wie sehr sie sich freute.

Dann saß sie auf einmal neben mir und kuschelte sich an mich: „Auf dich kann ich mich immer verlassen, mein Hannes“, war ihr Kommentar, und dann lagen wir uns wieder einmal in den Armen.

Zwischendurch war ich mal kurz in Berlin – sehr kurz. Ich war zusammen mit Walter Thießen mit einem Lastzug der „Gemüseabsatz GmbH“ mitgefahren. Die „Gemüseabsatz“ war eine Firma, die schon vor dem Krieg gegründet worden war und sich um den Absatz des in Dithmarschen in großen Mengen angebauten Kohls bemühte. Auch betrieb sie eine Fabrik, in der sie Sauerkraut und andere Konserven produzierte.

Seit ungefähr 1895 begannen die Bauern bei uns in der Marsch mit dem Kohlanbau, und inzwischen ist Dithmarschen das größte zusammenhängende Kohlanbaugebiet in Deutschland geworden. Das Nordseeklima und der fruchtbare Marschboden bieten ideale Voraussetzungen für den Kohl. Nirgendwo wird der Kopfkohl so fest und so schwer und liefert so gute Qualität wie bei uns. Die dithmarscher Kohlbauern verstehen ihr Geschäft.

Auch bei uns in Oldenhusen wurde Kohl angebaut, so bei Walter Thießen und bei uns auf dem Wiebensohn-Hof. Die meisten Höfe bauten Weißkohl für die Industrie, also zur Sauerkrautherstellung, und Rotkohl an. Erst seit einigen Jahren fingen einzelne Bauern auch an, sich mit dem Anbau von Blumenkohl zu befassen. Nun hat der Blumenkohl die Eigenschaft, dass er nicht lagerfähig ist. Während Weiß- und Rotkohl in Mieten und Scheunen monatelang gelagert werden kann, um dann verkauft zu werden, wenn der Markt aufnahmefähig ist, muss Blumenkohl sofort nach dem Schnitt auf den Markt gebracht und bald verbraucht werden.

Dazu bedarf es einer guten Absatzorganisation, und hier sprang nun die „Gemüseabsatz GmbH" in die Bresche. Auf dem Feld wurde der Blumenkohl in hölzerne Kisten gepackt und von den großen Lastwagen der „Gemüseabsatz" abgeholt und auf den Großmärkten der Städte vermarktet.

Walter Thießen war nun in diesem Jahr in den Blumenkohlanbau eingestiegen, und auch ich baute einen Hektar mit Blumenkohl an, wozu ich mir das Land von meinem Vater gepachtet hatte.

Einer der Fahrer von der „Gemüseabsatz" hatte versprochen, uns bei Gelegenheit mal mit nach Berlin zu nehmen. Als Gegenleistung sollten wir beim Entladen helfen. Eines Tages rief Walter mich an, es solle losgehen. Der Lastwagen solle noch bei einigen anderen Bauern laden, und so in zwei Stunden sei er auf dem Thießen-Hof. Gepäck brauchten wir nicht; denn es wurde nachts durchgefahren, wir müssten versuchen, während der Fahrt im Führerhaus zu pennen. Wir brauchten also nur etwas Geld und die Pässe; denn es ging ja durch die DDR. Und ein paar Butterbrote und eine Thermoskanne mit Milchkaffee hatten wir dabei.

Der Fahrer hieß Manfred und wurde, was Walter mir hinter vorgehaltener Hand mitteilte, im Kollegenkreis nur Nutten-Manni genannt. Er war Stammkunde in der Herbertstraße in Hamburg und in anderen Bordellen und kannte sich im einschlägigen Milieu bestens aus. Infolgedessen ging es bei ihm nur um ein Thema: Frauen, Nutten, körperliche Liebe.

Die Blumenkohlernte fing man eben erst an, so dass Manni nur den Motorwagen bei uns vollgekriegt hatte. Der Hänger stand im Hamburger Freihafen und war mit Zitronen beladen; den mussten wir dort noch abholen. Ein Riesengelände war der Hamburger Freihafen, besonders wenn man einen Hänger mit Zitronen abholen soll und ihn nicht finden kann. Manni hatte Order zum Schuppen 76, da war der Hänger nicht. Nun wurden wir hin und her geschickt, und es dauerte fast eine Stunde, bis wir unseren Anhänger endlich fanden und vorhaken konnten. Dann mussten wir noch durch den Zoll; denn der Freihafen ist ja Zollbezirk. Als wir endlich aus Hamburg hinausfuhren, war es schon später Nachmittag. Manni war es zu spät, um die kürzeste Strecke über Lauenburg zu fahren; denn dort musste man um zehn oder elf Uhr am Abend schon aus der DDR wieder raus sein. Andernfalls musste man auf einem Rastplatz den Morgen abwarten und kam dann erst morgens um acht über die Grenze nach Berlin hinein. Also fuhren wir die weitere Strecke über Helmstedt; denn dort konnte man die ganze Nacht durchfahren.

Allerdings nicht ohne Kontrollen versteht sich. An der DDR-Kontrollstelle mussten wir unsere Ausweise zeigen, Gesichtskontrolle über uns ergehen lassen, und dann kriegten wir einen Laufzettel, mit dem wir durchgeschleust wurden. Die größte Schikane kam aber an der Rampe.

Der Lastzug musste an eine Rampe gefahren werden, und nun hieß es abladen. Vom Motorwagen und auch vom Hänger mussten wir einige Reihen der Kisten abladen und auf die Rampe stellen. Zwei bewaffnete DDR-Grenzer standen dabei und schauten zu, krochen danach in die entstandenen Lücken auf dem Wagen und kontrollierten. Was sie da suchten, wusste kein Aas, vielleicht sie selbst nicht einmal. Vielleicht irgendwelche versteckte Personen oder Waffen oder sonstige Konterbande. Dabei hatten wir noch Glück; denn ein Lastzug, der vor uns hielt, musste ganz entladen werden. Der arme Fahrer hatte keinen Beifahrer mit und musste allein Steige für Steige mit seinen Weintrauben, die er geladen hatte, auf die Rampe stellen. Als der Lastzug leer war, konnte er wieder einladen. Er kam erst gegen Mittag des folgenden Tages in Berlin an und war völlig geschlaucht. Und seine Weintrauben waren auch nicht mehr ganz frisch.

So kriegten wir gleich Anschauungsunterricht, mit welchen Schwierigkeiten die Firmen beim Berlingeschäft zu tun hatten. Und wir konnten uns ein Bild von der kalten, unpersönlichen Atmosphäre machen, die einen totalitären Staat umgibt. So war es zum Beispiel nicht möglich, mit den DDR-Grenzbeamten oder der Volkspolizei in ein Gespräch zu kommen. Wenn man einen von ihnen ansprach, drehten sie einem den Rücken zu, oder sie schnauzten uns an: „Machen Sie weiter und sprechen Sie uns nicht an!"

Es war eben die Zeit des Kalten Krieges.

Von der DDR haben wir auf der Hinfahrt nicht viel gesehen; denn es war inzwischen dunkel geworden. Auf halber Strecke nach Berlin war noch ein Kontrollpunkt, den wir anlaufen mussten. Man verglich die Zeit, die wir bis dahin gebraucht hatten, ob es nicht zu lange gedauert hatte und wir inzwischen möglicherweise Zeit gehabt hätten, 'was Unerlaubtes zu tun.

Mannis Beifahrer lag hinter uns auf der Pritsche und schlief. Manni saß am Steuer und erzählte Witze, und wir mussten auch welche zum Besten geben. Aber unsere Witze waren ihm durchweg zu harmlos. Igitt, was konnte der Kerl für säuische Witze erzählen, alle waren sie unterhalb der Gürtellinie angesiedelt.

Am frühen Morgen kamen wir in Berlin an, und weil der Großmarkt noch verschlossen war, frühstückten wir erst einmal in einem Lokal ganz in der Nähe. Natürlich hatte Manni wieder ein „einschlägiges" Lokal aufgesucht, und es dauerte nicht lange, da saßen zwei Mädchen an unserem Tisch. Aber es lief alles recht harmlos ab; die Mädchen hatten ihr Geschäft wohl schon gehabt und wir mussten zum Markt; so blieb es auch hier, weil Manni grade im besten Fahrwasser war, beim Witzeerzählen. Also Walter und ich kriegten den Mund nicht wieder zu. Das hätten wir uns nie erlaubt, Mädchen solche Witze zu erzählen. Und dass es Mädchen gab, die dabei nicht rot wurden und raus liefen, sondern solche Witze gerne hörten und auch noch nachfragten, war für uns ein Erlebnis besonderer Art.

Dann ging es zum Großmarkt. Wir fuhren an den Stand der „Gemüseabsatz" und luden ab, Walter und ich halfen kräftig mit. Danach ein Gang über den Markt, Gespräche mit den Händlern an ihren Ständen und den Leuten von der „Gemüseabsatz", die hier einen der größten Stände in der Halle hatten und auch den Blumenkohl aus Oldenhusen an die Einzelhändler verkauften. Besonders interessant war für uns, dass auch hier noch gehandelt wurde. Es ging hier nicht nach irgendwelchen Festpreisen oder Listen; nein, jede Partie Ware, und wenn es auch nur eine Kiste war, wurde ausgehandelt. Und oft ging ein Käufer zum nächsten Stand und kaufte dort, wenn er mit den Händlern von der „Gemüseabsatz“ nicht einig wurde. Hier haben wir es vor Ort erlebt, dass nur der Preis an den Erzeuger weitergegeben wurde, den der Markt hergab und der nach Abzug der Kosten und des Zwischenverdienstes übrig blieb. Und der Markt gibt mitunter verdammt wenig her, wenn „weiße Woche“ ist, das heißt, der Markt von Blumenkohl nur so überquillt.

Dann wurde der Lastzug noch mit Leergut beladen, und es folgte eine kurze Stadtrundfahrt. Mit dem großen Fernlaster donnerten wir über den Kurfürstendamm, und Manni erläuterte uns die Sehenswürdigkeiten, vor allem die Stellen, wo die Mädchen auf den Strich gingen.

Unsere ganze Berlinfahrt drehte sich eigentlich, um mal mit den alten Römern zu sprechen, um Brot und Spiele. Oder konkreter: Blumenkohl und Nutten!

Und dann kam tatsächlich der Augenblick, wo es zur Sache ging. Manni parkte seinen Zug in einer Nebenstraße und strebte einem Bordell zu. Nicht ohne uns mit diesbezüglichen guten Ratschlägen versorgt zu haben. Aber wir verspürten keine Lust, es ihm nachzumachen. Weder Walter noch ich und auch nicht der Beifahrer verspürten Lust, am hellichten Mittag oder überhaupt in den Puff zu gehen. Langsam stank uns dies ganze Nuttenthema, und außerdem waren wir viel zu treu.

Und während Manni bei irgendeiner Hure war, gingen wir das kurze Stück zum Kurfürstendamm zurück. Dort bummelten wir ein bisschen, aßen eine Currywurst vom Grill und ließen das Großstadtgetriebe an uns vorüberfluten.

Am frühen Nachmittag ging es dann in Richtung Heimat, dieses Mal über Mecklenburg, und wir kriegten doch noch etwas von der DDR zu sehen. Der Lastzug der „Gemüseabsatz“ blieb in Hamburg; denn er sollte am nächsten Tag in Kirchwerder in den „Vierlanden" laden. Wir fuhren mit dem Zug nach Hause, wo wir am späten Abend ankamen.

Um die Zeit herum begannen wir jungen Bauern aus Oldenhusen mit unserem wöchentlichen Stammtisch. Jeden Sonntagmorgen zwischen zehn und zwölf trafen wir uns im Oldenhusener Dorfkrug und tauschten Neuigkeiten aus. Ackerbau und Viehzucht, neue Landmaschinen, Preise und was am Markt so lief, waren die wichtigsten Themen, und der neueste Dorftratsch wurde auch gleich mit verhackstückt. Und es wurde auch schon mal politisiert, jedenfalls wurde das Neueste auf dem Sektor Agrarpolitik diskutiert.

Die Kernfrage der Agrarpolitik war dabei immer noch – oder schon wieder – die Frage freie Marktwirtschaft oder Marktordnung? Hier gingen die Meinungen sehr auseinander und das nicht nur im Oldenhusener Dorfkrug. Auch in der Öffentlichkeit wurden damals die widersprüchlichsten Meinungen vertreten.

So hatte sich gerade vor kurzem der Präsident des Schleswig-Holsteinischen Bauernverbandes, Detlef Struve, auf einer Versammlung für eine Marktordnung ausgesprochen, die der Landwirtschaft im Verhältnis zur Industrie und zur allgemeinen Lebenshaltung gerechte Preise sichern sollte. Bei Marktfreiheit würden, wie er meinte, neunzig Prozent der kleinen landwirtschaftlichen Betriebe vernichtet. Wenn Festpreise und Prämien jährlich neu festgesetzt würden, könnten die Anbauflächen richtig abgestimmt und die Wünsche der Verbraucher besser berücksichtigt werden.

Ich hatte gerade etwas über Thomas von Aquin gelesen und warf in die Debatte, dass der schon im dreizehnten Jahrhundert den „gerechten Preis" für landwirtschaftliche Erzeugnisse propagiert habe, einen Marktpreis, der ohne Betrug und monopolistische Praktiken gebildet werden solle. Wenn etwa ein Händler in Zeiten der Teuerung wisse, dass es in Kürze reichlich Getreide geben werde, so müsse er die Information an seine Kunden weiter geben und rechtzeitig die Preise senken.

„Ja seht ihr", nahm Fritz Fietkau den Faden auf, „der ist damals schon für die Planwirtschaft eingetreten. Das muss natürlich nicht in Zwangswirtschaft ausarten wie bei den Nazis oder jetzt im Ostblock, aber im vernünftigen Rahmen halte ich Marktordnung für eine gute Sache."

Walter Thießen war da skeptisch: „Frage ist nur, was soll man unter einem vernünftigen Rahmen verstehen? Ich befürchte, dass Marktordnung mit viel Bürokratismus zu tun hat und sich am Ende nicht richtig in den Griff kriegen lässt.

Und Detlef Struve hat ja auch schon Opposition zu spüren gekriegt. Der „Bauernfreund" hat neulich geschrieben, dass agrarpolitische Maßnahmen keineswegs die Nachfrage regeln und den Preis bestimmen können. Die Entscheidungen über die Rentabilität der Landwirtschaft fallen auf dem Markt. Und das haben Hannes und ich ja in Berlin auf dem Großmarkt gerade erlebt."

Das konnte ich bestätigen und fügte hinzu: „Ich halte es für sehr wichtig, dass wir deutschen Bauern unseren Anteil am Markt erhalten und nach Möglichkeit ausbauen. Dazu sollten wir uns eigene Absatzorganisationen schaffen, am besten auf genossenschaftlicher Basis."

„Die haben wir doch schon", warf Fritz ein, „ich meine die Raiffeisen-Genossenschaften."

Womit ich aber nicht zufrieden war: „Die sind aber, was den Absatz angeht, nur auf dem Milchsektor tätig. Wenn man aber fragt, was sie an Getreide, Fleisch und Gemüse absetzen, das sind doch nur geringe Mengen. Da sollten sie sich mal hinterklemmen!"

„Na dann verklar ihnen das mal", schloss Walter das Thema erst einmal ab.

Kurz danach gaben Gesine und der „Zupfgeigenhansel" ihr erstes Konzert in Hamburg. Sie hatten „Tante Friedas Music-Hall" gemietet, ein irres Lokal in Eppendorf, ganz in weinrot gehalten, mit lauter alten Tischen, Sesseln, Sofas und Lampen, ungefähr zweihundertfünfzig Plätze. Die Wirtin hatte die Einnahmen aus dem Getränkeverkauf; als Kartenabreißer und Platzanweiser fungierten einige Studienkollegen von der Musikhochschule, so dass meine tausend Mark als Startkapital ausgereicht hatten. Dafür hatte ich natürlich eine Freikarte bekommen und saß ziemlich vorne an der Bühne; um mich herum viel Prominenz aus der Hamburger Musik- und Künstlerszene.

Es war ein ganz ausgezeichnetes Programm, das Gesine sang, angefangen mit: „Die Gedanken sind frei, wer kann sie erraten..." über so beliebte deutsche Volkslieder wie „Es waren zwei Königskinder" und „Wenn alle Brünnlein fließen" bis zu Goethes „Sah ein Knab' ein Röslein stehn" und Theodor Storms „Wieder einmal ausgeflogen, wieder einmal heimgekehrt, fand ich doch die alten Freunde und die Herzen unversehrt."

Zwischendurch kam ausländische Folklore an die Reihe, und ob es nun Robert-Burns-Lieder aus Schottland waren oder Lieder aus der schwedischen Mittsommernacht oder aus den USA, wie zum Beispiel „We shall overcome", Gesine gestaltete jedes Lied zu einem kleinen Kunstwerk.

Der Funke sprang schon beim ersten Lied über, und als das Konzert nach zwei Stunden mit dem Brahmslied „Guten Abend, gut Nacht, mit Rosen bedacht" ausklang, war eines der bemerkenswertesten Musikereignisse der damaligen Zeit in Hamburg zu Ende und gleichzeitig ein neuer Star geboren: Gesine Möller, die Folkloresängerin!

Einen Künstlernamen hatte Gesine sich noch nicht zugelegt, nun war es zu spät, nun war sie „die Möller".

Sie trug an dem Abend ein langes, schwarzes Samtkleid, dazu als einzigen Schmuck die Dithmarscher Kette aus silbernen Filigrankugeln, die ich ihr von Tante Gretchen geliehen hatte, und bot alles in allem ein ganz hinreißendes Bild.

Der Beifall war riesig, wollte schier nicht enden: Der ganze Laden hob ab und ging in die Umlaufbahn!

Und ich, was war mit mir los?

Ich durchlebte diesen Abend wie in Trance. Immer wieder musste ich mich in den Arm kneifen, um zu merken, dass ich wirklich da war und nicht alles nur träumte: Da stand mein Mädel auf der Bühne im Licht des Scheinwerfers, bewegte sich mit einer Grazie, die ich bisher noch nie an ihr bemerkt hatte, und ihre Stimme klang so sanft und doch klar und überzeugend, dass sie alle verzauberte.

Und vor allem verzauberte sie mich, wieder einmal und das mit einer Intensität, dass es fast in Schmerz überging. Alle Gefühle, deren ich fähig war – Liebe, Stolz, Schmerz, Angst und was nicht noch alles, vermischten sich zu einer ungeheuren Aufwallung, dass ich kurz vor dem Losheulen war.

Ich saß bei Gesines Eltern und Geschwistern am Tisch, gewissermaßen am Familientisch. In einer kleinen Pause zwischen den Liedern stieß ihr Bruder Ralf mich an und fragte: „Gefällt es dir nicht, oder warum applaudierst du nicht?“

Ich merkte erst jetzt, dass ich nicht klatschte und beeilte mich, es nachzuholen. Es war wohl so, dass ich völlig verzaubert und durcheinander war.

Gesine und ihre Band waren gut aufeinander eingespielt; die vielen Auftritte in den Bars und Tanzschuppen machten sich bemerkbar. Natürlich hatten die Jungs vom „Zupfgeigenhansel“ auch ihren Anteil am Erfolg und das nicht zu knapp. Doch wie es nun einmal ist, die Sängerin stand im Vordergrund und stahl ihnen die Schau. Das kam auch wieder nach dem Konzert zum Ausdruck, als die Presse sich herandrängte, Fragen stellte und Fotos machte.

Dann wurde noch gefeiert: Gesine mit der Band, mit Freunden, Prominenz und ihrer Familie. Gottseidank konnte ich mich im Hintergrund halten, mir war gar nicht nach Öffentlichkeit und Presserummel zumute. Unbemerkt vom großen Schwarm konnte auch ich Gesine und der Band meine Glückwünsche aussprechen. Ich schloss mich einfach der großen Gratulationscour an. Gesine strahlte dabei vor Glück und wohl auch stolz auf den Erfolg, verwies aber auch immer wieder auf die Leistungen der Band.

Sie hatten den Erfolg alle redlich verdient!

Der einzige Wermutstropfen, der in den Kelch der Freude fiel, war Bert Holler. Der wieselte immer um Gesine herum, machte den Strahlemann, und einmal gab er ihr sogar einen Kuss auf die Backe. Was hatte dieser Kerl meinen Schatz zu küssen, verdammt noch mal! Da musste ich gewaltig aufpassen, schien mir, und ich dachte mir aus, dass es das Beste wäre, Gesine und ich würden bald heiraten.

Doch leider trat ein Ereignis ein, das meine Pläne fast scheitern oder doch erstmal in weite Ferne rücken ließ. Im Hintergrund lauerte immer noch Hannelore Huesmann mit ihrer festen Überzeugung, die einzig richtige Frau für mich zu sein. Und in einem Augenblick, in dem ich schon nicht mehr mit ihr rechnete, schlug sie zu.

Weil ich an dem Konzertabend kaum mit Gesine gesprochen hatte und für die nächsten Wochenenden schon weitere Konzerte in „Tante Friedas Music-Hall“ geplant waren, fuhr ich am Mittwochabend nach Hamburg und traf mich dort mit ihr in einem kleinen Weinlokal. Gesine war von ihrem Erfolg noch ganz außer Rand und Band, und ich freute mich mit ihr. Wir schwebten beide im siebten Himmel, hockten in einer Nische dicht beisammen und schmusten.

Die kalte Dusche kam, als es ans Bezahlen ging, ich meine Brieftasche zückte und ein Foto von Hannelore herausfiel.

Gesine erbleichte, nahm das Foto in die Hand, hielt es mir hin und fragte mit tonloser Stimme: „Was ist das?“

Mir schoss das Blut ins Gesicht, und weil ich völlig unvorbereitet war, konnte ich nur stammeln: „Keine Ahnung – ein Bild von dieser Hannelore.“

„Und wie kommt das in deine Brieftasche?“ wollte Gesine nun wissen.

Wahrheitsgemäß konnte ich keine andere Auskunft geben als: „Wird sie mir da wohl hineingetan haben.“

Das war nun zuviel für Gesine, wutentbrannt knallte sie das Foto auf den Tisch und schrie, gar nicht mehr mit der sanften Stimme der Folkloresängerin: „Für wie dumm hältst du mich? Ich bin dir so treu und habe nur Gedanken für dich, und du hast schon das Bild einer Anderen in deiner Brieftasche, schäm’ dich!“

Dabei hatte ich wirklich die Wahrheit gesagt. Das Bild musste Hannelore mir heimlich in die Brieftasche gesteckt haben. Ich hatte es nicht dort hineingesteckt, schließlich warum auch? Ich hatte nichts mit Hannelore und wollte nichts von ihr, und selbst wenn ich was mit ihr gehabt hätte, so dumm wäre ich dann wohl auch nicht gewesen, das Foto vor Gesine auf den Tisch fallen zu lassen. Es konnte nur so sein, dass Hannelore mir ihr Bild in die Brieftasche geschmuggelt hatte, als mein Sakko einige Zeit im Flur über einem Stuhl gehangen hatte. Diesen Augenblick musste das Luder für dieses Attentat genutzt haben.

Verdammich, das sollte sie mir büßen!

Aber nun die arme Gesine! Fassungslos starrte sie mich an, und die Tränen liefen ihr in breiten Bächen über die Wangen. Dann kam ihr wieder die Wut hoch, und während sie aufsprang und um den

Tisch herum lief, giftete sie mich an: „Komm mir nicht wieder unter die Augen, du Schürzenjäger, Mädchenverführer, treuloser Schuft!“

Dann rannte sie weinend aus dem Lokal hinaus. Ich rannte so schnell ich konnte hinterher und rief: „Gesine, Liebste, ich bitte dich, lass dir erklären!“

Aber Frauen sind in solchen Augenblicken wohl keinen Erklärungen zugänglich, und sie rief mir wütend zu: „Ach lass mich in Ruhe, behalte deine Lügen für dich!“

Dann hielt sie ein zufällig vorüberfahrendes Taxi an, sprang hinein und ich stand allein auf der Straße.

Traurig und völlig verwirrt ging ich wieder in das Lokal hinein, setzte mich automatisch auf meinen Platz, schenkte mir einen letzten Rest Wein ein und trank einen Schluck davon.

Ich begriff überhaupt nicht, was vorgefallen war. Hier hatten wir doch eben noch gesessen, hatten gescherzt und waren glücklich gewesen. Und nun der erste große Krach, das erste Mal war mein Schatz böse mit mir.

Und ich konnte doch wirklich nichts dafür!

Vor mir auf dem Tisch lag noch Hannelores Bild. Ich nahm es automatisch auf und schaute es an. Ein hübsches, blondes Mädchen, etwas puppenhaft zurechtgemacht, nichts Besonderes eigentlich. Und dieses Stück Papier war schuld daran, dass Gesine mich buchstäblich verlassen hatte.

Kalte Wut stieg in mir hoch, und ich hielt das Foto in die Flamme der Kerze, die auf dem Tisch brannte. Als aber die Ecke des Bildes Feuer fing, kam mir die Idee, Hannelore zur Rede zu stellen und ihr dabei das Foto unter die Nase zu halten. Also löschte ich schnell die Flamme und steckte das Foto mit der angekohlten Ecke in die Tasche.

Aber zunächst einmal versuchte ich, mit Gesine Kontakt aufzunehmen; schon am nächsten Tag rief ich sie an. Sie war auch gleich am Apparat und legte sofort auf, ohne etwas zu sagen. Dann schrieb ich ihr einen langen Brief, in dem ich ihr alles ausführlich erläuterte. Der kam nach einigen Tagen mit dem Vermerk „Annahme verweigert“ ungeöffnet zurück.

Am Sonntagnachmittag fuhr ich nach Hamburg, und als ich an der Wohnungstür klingelte, kam ihr Bruder Ralf und sagte, Gesine ließe mir ausrichten, sie wolle mich nicht sehen und ich solle nicht wieder kommen; es sei alles aus.

Dann fügte er hinzu: „Mensch Hannes, was hast du nur gemacht, dass sie so stinksauer auf dich ist?“

Ich klärte ihn aus meiner Sicht auf und bat ihn, sich für mich einzusetzen: „Hör zu, Ralf, du hast doch immer was von mir gehalten. Hilf mir doch dabei, dass Gesine mir wieder gut ist. Ich bin völlig unschuldig in dieser Sache und bin Gesine immer treu gewesen.“

Er versprach, zwischen uns zu vermitteln, und ging hinein, um mit seiner Schwester zu reden, während ich an der Straße beim Motorrad wartete. Nach einiger Zeit kam er wieder und berichtete, dass er Gesine nicht habe umstimmen können. Sie glaubte nicht, was ich durch Ralf ausrichten ließ, habe zuletzt geweint und gesagt, dass sie mich nicht wiedersehen wolle.

Ich sah ein, dass ich zur Zeit nichts machen konnte und fuhr traurig heim, nicht ohne Ralf gebeten zu haben, mir Bescheid zu geben, wenn sich irgendwas tat.

So ging es einige Wochen lang: Meine Anrufe wurden nicht entgegengenommen, meine Briefe kamen ungeöffnet zurück, und wenn ich hinfuhr, ließ sie sich verleugnen oder einmal, als sie selbst an der Tür war, schlug sie mir die vor der Nase zu.

Zwischendurch nahm ich mir Hannelore vor. Ich hielt ihr das bewusste Foto unter die Nase und sagte ihr auf den Kopf zu, dass sie es mir in die Brieftasche gesteckt habe.

Sie leugnete auch gar nicht, wurde nur puterrot und schaute verlegen zu Boden. Dann gab sie sich einen Ruck, schaute mir voll ins Gesicht und sagte leise mit einem etwas traurigem Unterton: „Ich hab' dich eben lieb.“

„Und da hast du gedacht: Versuch' die beiden auseinander zu bringen, vielleicht nimmt er dann mich“, hakte ich nach. Sie schaute nun nicht mehr zu Boden: „Warum nicht, wo doch auch deine Mutter meint, dass Gesine nie eine richtige Bäuerin hier auf dem Hof wird.“

Da hatte sie natürlich zu recht. Und so gesehen hätte es für mich eine recht einfache Lösung geben können: Ich brauchte nur hier zuzugreifen und hätte in Hannelore bestimmt eine prächtige Frau und gute Bäuerin gekriegt.

Wenn nur die Liebe nicht gewesen wäre. Denn die zog mich mit aller Macht zu Gesine hin, und für Hannelore empfand ich überhaupt nichts. Obwohl sie auch ihre Reize hatte und nicht ohne Charme war. Man soll zum Beispiel den Charme eines Mädchens, das bei der Arbeit ist, nicht unterschätzen. Wenn Hannelore hinterm Haus zugange war und die Milchkannen wusch, ging ihr die Arbeit flott von der Hand, jeder Handgriff saß, das Gesicht gerötet, die kräftigen Arme reckten sich nach den Kannen, und Haarsträhnen fielen ihr ins Gesicht. Allein die Art, wie sie sich die Haare aus dem Gesicht blies und sie mit dem Unterarm nach hinten strich, ohne dabei die Bürste wegzulegen.

Aber was soll's, ich liebte Gesine!

„Hast du nie daran gedacht, dass ich dich hassen könnte, wenn du mich und Gesine auseinander bringst? Unter solchen Umständen würdest du an mir nicht viel Freude haben", schloss ich unser Gespräch und ließ eine verdutzte Hannelore stehen.

Ich machte damals eine schwere Zeit durch und dachte auch viel über mich und mein Leben nach.

War es überhaupt richtig, dass ich mich an eine Künstlerin band? Die Sängerin und der Bauer; das war doch eine Kombination, sowas hatte die Welt noch nicht gesehn. Sie würde Erfolg in ihrem Beruf haben, das war mir seit dem Konzert in „Tante Friedas Music-Hall" klar. Sie würde prominent werden, viel im Mittelpunkt des Interesses stehen und ich immer im Hintergrund. Wenn man mich überhaupt beachtete, dann immer als etwas Exotisches, den Außenseiter eben: Gesines Bauer – mein Gott, wie außergewöhnlich!

Ich brauchte ja nur an meine eigenen Freunde zu denken, wie sie Gesine und mich beobachteten. Gewiss waren sie gerne mit uns zusammen; da brauchte ich nur an die Pfingstharmonie in Büsum zu denken. Voran Schwager Werner, aber auch die anderen Jungs. Mit Gesine tanzen und sich in ihrer Schönheit sonnen, davon waren sie regelrecht weg. Aber insgesamt beobachteten sie uns wie eine Art Experiment, das da ablief.

Na ja, vielleicht würde es ja jetzt auch schiefgehen!

Und dann würde sie viel unterwegs sein. Sie würde auch in anderen Städten Konzerte geben, nicht nur in Hamburg. Dann würden wir viel getrennt sein; denn ich wäre ja von meinem Beruf her an den Hof gebunden. Und meinen Beruf aufgeben und mit ihr durch die Lande ziehen als Notenträger oder Manager oder was auch immer? Das wäre der reine Blödsinn! Dem wäre ich auf Dauer nicht gewachsen. Dazu war ich ein viel zu seßhafter Mensch und liebte meinen Beruf auch viel zu sehr.

Wir alle, wir jungen Bauern, waren damals auch noch viel zu optimistisch. Bei uns herrschte das Gefühl vor, dass wir in der Landwirtschaft vor tiefgreifenden Veränderungen standen, Veränderungen durchaus zum Positiven hin. Und wir wollten dabei sein, wollten diese Veränderungen miterleben und mitgestalten. Jeder spürte, dass wir Jahre des Aufbruchs vor uns hatten, vielleicht schon mittendrin waren.

Was wurde nicht alles diskutiert in letzter Zeit an neuen Anbaumethoden, modernen Züchtungen, neuen Maschinen, chemischen Hilfen und, und, und!

Es war für mich ganz undenkbar, dort plötzlich auszusteigen. Und wenn ich einmal ehrlich darüber nachdachte, es war ja auch eine Frage des Ansehens. Als Bauer auf dem Wiebensohn-Hof, da war man schon jemand. Da hatte man Ansehen, und mein Wort würde Gewicht haben im Dorf und in der Nordermarsch!

Ich brauchte ja nur an das Gespräch zu denken, das ich neulich mit dem Direktor unserer Bank, der Spar- und Darlehnskasse in Heide, geführt hatte. Wir sprachen über den bevorstehenden Generationswechsel bei uns und dass ich für die Modernisierung der Gebäude und des Betriebes Geld benötigen würde. Worauf der Direktor einfach antwortete: „Natürlich brauchen Sie Geld, aber wichtiger als Geld ist, dass Sie Kredit haben. Und Kredit hat der Wiebensohn-Hof, das ist keine Thema!"

Also ich würde Bauer bleiben, das war auch kein Thema.

Und Gesine würde Sängerin bleiben, ebenfalls kein Thema. Wir würden uns unser gemeinsames Leben danach einrichten müssen, und das würde auch klappen mit Mut und Zuvertrauen in die Zukunft. Ich sollte sie nur erst wiedergewonnen, zurückerobert haben. Und das schien noch ein schweres Stück Arbeit zu werden!

Erst einmal hatte ich mit meiner Mutter ein ernstes Gespräch. Ich warf ihr vor, sich in unakzeptabler Art und Weise in meine persönlichen Angelegenheiten einzumischen und dass es ihr Werk sei, wenn es mit mir und Gesine möglicherweise auseinander gehen sollte.

„Wenn es mit Gesine und mir aber doch noch etwas wird“, wollte ich von ihr wissen, „wie stehst du dann zu ihr. Wirst du deine Schwiegertochter dann hassen und wirst du nicht zu unserer Hochzeit kommen, oder wie stellst du es dir vor?“

Es war das erste Mal, dass ich meiner Mutter mit so massiven Vorwürfen begegnete, und irgendwie tat die alte Frau mir leid. Immerhin kannte ich ihre Beweggründe, die von Sorge um mein Glück und Sorge um den Bestand des Wiebensohn-Hofes bestimmt wurden.

Aber was zu weit geht, geht zu weit! Meine zukünftige Frau wollte ich mir schon selbst aussuchen!

Sie war denn auch ganz kleinlaut und räumte ein, dass sie mit ihrer Intrige, die sie „Schicksal spielen“ nannte, zu weit gegangen war.

„Wenn du Gesine dann doch heiraten willst, dann soll sie mir willkommen sein. Und ich will mich auch bei ihr entschuldigen und, wenn nötig, will ich auch mit ihr sprechen. Dann fahr’ ich mit Vater nach Hamburg, und wir reden mit ihr“, war sie zu einem Canossagang bereit.

„Wenn alles nichts hilft“, nahm ich ihr Angebot an, „werde ich vielleicht darauf zurückkommen. Aber vor allem verlange ich, dass Hannelore entlassen wird und das sofort. Damit kannst du Gesine deinen guten Willen beweisen.“

Sie war auch damit einverstanden, und Hannelore verließ schon am nächsten Tag den Hof. Meine Mutter wird ihr wohl den Lohn für einige Monate draufgezahlt haben.

Nun also das große Problem: Wie kriege ich Gesine zurück? Nach einigem Hin- und Herüberlegen kam ich zu dem Schluss, dass ich sie am ehesten zu einer Aussprache bewegen könne, wenn ich in eines ihrer Konzerte ginge und sie vielleicht nach dem Konzert in ihrer Garderobe aufsuchte.

Nach dem Konzert war sie möglicherweise in guter Stimmung, vor allem wenn es gut abgelaufen war. Und ihre Konzerte waren immer große Erfolge, wie ich aus den Zeitungen wusste.

Ich ging also in die Theater- und Konzertagentur in Heide und verlangte eine Eintrittskarte für das nächste oder übernächste Konzert. Dort teilte man mir mit, dass alle Konzerte bis auf vier Monate im voraus ausverkauft waren. Herr du meine Güte: Vier Monate! Das war mir eine viel zu lange Zeit. Ich nahm aber doch eine Karte für den nächstmöglichen Termin; wie gesagt, in vier Monaten.

Was nun? Also doch meine Eltern in Marsch setzen?

Da hatte ich einen genialen Einfall. Ich ging zu einer kleinen Druckerei, legte dort die Eintrittskarte vor und beauftragte den Drucker, eine Rolle Karten für das Konzert am nächsten Sonnabend zu drucken. Der Drucker kannte mich; denn ich hatte hier schon einmal solche Karten, die wie Kinokarten aussahen und rollenweise gedruckt wurden, für ein Ringreiterfest machen lassen. Als ich ihm sagte, dass Gesine meine Freundin sei und die Hamburger Druckerei wegen Maschinenbruch nicht liefern könne, hatte er auch weiter keine Fragen. Zwei Tage später hatte ich jede Menge Karten und konnte also am Sonnabend ins Konzert fahren. Erst wollte ich noch einige Freunde mitnehmen; denn ich hatte ja Karten genug. Aber dann verwarf ich diesen Plan; denn die konnten mir auch nicht helfen; hier musste ich alleine hindurch.

Ich machte mich piekfein, kaufte mir einen tollen Smoking, band mir eine Fliege um den Hals und steckte goldene Manschettenknöpfe an. Als ich die in der Kommodenschublade suchte, fiel mir meine alte Mundharmonika in die Hände, und ohne lange zu überlegen, steckte ich sie ein. Als Junge von zwölf oder dreizehn Jahren hatte ich mal versucht, Mundharmonika zu spielen, war aber über „Hänschen klein", „Kommt ein Vogel geflogen" und ähnliche Lieder nicht hinausgekommen.

Um sieben Uhr war ich schon in Hamburg vor „Tante Friedas Music-Hall", mischte mich unter den ersten Schwung der eingelassenen Besucher und kam auf mein Falsifikat von Eintrittskarte auch prompt mit hinein.

Die Plätze waren nicht numeriert: wer früh kam, konnte sich einen guten Platz aussuchen. So glückte es mir, einen Platz ganz vorne an einem Tisch in der ersten Reihe zu ergattern, und hier wartete ich nun ungeduldig der Dinge, die da kommen sollten. Der Saal füllte sich rasch; um halb acht war er schon gerammelt voll. Zwischendurch konnte man ein Getränk bestellen, und ich nahm einen deftigen Rumgrog, weil ich sehr aufgeregt war; der Grog tat mir gut.

Kurz vor acht kamen die vier von der Band auf die Bühne, nahmen ihre Plätze ein und wurden mit Beifall empfangen. Der steigerte sich noch, als Gesine kam, in einem ganz neuen Kostüm. Sie trug eine dieser weiten „Bell-Bottom-Hosen“, eine zarte Bluse mit Rüschen am Ausschnitt und an den Ärmeln, darüber eine kurze bestickte Weste, und ihre Haare waren von einem breiten Stirnband zusammengehalten.

Einfach hinreißend die süße Deern; mein Herz klopfte mir wie wild!

Und mir wurde bang: wie sollte ich es nur anstellen, dieses Fabelwesen für mich zurückzugewinnen? Mir gingen all diese Unkenrufe durch den Kopf, angefangen von Paul auf Nordstrand: „Das wird nie eine richtige Bäuerin“, Ute Rolfs mit ihrem: „Die wirst du nicht halten können“ bis hin zu den Intrigen von Hannelore und meiner Mutter. Das brachte mich dann wieder in Rage, und ich nahm mir vor, um mein Glück zu kämpfen. Hier und heute, ich wusste bloß noch nicht wie?

Inzwischen begann das Konzert. Gesine schien mir erst etwas unsicher und fahrig; aber ich konnte mich auch täuschen. Ob sie mich gesehen hatte und deshalb irritiert war? Jedenfalls ließ sie sich nichts anmerken und schaute nicht zu mir her. Und bald hatte sie sich auch gefangen und war im besten Fahrwasser.

Mein Gott, war sie eine zauberhafte Frau!

Nur ich wurde immer unruhiger und hatte absolut keine Vorstellung davon, was ich unternehmen sollte. Bis ich einmal rein zufällig in die Tasche fasste und dabei meine Mundharmonika zu fassen kriegte. Auf einmal überkam mich ein großes Selbstvertrauen.

Gesine hatte ihr viertes oder fünftes Lied gesungen „Es waren zwei Königskinder“, und in der darauf folgenden kurzen Pause, als der Applaus abgeklungen war, setzte ich meine Mundharmonika an die Lippen und spielte: „Hänschen klein, ging allein in die weite Welt hinein; Stock und Hut steh'n ihm gut, er ist wohlgemut.“

Es ging zuerst noch recht holprig, wie lange hatte ich auch nicht mehr auf der Mundharmonika gespielt. Aber schon gegen Ende des kurzen Liedes wurde ich sicherer, es ging noch. Ich wurde bei meinem Vortrag auch nicht unterbrochen, alles war still und wartete ab. Die Leute an meinem Tisch grinsten verlegen oder irritiert; es war ihnen wohl peinlich, dass sich an ihrem Tisch einer sowas herausnahm. Jedenfalls stand ich im Mittelpunkt des Interesses, und alle reckten die Hälse, nur Gesine nicht, sie hatte sich abgewendet.

Dann sang sie ihr nächstes Lied, gekonnt und mit sicherer Stimme wie immer.

Danach war ich wieder am Zuge mit „Hänschen klein", und in der nächsten Pause wechselte ich über zu „Kommt ein Vogel geflogen".

Für die Leute im Saal mag das wohl wie ein alberner Gag ausgesehen haben; sie wussten ja nichts von meinen Nöten und was ich erreichen wollte. Ich hatte natürlich auch keine Ahnung, ob ich etwas erreichte oder meine Situation nicht noch verschlimmerte. Aber ich musste da nun hindurch, komme was da wolle!

Und es kam was!

Für Gesine war das Ganze natürlich auch eine nervliche Belastung, und als ich in der folgenden Pause wieder „Hänschen klein" intonierte, hielt sie dieser Belastung nicht mehr stand. Ich hatte man eben zu spielen begonnen, da wirbelte sie herum, blickte wütend zu mir hin und marschierte quer über die Bühne, stieg dann die paar Stufen zum Saal hinunter und war mit wenigen Schritten bei mir am Tisch. Ich war gerade mit „Hänschen klein" durch, steckte die Mundharmonika in die Tasche, stand auf und ging ihr einen Schritt entgegen. So standen wir uns gegenüber und sie sagte mit einer Stimme, die wohl hart und strafend klingen sollte, aber eigentlich mehr einen traurigen Unterton hatte: „Also Hannes, was soll dieser Unfug? Willst du mir mein Konzert kaputt machen, oder was willst du?"

Nun folgte ein Disput in aller Öffentlichkeit, der wie folgt ablief:

Ich antwortete: „Nein durchaus nicht, ich will nur mit dir reden, mich mit dir aussprechen."

Sie: „Und dazu musst du hier im Konzert diesen Aufstand machen?"

Ich: „Mir ist nichts anderes eingefallen. Seit Wochen gehst du mir hartnäckig aus dem Weg. Da habe ich gedacht, geh' in ihr Konzert, da muss sie auf der Bühne stehen und kann nicht ausrücken."

Sie: „Ich wüsste auch nicht, dass wir uns noch 'was zu sagen hätten."

Ich: „Du hast vorhin gesungen – es waren zwei Königskinder, die hatten einander so lieb..."

Sie: „Wir sind keine Königskinder."

Ich: „Das muss auch nicht sein, aber wir haben uns lieb."

Sie: „Hatten Hannes, wir hatten uns lieb. Du hast alles kaputt gemacht!"

Ich: „Und eben das stimmt nicht. Ich bin dir nie untreu gewesen, nicht einmal in Gedanken. Und wenn du auf dieses dumme Foto anspielst, das hat nichts zu sagen. Das hat dieses Luder da hineingetan."

Sie: „Und das soll ich dir glauben, für wie dumm hältst du mich?"

Ich: „Es war doch so einfach: Die Jacke hing im Flur, und sie hat ihr Foto da hineingesteckt. Um uns auseinanderzubringen, und wir tun ihr den Gefallen und fallen drauf rein. Und das bringt mich besonders auf die Palme."

Sie: „Ich habe die Nase voll von deinen Lügen!"

Ich: „Ja wenn es Lügen wären. Glaubst du, ich stelle mich hier vor dreihundert Leuten hin und lüge dir die Hucke voll? Hab' ich dir jemals etwas vorgelogen? Wie gut oder wie schlecht kennst du mich eigentlich?"

Sie lenkte etwas verunsichert ab: „Wie bist du hier überhaupt hereingekommen? Seit Wochen ist das Konzert ausverkauft, und damals waren wir noch gar nicht verkracht."

Ich: „Ja siehst du, wenn man liebt und seinen Schatz behalten will, muss man sich was einfallen lassen. Ich bin in eine Druckerei gegangen und hab' mir eine Rolle Eintrittskarten drucken lassen."

Dabei holte ich die Rolle aus der Tasche und warf sie in die Luft, wobei ich das Ende festhielt. Die Karten rollten sich ab, und ich hing ihr das lange Band um den Hals, während ich fragte: „Und jetzt willst du mich rausschmeißen lassen?"

Es schien, dass sie baff war. Das erste Mal sah ich in ihren Augen wieder so etwas wie Sympathie aufblitzen. Dass ich ihretwegen mein letztes As aus dem Ärmel gezogen hatte, schien ihr zu gefallen.

Sie war schon auf dem Rückzug und meinte noch: „Du hast ja wohl überhaupt keine Hemmungen!“

Ich hakte nach: „So ist es nun auch wieder nicht. Aber wenn es um meine große Liebe geht, kann ich mir keine Sentimentalitäten leisten. Und wenn wir schon dabei sind: Ich liebe dich, Gesine, und kann ohne dich nicht mehr leben!“

Sie: „Das ist nun ja dein Problem.“

Ich: „Ja, aber du kannst mir bei der Lösung dieses Problems helfen, nur du kannst es. Lass es nicht so enden. Gib mir eine Chance, gib uns eine Chance!“

Sie war nun doch verunsichert: „Mein Gott, dieser Kerl bringt mich um den Verstand!“

Dann lehnte sie ihren Kopf an meine Schulter und blieb so einen Augenblick stehen. Ich wagte nicht, meine Arme um sie zu legen, und sie nahm auch den Kopf schon wieder hoch und meinte, jetzt schon versöhnlich gestimmt: „Also gut, lass uns nach dem Konzert darüber sprechen. Aber nun tu mir einen Gefallen und geh hinaus. Ich kann nicht singen, wenn du hier sitzt und mich anstarrst.“

Ich meinte nur noch: „Das tun sie doch alle.“

Worauf sie mir das erste Mal voll in die Augen blickte und leise antwortete: „Aber das ist doch nicht daselbe!“

Ich konnte nur noch sagen: „Du hast ja Tränen in den Augen! Ich bin dir also doch noch nicht gleichgültig.“ Wieder lehnte sie den Kopf an meine Schulter, und dieses mal legte ich einen Arm um sie.

„Komm nachher in die Garderobe“, flüsterte sie so leise, dass nur ich es hören konnte. Dann machte sie sich los von mir und ging wieder auf die Bühne. Dort verkündete sie, dass jetzt erstmal Pause sei, während ich dem Ausgang zustrebte. Es war eine Art Spießrutenlaufen, aber das machte mir jetzt nichts mehr aus. Der Saal summte wie ein Bienenkorb, und alle steckten die Köpfe zusammen und bekakelten, was sie mitgekriegt oder auch nicht mitgekriegt hatten.

Unter normalen Umständen wäre es mir nie möglich gewesen, über derart persönliche Dinge, über meine geheimsten Gefühle in der Öffentlichkeit zu sprechen. Man war ja auch ganz anders erzogen worden: „Schön artig sein und Diener machen“ war eine immer wiederkehrende Regel gewesen. Die Arbeit stand im Vordergrund – schon als ich noch Kind war und mehr noch, als ich heranwuchs.

Und an Arbeit war auf einem Bauernhof nun wahrlich kein Mangel. Alles andere lief nur so nebenher, und wie der Mensch mit seinen Gefühlen fertig wurde, war nicht so wichtig.

Und wenn man doch einmal Gefühle zeigte, dann waren in meiner Kinderzeit die Erwachsenen ziemlich irritiert, um nicht zu sagen überfordert. Wenn man als Kind weinte, so hieß es damals: „Hör auf zu weinen, ein Junge weint nicht!"

Und neben der Erziehung im Elternhaus war da noch die Schule mit einem ziemlich braunen, will heißen nationalsozialistisch eingestellten Lehrer und der sogenannte Dienst im Jungvolk. Und da hieß es dann: „Ein deutscher Junge weint nicht", mit Betonung auf „deutscher". Wir sollten ja zu harten Männern gemacht werden, hart wie Kruppstahl, wie Adolf Nazi sich das so vorstellte.

Und andere Gefühle? Natürlich habe ich als kleiner Junge, also noch vor der Schulzeit, bei meiner Mutter und etwas seltener beim Vater auf dem Schoß gesessen. Aber das hörte dann, als man größer wurde, bald auf. Ich kann mich auch nicht erinnern, dass Vater oder Mutter mich geküsst oder auch nur über's Haar gestreichelt hätten. Dabei hatte ich durchaus gute Eltern, die auf ihre Art auch warmherzig waren.

Aber Gefühle zeigte man nicht, damals in den dreißiger, vierziger und auch fünfziger Jahren. Wer Gefühle zeigte, galt als weich, und das war schon ein Manko. Und zeigte ein erwachsener Mann erst Gefühle, so wurde er meist als weibisch abgestempelt.

Diese ganze Verklemmtheit war damals auch bei mir vorhanden, daran konnte überhaupt kein Zweifel sein. Dass ich an dem Abend in „Tante Friedas Music-Hall" nichts darauf rechnete und voll aus mir herausging, zeigte nur, unter welch großem Druck ich stand. Um das mal so zu sagen: Ich hatte mich an dem Abend emanzipiert.

Als ich aus dem Konzertsaal hinausging, kam mir eine Blumenfrau mit einem Korb voller langstieliger roter Rosen entgegen. Ich kaufte ihr die Blumen mitsamt dem Korb ab, ließ mir von ihr eine Glückwunschkarte geben, auf die ich einige nette Worte an Gesine richtete und mit „In Liebe – dein Hannes" unterschrieb. Dann ging ich ins Lokal zurück, trug die Blumen auf die Bühne und stellte sie an der Stelle auf, an der sie beim Singen immer stand.

Wenn sie aus der Pause zurückkehrte, würde sie als erstes die Rosen sehen, und ich hoffte, dass sie ihr Freude bereiten würden.

Nach dem Konzert suchte ich Gesine in ihrer Garderobe auf, und in dem Gang dorthin traf ich den Schlagzeuger Michel Skibowski, den einzigen aus der Band, von dem ich genau wusste, dass er mich mochte, und dass er auf meiner Seite stand.

„Ein Glück Hannes, dass du wieder da bist", kam er gleich auf mich zu, „es war in letzter Zeit mit Gesine kein Auskommen mehr. Sie muss ziemlich kaputt gewesen sein, das merkte man auch an ihrem Gesang; sie sang so unausgeglichen und fahrig. Aber heute nach der Pause hat sie gesungen wie eine Königin, und über deine Rosen hat sie sich auch gefreut. Aber nimm dich vor Bert Holler in Acht, der meint schon lange, dass er bei ihr deine Nachfolge antreten kann. Er ist auch jetzt bei ihr in der Garderobe."

Er zeigte mir die Tür, ich klopfte an und trat auf Gesines „Herein" in den kleinen Raum ein.

Was nun folgte, war wieder eine harte Prüfung; aber ich stand sie mit Bravour durch.

Gesine saß am Schminktisch, und als ich eintrat, stand sie auf und kam mir entgegen. Sie gab mir die Hand, lächelte mich an und meinte: „Also sprechen wir uns aus, es wird wohl das Beste sein."

Dann wandte sie sich an Bert Holler, der auf einem Stuhl neben dem Schminktisch saß und mich angrinste, und forderte ihn auf zu gehen: „Nun lass uns mal allein, Bert, wir haben ja auch alles besprochen."

Er ging raus, drehte sich aber in der Tür noch einmal um und meinte: „Aber lass es nicht zu lange dauern, ich warte draußen auf dich."

Gesine antwortete nicht; aber es waren mir auch so schon zu viel der Vertraulichkeiten zwischen den beiden. Wieviele Demütigungen sollte ich eigentlich noch über mich ergehen lassen? Langsam reichte es!

Gesine nahm wieder am Schminktisch Platz und zeigte auf den Stuhl, auf dem eben noch Bert gesessen hatte. Ich nahm Platz und merkte, dass der Stuhl noch von Berts Hintern warm war. Das war mir unangenehm und ich stand auf, nahm einen Bademantel, der an der Wand hing, vom Haken, legte ihn auf die Sitzfläche des Stuhles und setzte mich dann wieder. Gesine beobachtete meine Vorbereitungen amüsiert und meinte nicht ohne Ironie: „Wie du siehst, ist das der einzige freie Stuhl hier in der Garderobe. Wenn es dir unangenehm ist, dass Bert vorhin darauf gesessen hat, musst du stehen.“

„Es geht auch so“, antwortete ich und fuhr fort, „womit wir eigentlich schon beim Thema sind. Bert ist immer um dich herum und tut zumindest so, als wenn mehr zwischen euch ist als nur berufliche Interessen. Ich bin eifersüchtig, sag’ mir, habe ich Grund dazu?“

„Du hast keinen Grund zur Eifersucht“, klärte sie die Situation, „Bert ist ein exzellenter Musiker, der Leiter meiner Band, und ich habe ihm viel zu verdanken. Aber ich liebe ihn nicht und auch keinen andern. Die große Frage ist, ob ich dich noch liebe, ob ich dich noch lieben kann nach dem, was vorgefallen ist?“

„Und was meinst du, was eigentlich vorgefallen ist? Wie siehst du unsere Situation?“

„Ja siehst du, Hannes, dass du das Bild einer anderen Frau in deiner Brieftasche hattest, kannst du wohl nicht leugnen. Du sagst, sie hat es da hineingeschmuggelt. Das kann ich nun glauben oder auch nicht. Es ist eine Frage des Vertrauens. Auf jeden Fall hat es mich sehr getroffen. Und dann habe ich über uns nachgedacht: Passen wir überhaupt zusammen? Der Bauer und die Sängerin, wird das gut gehen? Du bist ja jetzt schon eifersüchtig! Wird deine Liebe stark genug sein, dies Leben für immer auszuhalten? Denn ich will meinen Beruf nicht aufgeben und werde dich oft allein lassen müssen. Wirst du das aushalten?“

Hierauf konnte ich ihr zur Antwort geben: „Ich werde es aushalten, wenn ich weiß, dass du mich liebst. Wenn zwischen uns alles klar ist und niemand zwischen uns steht. Ich werde es nicht aushalten können, wenn ich dauernd solche Zeiten durchmachen muss, wie in den letzten vier Wochen. Wenn ich immer Demütigungen hinzunehmen habe und nie aus der Eifersucht herauskomme. Wenn ich laufend in Situationen komme, die an Professor Unrat im Blauen Engel erinnern.“

Mit dieser Einlassung brachte ich sie zum Lachen, und das Eis schien gebrochen.

Sie meinte: „Du bist nicht Professor Unrat und ich bin nicht Marlene Dietrich, dass du überhaupt auf diesen Vergleich gekommen bist!“

„Ja siehst du, Gesine, auch ich habe über uns nachgedacht und dabei fiel mir diese Sache ein. Aber du hast schon recht, du bist kein Vamp. Du bist eine ganz Liebe. So eine Frau wie du läuft einem Mann nur einmal im Leben über den Weg, wenn überhaupt. Und wenn er dann nicht zugreift und sie zu halten versucht, ist er selber schuld!“

Wir saßen uns gegenüber, nur die Ecke des Schminktisches war zwischen uns. Ich reichte ihr meine Hände hinüber und sie legte ihre Hände hinein, langsam kam die alte Vertrautheit zwischen uns zurück.

„Alles, was ich draußen im Saal gesagt habe, stimmt“, fuhr ich fort, „ich bin dir nie untreu gewesen, und ich liebe dich von ganzem Herzen. Ich habe dich auch nie angelogen. Im Übrigen hat meine Mutter auf meinen Wunsch hin Hannelore entlassen.“

Das war ein weiteres Stichwort für Gesine: „Gut dass du davon anfängst; auch darüber habe ich nachgedacht: Deine Mutter mag mich nicht. Das ist nicht gut, wenn man seine zukünftige Schwiegermutter gegen sich hat.“

Auch in dieser Angelegenheit konnte ich sie beruhigen, und es war richtig, dass wir darüber sprachen: „Ich habe meiner Mutter auf den Kopf zugesagt, dass sie versuche, uns auseinander zu bringen, und habe mir verbeten, dass sie sich in unsere Liebesangelegenheiten einmischt. Sie war dann auch ganz klein und will sich bei dir entschuldigen. Sie möchte gerne mit meinem Vater nach Hamburg kommen und mit dir reden. Und meinem Vater bist du sowieso willkommen, der alte Wiebensohn ist regelrecht stolz auf dich.“

Wir hielten uns immer noch an den Händen, Gesine blickte mir in die Augen und dabei so tief ins Herz hinein. Ich drückte ihre Hände und beugte mich über die Tischecke zu ihr hinüber. Sie kam mir entgegen und unsere Lippen fanden sich zu einem innigen Versöhnungskuss. Dann standen wir auf und es war wie eine Erlösung, als wir uns endlich wieder in den Armen lagen.

Später machte ich meiner Traumfrau einen förmlichen Heiratsantrag, und sie nahm ihn an.

Ob Bert Holler wirklich noch auf Gesine gewartet hat, weiß ich nicht. Als wir aus „Tante Friedas Music-Hall" raus kamen, war er jedenfalls nicht mehr da.

In dieser Nacht bin ich nicht erst zum Schlafen gekommen. Wir hatten das Bedürfnis, unsere Verlobung zu feiern, und landeten in einer Bar, wo wir eine Flasche Sekt leerten und auf der kleinen Tanzfläche engumschlungen tanzten.

Danach brachte ich Gesine per Taxi nach Haus und ließ mich wieder zu Tante Friedas Music-Hall fahren, wo ich auf mein Motorrad stieg und nach Hause fuhr. Mit 'ner halben Flasche Sekt und einigen Schnäpsen im Bauch und auch sonst ziemlich durcheinander vor lauter Glück fuhr ich die zwei Stunden mehr und weniger wie in Trance – damals ging sowas noch.

Als ich zu Hause ankam, sollte gerade eine junge Kuh das erste Mal kalben, und ich war gleich wieder gefordert. Ich konnte nur noch schnell den Smoking aus- und Arbeitsklamotten anziehen und musste Geburtshilfe leisten. Es wurde ein wunderschönes starkes Quiekalb geboren.

Welch eine Nacht!

Beim Frühstück teilte ich meinen Eltern dann unsere Verlobung mit und konnte die ersten Glückwünsche entgegennehmen. Sie waren ehrlich gemeint und kamen vom Herzen, auch bei meiner Mutter. Nachdem die Krise durchgestanden war, wurde aus einem Saulus ein Paulus, oder wie nennt man das bei Frauen?

In der darauf folgenden Woche fuhr ich nach Hamburg und hielt bei Gesines Eltern um ihre Hand an. Das ging viel leichter als ich befürchtet hatte. Gesines Eltern gaben mit Freuden ihren Segen; sie waren auch froh, dass nach den Irrungen und Wirrungen der letzten Wochen nun alles wieder im Lot war. Dann folgten das Ringe-Kaufen, Annoncen-Aufgeben im Hamburger Abendblatt und der Dithmarscher Landeszeitung, das Karten-Verschicken und in der darauf folgenden Zeit eine Reihe von Verlobungsfeiern in Oldenhusen und Hamburg im Familien- und Freundeskreis. Dazu kam noch ein furchtbares Besäufnis am Stammtisch im Oldenhusener Dorfkrug.

Inzwischen war die Wohnung meiner Eltern fertig geworden, und sie zogen um. Es war kein großer Umzug – sie nahmen nicht viel mit, und es ging auch nicht weit weg. Die kleine Wohnung in Tante Gretchens Haus hatte zwei kleine Stuben, Schlafzimmer und Wohnzimmer. Die Küche benutzte meine Mutter zusammen mit Tante Gretchen, und hier brachte sie an eigenen Sachen nur ihren Küchenschrank und als einzige Neuerung einen Propangasherd unter. Dieses Flaschengas kam um die Zeit gerade auf und war für die Menschen auf dem Lande eine willkommene Neuerung. So ein kleiner Gaskocher wurde auf den Tisch gestellt, die Gasflasche darunter und schon hatte Mutter ihren eigenen Herd, und es gab keinen Streit mit Tante Gretchen wegen der Herdbenutzung und darüber, wer die Kohle bezahlte. Das Gas wurde vom Dorfschmied gebracht, der sich mit Liefern und Aufstellen der Herde und Auswechseln der leeren Gasflaschen ein Zubrot verdiente. Denn auch die Dorfhandwerker waren gezwungen, sich umzustellen und der neuen Zeit anzupassen.

Den Umzug bewerkstelligten wir selbst. Fuhrwerk war auf dem Hof ja genug vorhanden und Fritz Fietkau und ich stark genug, um die paar Möbel auf- und abzuladen.

Nach dem Umzug gab es bei Tante Gretchen einen Einzugskaffee, zu dem wir uns alle um den großen Tisch in ihrer guten Stube versammelten.

Tante Gretchens Wohnstube war ein Raum, in dem noch die alte Zeit spürbar war. Die Gipsdecke war rundherum mit einem Fries versehen, und in der Mitte befand sich eine wunderschöne Stuckrosette, aus deren Mitte eine alte gußeiserne Lampe herunterhing, die wohl früher Petroleumlampe gewesen und später auf elektrisches Licht umgerüstet worden war.

An Möbeln war ein runder Tisch vorhanden mit einem Plüschsofa und einer Reihe von dazugehörigen Stühlen, alle recht unbequem zum Sitzen, aber wunderschöner Biedermeier-Stil. Auf dem Tisch lag eine in rot gehaltene Tischdecke aus Plüsch mit eingewebtem Blumenmuster und Trotteln an den Ecken.

Gleich rechts bei der Tür stand einer jener Schränke, die man als Seeländer bezeichnet und die, sofern gut erhalten, die reinen Kunstwerke sind. Tante Gretchens Seeländer war ein solches Meisterstück des Möbelbaus: Oben zwei geschwungene Klapptüren und darunter der einschiebbare Zylinder, der durch Verballhornung dem ganzen Möbel den Namen Seeländer gegeben hat. Ganz unten waren noch drei Schubladen angebracht, in denen Tante Gretchen ihre Tischwäsche unterbrachte.

Tante Gretchen war keine reiche Frau, im Gegenteil; sie musste ihre Lebenshaltung doch recht einschränken, um von ihren geringen Einkünften einigermaßen leben zu können. Was sich jedoch alles in ihrem Seeländer befand, das konnte man mit Fug und Recht als Schätze bezeichnen.

Hinter den oberen Klapptüren hatte sie ihr gutes Porzellan untergebracht – die reine Augenweide! Was es da an handbemalten Tassen und vergoldeten Kaffeekannen gab, danach würde sich jedes Museum die Finger lecken. Und dann das große Eßservice, englisches Copeland-Steingut in rot-weißem Dekor, von Oma und Opa Wiebensohn im Jahre 1900 auf der Weltausstellung in Paris gekauft. Ein Riesenservice: Jeweils sechsunddreißig flache und tiefe Teller und Frühstücksteller, samt der dazugehörigen Fleischplatten, Suppenterrinen, Gemüseschüsseln und Saucieren.

Solch große Geschirrmengen brauchte man früher, um die sogenannten „Bratenvisiten" abhalten zu können. In der guten alten Zeit, und für die reichen Bauernfamilien in der Marsch hat es diese wirklich gegeben, waren die Bratenvisiten ein wesentlicher Bestandteil des gesellschaftlichen Lebens.

Man pflegte einen großen Umgang, und zu diesen Visiten wurde die ganze Familie bis hin zu entfernten Onkeln, Tanten, Vettern und Cousinen und der Freundeskreis eingeladen. Das waren selten unter dreißig Leute, das große Service mit drei Dutzend Tellern ist ein eindeutiger Beweis dafür. Schon am Nachmittag begann so ein Fest und man sah dann eine Reihe von Vis-a-vis-Wagen, Dogcarts und Landauern mit blankgeputzten Pferden bespannt dem Haus der Gastgeber zustreben. Von den Tagelöhnern und Knechten, die währenddessen auf den Feldern ihrer Arbeit nachgingen, wurden die Insassen dieser Ausfahrwagen geringschätzig „Bratenfresser" genannt.

Vor der eigentlichen Festtafel spielten die Männer Karten, während die Frauen bei Keksen und Portwein Konversation machten. Die Männer saßen natürlich nicht trocken beim Skat, es wurde ausgiebig Grog getrunken, Oma Wiebensohn rechnete pro Mann eine Flasche Rum. Das war nun ein Quantum Alkohol, genug um die Stimmung kräftig anzuheizen und gelegentlich lautstarke Meinungsverschiedenheiten aufkommen zu lassen. Gegen Abend ging es dann zu Tisch, der obligatorische Braten wurde verzehrt und hinterher als Nachtisch Weinsuppe mit Rosinen, eine Spezialität, nach der mein Vater diese Dithmarscher Belle Epoque vor dem Ersten Weltkrieg die „Weinsuppenzeit" zu nennen pflegte.

Tante Gretchen war die jüngere Schwester meines Vaters. Sie war unverheiratet, was aber nicht heißen soll, dass sie kein erfülltes Leben gehabt hätte. Es war ja noch ein weiterer Bruder vorhanden, Onkel Adolf Wiebensohn, der schon vor dem Ersten Weltkrieg Witwer geworden war und nicht wieder geheiratet hatte. Er saß auf seinem Hof in einem Nachbardorf mit zwei kleinen, damals noch nicht schulpflichtigen Kindern, und Tante Gretchen zog zu ihm, um ihm über die erste schlimme Zeit hinweg zu helfen. Doch aus Wochen wurden Monate, aus Monaten Jahre und so blieb sie ganz auf seinem Hof. Sie verzichtete bewusst auf eine eigene Ehe und Familie, um ihrem Bruder den Haushalt zu führen, die Kinder zu erziehen und Ersatzbäuerin zu sein.

Dann kam der Erste Weltkrieg, und Onkel Adolf musste zur Artillerie einrücken. Da musste Tante Gretchen den Hof unter loser Oberleitung von Opa Wiebensohn führen und ihn zusammen mit einem alten Tagelöhner und zwei Mägden bewirtschaften. Später kam noch ein russischer Kriegsgefangener als Hilfskraft dazu. Das waren vier harte Jahre für die junge Frau; doch sie schaffte es und brachte den Hof einigermaßen über die Zeit. Als Onkel Adolf unversehrt aus dem Krieg zurückkam, blieb sie so lange bei ihm, bis die Kinder erwachsen waren und mein Vetter Julius heiratete und den Hof übernahm; das war Ende der dreißiger Jahre.

Nun war Tante Gretchen schon eine Frau im mittleren Alter, und für eine Ehe war es zu spät. Sie zog zu Opa Wiebensohn in sein Altenteilerhaus und führte ihm den Haushalt, und als Opa 1941 starb, erbte sie sein Haus und einige Hektar Land. Die Wiesen verpachtete sie, und auf der kleinen Weide hinter ihrem Haus hatte sie eine Kuh laufen. Die Milch der Kuh wurde an die Meierei geliefert, und von dem bisschen Milchgeld und der Pacht lebte sie. Kann sein, dass sie von Onkel Adolf noch eine kleine Geldzuwendung erhielt; aber das ist mehr eine Vermutung, denn davon sprachen beide Seiten nicht.

So ging das Leben dieser einfachen Frau in Arbeit und Sorge für die Familie dahin. Urlaub und Freizeit waren ihr unbekannte Begriffe; war die tägliche Arbeit getan, dann flogen Strick- und Nähnadeln auf und nieder, oder im Zweiten Weltkrieg kam das Spinnrad noch einmal zu Ehren.

Wie freute sie sich, dass meine Eltern zu ihr ins Haus zogen und ihr damit das Schicksal einer vereinsamten alten Frau erspart blieb. Wieder einmal hatte sich die Familie als das stärkste soziale Netz erwiesen. Und weil die Familie Tante Gretchens ganzer Lebensinhalt war, fieberte sie auch dem Tag meiner Hochzeit mit Gesine entgegen.

Es zogen nun auch auf dem Hof die Handwerker ein, und die Renovierung der Wohnung begann. Es wurden eine Zentralheizung eingebaut, Bad und WC und eine Reihe der Fenster erneuert. Dann kam Gesine, und wir suchten Tapeten aus; wir waren beide im Wohnungseinrichtungsfieber.

Nachdem Fritz Fietkau seine Anke geheiratet hatte, ausgezogen war und jetzt als Tagelöhner bei mir arbeitete, bestand mein Haushalt nur aus mir und der stämmigen, etwas tutigen Elfriede Meier, das letzte junge Mädchen meiner Mutter, das bei mir geblieben war. Elfriede kochte das Essen, nicht sehr schmackhaft, aber sättigend, molk die Kühe, tränkte die Kälber, versorgte das Federvieh und hatte im Übrigen genug zu tun, den Dreck wegzuräumen, den die Handwerker hinterließen. Ich hatte keinen Grund, mich zu beklagen; es war aber schon eine etwas eigenartige Situation, allein mit einer jungen Frau unter einem Dach zu leben, die nicht meine Frau war.

Gesine kam nun öfter zu Besuch, beäugte Elfriede, beäugte auch mich, sagte aber nichts. Offensichtlich hielt sie Elfriede für keine Konkurrenz, und damit lag sie auch richtig.

Noch vor der Ernte wurde der Hof auf mich überschrieben. Vater, Mutter und ich fuhren nach Heide zum Notar, und dort wurde der Überlassungsvertrag aufgesetzt und von uns unterzeichnet. Überschrieben wurde der Hof auf meinen Namen mit allem Zubehör, totem und lebendem Inventar und den vorhandenen Vorräten, wozu auch die noch auf dem Halm befindliche Ernte zählte. Dafür hatte ich meinen Eltern eine monatliche Rente zu zahlen und eine Reihe von Naturalien wie z. B. Milch, Eier, Butter, Kartoffeln, Schlachtgeflügel und ein fettes Schwein zu liefern.

Die Unterhaltsrente konnten sich die Altenteiler nach Wahl bar oder in Form von Weizen monatlich zahlen lassen. Diese Weizenklausel war damals bei Überlassungsverträgen noch üblich, eine Folge der schlechten Erfahrungen, die man mit Inflation und Währungsreform gemacht hatte.

Weiter war in dem Vertrag festgelegt, dass ich meinen Eltern die Kosten ärztlicher Behandlung, Lieferung verordneter Medikamente und Aufwartung im Pflegefall zu gewähren hatte.

Außerdem musste ich ihre Beerdigungskosten und die Grabpflege übernehmen.

Das Altenteil meiner Eltern war deshalb so ausführlich und detailliert beschrieben, weil sie weiter keine Rente aus irgendeiner öffentlichen Kasse oder von irgendeinem Rententräger bezogen. Die alten Bauern und Bäuerinnen lebten damals ausschließlich vom Hof. Die sogenannte Bauernrente kam erst einige Jahre später und war in den ersten Jahren der Höhe nach auch nicht ausreichend, um davon leben zu können. Selbstverständlich hatte ich auch sämtliche öffentliche Lasten, die auf dem Hofe lagen, zu übernehmen, wovon der Lastenausgleich besonders erwähnt wurde.

Also das lepperte sich, nun wusste ich, wofür ich in Zukunft zu arbeiten hatte. Aller Anfang ist schwer!

Aber was soll's, immerhin war ich jetzt der Bauer! Was mir noch fehlte, war die Bäuerin, und hier musste nun umgehend Abhilfe geschaffen werden. Gesines und meine Hochzeit wurde auf den ersten Oktober angesetzt; bis dahin sollte die Wohnung renoviert sein und bis dahin hoffte ich auch, die Ernte unter Dach und Fach zu haben.

Da ich mit unserer Heirat zwar eine Frau, aber immer noch keine Bäuerin auf dem Hof haben würde, wurde annonciert, und wir stellten Antje Voß als unsere Haushälterin ein. Gesine war bei dem Einstellungsgespräch dabei; denn erstens war sie die Arbeitgeberin und wollte die Haushälterin von ihren Einkünften entlohnen; und zweitens hatte sie auch ihre bestimmten Vorstellungen von der Persönlichkeit ihrer Mitarbeiterin.

Mit Antje Voß hatten wir einen guten Griff getan, das sollte sich bald herausstellen. Sie führte unseren Haushalt mit Umsicht und den vielen Erfahrungen, die sie mitbrachte. Sie war Anfang vierzig und verheiratet; aber ihr Mann galt als vermisst, war aus dem Krieg nicht zurückgekommen. Insofern teilte sie ihr Schicksal mit hunderttausenden von Frauen ihrer Generation, die genau wie unsere Antje durch den gnadenlosen, menschenverachtenden Militarismus des Dritten Reiches um ihr Lebensglück betrogen worden waren.

Antje hatte sich mit ihrem Schicksal noch lange nicht abgefunden. Immer noch hoffte sie auf die Rückkehr von ihrem Hans; ihr vermisster Mann war das große Thema ihres Lebens.

Was hatte diese arme Frau schon von ihrer Ehe gehabt? Im Sommer 1939 hatte sie ihn kennengelernt, und schon im September musste er mit in den Krieg. Nachdem Hans aus Polen zurückgekehrt war, hatten die beiden sich verlobt. Aber Hans war nur auf Urlaub gekommen, schon bald musste er wieder in den Krieg an die Westfront. Zu Weihnachten 1942 hatten die beiden dann geheiratet, und kurz darauf kam Hans an die Ostfront. Einmal kam er noch auf Urlaub; aber ab Herbst 1944 galt er als vermisst.

Hans Voß war Bauernsohn aus Süderdithmarschen; aber weil er aus dem Krieg nicht zurückkam, hatte sein Vater den Hof seinem jüngeren Bruder gegeben. So war Antje auch nicht Bäuerin geworden und musste sich ihren Lebensunterhalt bei fremden Leuten verdienen. Ihre Ehe war kinderlos geblieben, Hans und sie waren ja auch nur kurze Zeit zusammen gewesen, die wenigen Male, die Hans auf Urlaub war.

Schon bald, nachdem Antje Voß zu uns gekommen war, gab es diese Kriegsgefangenen-Gedenkwoche. Sie wurde eingeleitet mit einer Rundfunkansprache von Bundespräsident Heuss, der ausführte, dass das Los der sich noch in Kriegsgefangenschaft befindlichen deutschen Soldaten alle Deutschen anginge. Denn es ginge um die Sicherung des menschlichen Gewissens für das Schicksal der Brüder und Schwestern, um die Stütze der Mütter und Gattinnen, die in der Not des Hoffens und Wartens durch lange Jahre bedrückt und zermürbt seien.

Das waren schöne Worte, und sie waren auch gut gemeint und für manchen der Angehörigen von Gefangenen und Vermissten eine Tröstung. Aber nachher war jeder mit seiner Angst und der enttäuschten Hoffnung wieder allein.

Und bei Antje Voß dauerte die Zeit des Wartens und Hoffens mittlerweile schon über ein Jahrzehnt.

Ich habe in dieser Woche auch viel mit ihr über diese ganze Problematik gesprochen. Sie meinte: „Es gibt ja in Russland diese Schweigelager, von denen man hier nichts erfährt. Vielleicht ist mein Hans ja in einem dieser Lager und kommt bald zurück."

Ein andermal sagte sie: „Viele Gefangene hat man als Kriegsverbrecher angeklagt und zu langen Freiheitsstrafen verurteilt. Mein Hans ist bestimmt kein Verbrecher; aber wenn er dort ist, soll mir das auch recht sein. Hauptsache, er kommt zurück!"

Sie klammerte sich an jede noch so kleine Hoffnung und stellte während dieser Kriegsgefangenen-Gedenkwoche jeden Abend brennende Kerzen in die Fenster ihrer kleinen Wohnung, ging zu Gottesdiensten in die Kirche und wird bestimmt so manches heiße und innige Gebet gesprochen haben.

Aber es nützte alles nichts, ihr Mann kam nicht zurück. Und dass sie anfing, zur Wahrsagerin zu laufen, hatte auch keinen Sinn. Selbstverständlich war auch der Suchdienst des Roten Kreuzes eingeschaltet. Nach Ablauf der Gedenkwoche war Antje sehr traurig und deprimiert.

Ich rief Gesine an und fragte, ob man Antje nicht etwas aufheitern könne und ob sie nicht etwas tun könne. Gesine kam und brachte ihre Gitarre mit und gab ein kleines Hauskonzert.

In der halb renovierten Wohnstube hatten wir einige Stühle aufgestellt, und außer mir, Antje und Elfriede waren meine Eltern, Tante Gretchen und die Freunde gekommen.

Es wurde ein unvergeßlicher Abend, obwohl in der ausgeräumten Stube die Akustik nicht gerade die beste war. Gesine hatte aus ihrem Volkslieder-Repertoire ein kleines Programm ausgewählt, das dem Ernst der Gedenkwoche angemessen war, und schloss ihr Konzert mit dem Choral: „So nimm denn meine Hände und führe mich."

Ob dieser Abend für Antje eine Hilfe war, weiß ich nicht zu sagen; sie war danach in Tränen aufgelöst. Aber irgendwie gab es ihr doch Trost und das Gefühl, verstanden zu werden und in ihrem Jammer nicht alleine zu sein.

Darüber hinaus sollte es der Anfang von einer ganzen Reihe von

Hauskonzerten sein, die Gesine bei uns im Verwandten- und Freundeskreis gab.

Dieser Herbst ist mir als eine äußerst intensive Zeit in der Erinnerung geblieben. Die Witterung spielte absolut nicht mit. Regen in der Erntezeit ist so ziemlich das letzte, was ein Bauer gebrauchen kann. Und es regnete und regnete, und das Getreide verdarb auf dem Halm oder, soweit schon gemäht, im Hocken.

Da war es gut, dass wenigstens der Blumenkohl gutes Geld brachte. Die Getreideernte enttäuschte völlig, und das Geld wurde knapp. Gerade im ersten Jahr hätte ich eine gute Ernte so nötig gebraucht. So musste ich den Bankkredit, der an sich für die Anschaffung neuer Maschinen gedacht war, teilweise für die laufenden Kosten verwenden. Der Rest ging für die Renovierung der Wohnung drauf.

Besser lief es bei Gesine. Sie hatte Platten aufgenommen, die sich sehr gut verkauften. Und sie gab außer in Hamburg jetzt auch Konzerte in anderen Städten, erstmal im ganzen norddeutschen Raum. Für den nächsten Sommer plante sie eine Tournee durch die Bundesrepublik. Sie bot mir auch Geld an; aber ich wollte mir zunächst einmal selber helfen und mich durchbeißen. Sie zahlte mir aber das Geld zurück, das ich ihr geliehen hatte.

Und sie bezahlte die Wohnungseinrichtung, und die Hochzeit finanzierten ihre Eltern. Dagegen war auch nichts einzuwenden; es war allgemein üblich, dass die Möbel und sonstige Kosten für die Ausstattung der Wohnung als Mitgift von der Brautseite kamen.

Die Renovierung der Wohnung wurde termingerecht fertig, und wir wollten unsere Möbel einkaufen. Eines Tages rückte Gesine mit einer Innenarchitektin an. Hanna Betz-Neumann war eine Schulfreundin von ihr, und als die unsere über dreihundert Quadratmeter große Wohnung sah, drehte sie fast durch und wollte stante pede eine Art „Immenhof" daraus machen.

Gott sei Dank, dass wir schon mit der Renovierung fertig waren, so konnte die Betz-Neumann sich nur in Bezug auf Möbel, Teppiche, Gardinen, Lampen, Vasen und sonstigen Kleinkram austoben.

Sie lag mit ihrem Geschmack und ihrer Stilrichtung voll im Trend der späten fünfziger Jahre: Möbel im Zeichen von Stromlinie und Asymetrie „zeitlos modern“, mit Nieren- und Palettentischen, Sesseln in Schalenform, alles mit flott abgewinkelten, geraden Beinen, Tütenlampen und Vasen, die ihre Herkunft von der Töpferscheibe radikal verleugneten.

Wie viele Innenraumgestalter damals ließ sich auch Hanna Betz-Neumann von Werken der modernen Malerei anregen, wobei alles, was ein wenig verbogen, schräg oder nur ungewohnt war, mit Picassos Namen in Verbindung gebracht wurde. Picasso hier, Picasso dort, was Tapeten, Vorhangstoffe und Teppichmuster anging, führten wir ein Leben im Picasso-Ambiente.

Dabei soll nicht die ganze Verantwortung für den Kitsch, der sich in unserer ersten Wohnungseinrichtung niederschlug, der Betz-Neumann angelastet werden. Es war einfach der Zeitgeschmack, der sich mit dem dynamischen Schwung des Wirtschaftswunders so und nicht anders herausgebildet hatte.

Rechter Winkel? Bloß das nicht! Geschmackvoll, äußerst funktionsgerecht, einfach, künstlerisch wertvoll! Und pflegeleicht, vor allem pflegeleicht! Gott sei Dank haben wir die meisten alten Stücke nicht weggeworfen, sondern auf den Speicher gestellt. Die alten, handgeschnitzten eichenen Truhen und Schränke haben wir sowieso auf dem großen Flur und im Wohnzimmer stehen lassen.

Sie waren wirklich „zeitlos modern“.

Da unser Haus groß genug war, das heißt auch über genügend Räume verfügte, konnte Gesine sich den Traum eines eigenen Musikzimmers erfüllen. Wir richteten dafür das „Gartenzimmer“ ein, so genannt, weil es eine direkte Tür nach draußen und in den Garten hatte.

Beherrscht wurde das Musikzimmer von einem Bechstein-Flügel, den Gesines Eltern schon gehabt hatten und der, gestimmt und durchgesehen, in der Mitte des Raumes stand und wundervoll zur Geltung kam. Dann war noch ein Notenschrank vorhanden, ein Bücherbord mit Musikliteratur, und eine Sitzgruppe Gelsenkirchener Spätbarock vervollständigte die Einrichtung und passte gar nicht einmal schlecht dazu.

Eines Tages war alles fertig, und eines Tages war auch unsere Hochzeit.

Seinerzeit hatte die Ehe noch einen hohen Stellenwert! Das hatten die kaputten Lebensumstände des Krieges und der Nachkriegszeit so mit sich gebracht. Die Sehnsucht nach einem normalen Leben mit einem geregelten Ablauf war immer noch übermächtig.

Aufregung hatte man genug gehabt, das Unvorhersehbare und Planlose flößte nur Angst und Misstrauen ein. Dadurch gewann die eheliche Beziehung an Reiz und Attraktivität. Die Vertrautheit mit dem Ehepartner, seine Stärken und Schwächen, seine Einschätzbarkeit strahlten Ruhe und Wärme aus. Verheiratet zu sein bedeutete: Nicht alleine frühstücken zu müssen, nach Feierabend erwartet zu werden, sich nachts ankuscheln zu können.

Wie arm waren dagegen die Frauen dran, deren Männer gefallen oder vermisst waren, wie Antje Voß! Wie gerne hätte auch sie wieder die „Last des Ehejochs" getragen.

So traten also auch Gesine und ich in den Stand der Ehe ein. Es war ein großer Tag für uns. Die standesamtliche Trauung fand vormittags im engsten Familienkreis im Standesamt in Hamburg statt.

Dann fuhren wir nach Oldenhusen, wo zu Mittag gegessen wurde, und nachmittags um siebzehn Uhr war kirchliche Trauung in unserer Gemeindekirche St. Nicolai. Als wir mit dem Auto vor der Kirche vorfuhren, regnete und stürmte es, und als ich ausgestiegen war, rannte Gesine schon so schnell sie konnte in die Kirche hinein, mit beiden Händen den Schleier festhaltend. Ich machte, dass ich hinterher kam und traf meine Frau im Eingangsraum der Kirche wieder, wo man ihren Schleier wieder richten musste.

Nach der Trauung fuhren wir alle zum Wiebensohn-Hof, wo eine richtige Bauernhochzeit gefeiert wurde – Gesine hatte es sich so gewünscht.

Alle waren da: unsere Familien, die Freunde, Gesines Band und die Leute von der Plattenfirma. Antje Voß hatte Küche und Keller unter sich und hatte sich zur Unterstützung eine Kochfrau und Hilfskräfte zum Servieren engagiert.

Hanna Betz-Neumann führte die Gäste durch unsere Wohnung, wobei sie den Stolz über das Geschaffene nicht verbergen konnte.

Dann ging es zu Tisch, und die Hochzeitstafel war mit Tante Gretchens großem Service und dem Familiensilber so hergerichtet, dass die Gäste nicht aus dem Staunen herauskamen. Nur der Herd wollte nicht recht brennen, es regnete wieder, und die schwere Luft drückte in den Schornstein und brachte ihn zum Qualmen. So dauerte es einige Zeit, ehe das Essen zu Tisch kam; aber da einige der Gäste Verspätung hatten, konnte man die Verzögerung damit begründen.

Dann aber lief alles wunderbar ab, und Antje Voß erntete viel Lob für das Hochzeitsessen: Rinderkraftbrühe mit Einlage, Steinbutt mit Bechamelsauce, Rinderbraten nach Art des Hauses und als Nachtisch Weinsuppe nach Großmutterart.

Es wurden einige Reden gehalten, unter anderem nahmen Gesines und mein Vater das Wort.

Schwiegervater nannte uns zwei willensstarke junge Menschen, die es nicht immer leicht miteinander haben würden, und spielte damit auf unseren großen Krach an.

Mein Vater hielt sich da mehr zurück, erwähnte das schlechte Wetter am Hochzeitstag und kam mit der alten Spruchweisheit: „Soviel Wind und Regen, soviel Glück und Segen!“

Dann wurde bis in den frühen Morgen gefeiert. Gesine und ich haben das Ende nicht mitgekriegt, denn wir wollten auf Hochzeitsreise, ganz bescheiden in die Holsteinische Schweiz. Mit dem eigenen Wagen fuhren wir zu einem romantischen alten Gasthaus am Plöner See, das den eigentümlichen Namen „Schwiddeldei“ trug.

Ja, ich hatte mir inzwischen ein Auto gekauft, so viel war bei dem Blumenkohlanbau übrig gewesen. So war auch die Motorradzeit vorbei. Herrjeh, wie oft war ich mit der kleinen NSU nach Hamburg gedüst? Ich kannte auf dem Weg dorthin zuletzt jeden Dorfköter und jede Enten- und Gänseschar, die quak – quak – quak über die Straße wackelte. Damit war es nun auch vorbei.

„Schwiddeldei“ war ein uraltes Gasthaus und – was uns erst später zu Ohren kam – schon in der „guten alten Zeit“ ein beliebtes Ziel für Hochzeitsreisende gewesen. Schon damals sind nicht alle nach Venedig gefahren!

Es muss wohl aus der Zeit noch irgendein guter Geist seine Hand übers „Schwiddeldei“ gehalten haben, vielleicht Gott Amor selbst? So verlebten wir einige der schönsten Tage unseres Lebens in diesem alten Gemäuer – „Schwiddeldei“, du bleibst uns unvergessen!

Allerdings hatte ich gegen Morgen wieder diesen Alptraum, den ich damals nach der Vergiftung mit dem Pflanzenschutzmittel hatte. Wieder sollte ich diese schwierige Aufgabe, diesen Gordischen Knoten lösen, und wieder wollte es nicht gelingen. Schweißgebadet und völlig verwirrt wachte ich schließlich auf und machte Licht. Wieder wie damals hatte ich Schwierigkeiten, mich zurechtzufinden.

Gesine war schon wach; sie sagte, ich hätte geschrien und um mich geschlagen. Ich erklärte ihr, was ich geträumt hatte, sobald ich dazu in der Lage war. Die liebe Deern hatte genug zu tun, mich wieder aufzurichten, und erst nach einer ganzen Zeit schlief ich ganz erschöpft in ihren Armen ein.

Wir schliefen bis in den Vormittag hinein, frühstückten ausgiebig und machten danach einen längeren Spaziergang am See. Die Sonne kam durch, Gesine war ganz lieb zu mir und erwähnte mit keinem Wort die Alptraumgeschichte, so dass ich langsam wieder auftaute.

Am Nachmittag fuhren wir in der Gegend herum und landeten zuletzt in Malente-Gremsmühlen, wo wir zu Abend aßen. Wir fanden ein nettes Tanzlokal, in dem wir bei einer Flasche Wein den Abend verbrachten und zwischendurch engumschlungen tanzten.

Während wir so mit uns beschäftigt waren und in unserem Glück schwelgten, kam plötzlich der Wirt an unseren Tisch und bat Gesine, sie möge doch ein Lied zum Besten geben. Da merkte ich erst, dass ich mit einer inzwischen prominent gewordenen Künstlerin verheiratet war, die man sogar schon in Malente kannte.

Gesine war so rücksichtsvoll, wollte mich nicht verletzen und fragte, ob ich nichts dagegen einzuwenden hätte. Das konnte ich wohl schlecht, ohne als egozentrischer Typ dazustehen, und so stand Gesine auf und ging zur Kapelle durch den Saal.

Sie sang „Kein Feuer, keine Kohle kann brennen so heiß“. Und da heißt es zum Schluss „Setze du mir einen Spiegel ins Herze hinein, damit du kannst sehen, wie so treu ich es mein“.

Im Grunde sang sie nur für mich, und es ging mir durch und durch. Ich nahm mein Glas, trank ihr zu und stürzte das volle Glas Wein in einem Zug hinunter. Dann fuhren wir in das alte Gasthaus am Plöner See zurück und gingen auf unser Zimmer.

Während wir uns auszogen, sang Gesine immer noch leise „Kein Feuer, keine Kohle kann brennen so heiß, als heimliche Liebe, von der niemand nichts weiß.“

O mein Gott, was für eine Frau war das!

Am Tag darauf fuhren wir nach Lübeck, bummelten durch die Straßen der Innenstadt und besichtigten Marienkirche und Rathaus.

In der Marienkirche beeindruckten uns vor allem die Glocken, die beim Bombenangriff am Palmsonntag 1942 vom Turm gefallen waren und die man unten im Turmraum zum Gedenken an die Zerstörung der Kirche und großer Teile der Stadt hat liegen lassen. Geborsten und geschmolzen vermitteln diese Glockenreste ein Bild davon, was Menschen aufbauen, aber auch zerstören können.

Wir aßen in einem Restaurant zu Mittag, das im Stil eines alten Lübecker Bürgerhauses eingerichtet war und noch etwas vom Geist der Hansezeit spürbar werden ließ.

Aber nicht nur Historisches gab es in Lübeck zu besichtigen, auch die neue Zeit hatte hier Einzug gehalten, und zwar in Form eines modernen Einkaufszentrums. Amerika war ja damals in vielen Dingen Vorbild für unser Leben, und so war auch dieser „Shop“ genannte Laden ganz nach amerikanischem Muster aufgebaut. Das Angebot umfasste von Lebensmittel über Textilien, Haushaltswaren, Tapeten und Farben bis hin zu Büchern und Schallplatten alles, was man sich nur denken konnte. Der Schallplattenstand schien mir nicht gut sortiert, ganz klar: Denn er bot keine einzige Platte von Gesine an – dafür umso mehr amerikanische Schlager- und Countrymusik.

Das Besondere an diesem Laden war die Selbstbedienung. Was man heute als eine Selbstverständlichkeit kennt, dass man mit einer Karre durch den Laden schiebt und einpackt, was man haben will, war damals revolutionär. Erst konnten wir uns überhaupt nicht vorstellen, wie sowas klappen sollte. Aber nachdem wir selbst dort ein paar Kleinigkeiten eingekauft hatten und wussten, wie das funktioniert, waren wir regelrecht begeistert. So etwas Einfaches und Modernes, das musste sich doch durchsetzen!

Die Lebensmittel waren alle schon in handlichen Tüten oder kleinen Kartons verpackt und mussten nicht erst, wie bei uns im Hökerladen, eingefüllt und abgewogen werden. Das sparte natürlich Zeit, andererseits kam es zwischen Kunde und Kaufmann nicht mehr zu Gesprächen und Kontakten.

Typisch amerikanisch: „Time is money“!

Nach einer Woche war unsere Hochzeitsreise zu Ende, und der Alltag fing wieder an, jedenfalls für mich. Gesine hatte es sich so eingerichtet, dass sie noch einen ganzen Monat kein Konzert gab, und Plattenaufnahmen waren auch nicht angesetzt.

Sie hatte nun Zeit, sich in unserer Wohnung einzuleben. Erst jetzt kamen wir dazu, die ganzen Hochzeitsgeschenke auszupacken und uns daran zu freuen. Gesine räumte alles nach ihrem Gutdünken ein und bedankte sich handschriftlich bei all den Hochzeitsgästen und Gratulanten, und ich unterschrieb die Danksagungen mit. Dabei stellte sich heraus, dass Gesine in ihrem Musikzimmer noch einen Schreibtisch brauchte, der dann passend zu den anderen Möbeln angeschafft wurde.

Den Haushalt überließ Gesine weitgehend unserer Haushälterin. Höchstens dass sie unser Schlafzimmer aufräumte und mit Antje Voß den Speiseplan besprach. Antje führte unseren Haushalt mit Umsicht und einer glücklichen Hand, und Elfriede Meier war das Mädchen fürs Grobe.

So spielte sich unser Leben wunderbar ein; unsere junge Ehe war von Glück und Harmonie geprägt. Von Alptraum und Ängsten war bei mir keine Rede mehr. Gesine verbrachte viel Zeit in ihrem Musikzimmer, übte sich am Flügel und im Gesang und probierte neue Lieder aus.

Zwischendurch kam Bert Holler und besprach mit ihr das neue Programm für den Winter. Eines Tages brachte er einen gewissen Jason Nefedov mit, der als Agent und Produzent die Interessen von Gesine und der Gruppe „Zupfgeigenhansel“ wahrnehmen sollte, weil es angeblich ohne dem nicht mehr ging.

Mir gefiel der Kerl von Anfang an nicht, er war mir zu schleimig und sabbelte so viel – nach meinem Empfinden lauter dummes Zeug. Aber Gesine meinte, er sei gerade der richtige Mann, und Agenten seien nun mal so. Ich hatte auf dem Gebiet ja auch keine Erfahrungen, und außerdem ging es mich auch nichts an. So schlossen sie denn einen Vertrag.

Gesine stellte außerdem noch eine Sekretärin ein, Brigitte Peters, allgemein nur Biggi genannt. Biggi war zudem eine Schulfreundin von Gesine und wurde bald zur Vertrauten meiner Frau, auf deren Rat und Meinung Gesine viel gab. Biggi hatte ihren Arbeitsplatz in Gesines Zimmer im Hause Möller in Hamburg, wo Gesine auch noch ihr Bett stehen hatte. Wenn es mit den Konzerten spät wurde und sie nicht erst die zwei Stunden Fahrt nach Oldenhusen auf sich nehmen wollte, konnte sie dort übernachten.

Gesine und ich haben uns in den ersten Jahren unserer Ehe viel gegeben. Einer lernte vom anderen, und beide kriegten wir Einblicke in eine ganz andere Welt. Ich lernte diesen ganzen Musikzirkus kennen, auch tauchten natürlich immer wieder neue Gesichter auf. Immer wieder lernte ich neue Menschen kennen: Musiker, Sänger und Sängerinnen, Leute von Presse und Rundfunk, Schauspieler, auch Prominenz dabei.

Und Gesine kriegte einen tiefen Einblick in das Landleben und die Landwirtschaft; sie zeigte überhaupt ein großes Interesse an meinem Beruf und den Problemen des Hofes. Und da wir bei uns im Dorf und auf dem Wiebensohn-Hof fast ausschließlich plattdeutsch sprachen, lernte meine Frau auch die niederdeutsche Sprache verstehen und nach und nach auch sprechen. Später sollte sie auch plattdeutsche Lieder in ihr Repertoire aufnehmen – aber das dauerte noch.

Bei uns in Oldenhusen, in meiner Familie und in meinem Freundeskreis war Gesine bald beliebt und Mittelpunkt, wie sie es schon in der Clique auf Nordstrand gewesen war. Sie war immer freundlich, liebenswürdig, nie überheblich und war sich nie zu schade, am dörflichen Leben und unseren Dorffesten teilzunehmen.

Nur einen Tick hatte sie: Sie kleidete sich gerne überaus elegant. Wenn sie auf einem Dorfball in einem Modellkleid von Östergaard hereinrauschte, war sie ohne Zweifel overdressed. Aber kein Mensch nahm es ihr übel. Im Gegenteil: Es wurde von ihr regelrecht erwartet, und alle Welt freute sich und war stolz, dass Gesine das Fest verschönte.

Und ich spielte dann meine Rolle als Prinzgemahl. Auch in der großen Welt nahm Gesine bald eine hervorragende Stellung ein. Kaum ein Jahr, nachdem sie erstmalig als Sängerin hervorgetreten war, gehörte sie schon zur Prominenz, jedenfalls in der Hamburger Szene. Und so ging die Fahrerei nach Hamburg wieder los, jetzt nicht mehr ins Kino und in unser kleines Tanzcafé, stattdessen besuchten wir Theaterpremieren, Vernissagen, den Presseball und Parties.

Auf dem Presseball saßen wir mit Bert Holler und seiner neuen Freundin, Biggi Peters und Michel Skibowski, die sich angefreundet hatten, und einem jungen Schauspielerehepaar an einem Tisch.

Gesine trug ein zauberhaftes Modellkleid, und weil ich mich in meinem Smoking auch sehen lassen konnte, waren wir eines der schönsten Paare auf dem Parkett. Es wurde ein wundervolles Fest, und wir schlossen eine Reihe von Freundschaften, die zum Teil ein Leben lang halten sollten. Für mich war das alles sehr verwirrend, und es dauerte einige Zeit, und ein paar Gläser Sekt waren erforderlich, bis ich meine Scheu verlor und Margot Bley, die berühmte Schauspielerin an unserem Tisch, zum Tanz aufforderte.

Arno Wegner und Margot Bley waren als Filmschauspieler schon recht berühmt. Beide hatten schon einige Hauptrollen gespielt und dabei ihr Können unter Beweis gestellt. An dem Abend wurde viel über Schauspielerei und Gesines Folklore gesprochen, und als die beiden von mir wissen wollten, welchen Beruf ich ausübte, brach das große Staunen aus, als ich mich als Bauer zu erkennen gab. Natürlich waren Arno und Margot davon ausgegangen, dass der Mann einer Sängerin auch Musiker oder sonstwie Künstler sein müsse. Nach einer kurzen Verlegenheitspause wurde dann unsere Situation diskutiert – wieder einmal.

Gesines und meine Meinung dazu stand ja auch seit langem fest: Beruf, Herkommen, Religion, politischer Standpunkt und was es sonst noch für Äußerlichkeiten gibt, das ist alles ziemlich nebensächlich. Auf das Wesentliche reduziert sind da eine Frau und ein Mann, und da ist die Liebe – wo liegt da das Problem?

Das mussten Margot und Arno so akzeptieren, wenngleich bei ihnen, wie mir schien, noch ein Rest von Zweifel blieb.

Ich war überzeugt: Sie würden Gesine und mich im Auge behalten wie viele andere auch.

Im Laufe des Abends meinte Margot, dass sie schon immer gerne so einen richtigen Bauernhof kennenlernen wollte, sie habe aber noch nie die Gelegenheit dazu gehabt.

Ich meinte: „Wenn es weiter nichts ist, dem Wunsche kann entsprochen werden. Ich lade euch ein, uns zu besuchen. Ihr könnt kommen, wann es euch passt, und bleiben, so lange ihr wollt, nicht wahr, Gesine?“

Meine Frau war von meinem spontanen Entschluss auch sehr angetan, sie meinte nur, man müsse ihre Termine dabei berücksichtigen. Denn sie würde gerne zu Hause sein, wenn Besuch käme. Margot und Arno nahmen mit Freuden an, und es war vorgesehen, dass sie irgendwann im Frühjahr, noch vor Gesines Deutschlandtournee, uns ein paar Tage besuchen würden.

Das sollte der Anfang sein, nicht nur von einer langen Freundschaft zwischen den beiden Ehepaaren, sondern auch der Grundstein zu einem Freundes- und Diskussionskreis, der sich auf dem Wiebensohn-Hof lange Jahre traf und unter dem Namen „Oldenhusener Runde“ zu einer gewissen Berühmtheit gelangte.

Es kamen Schauspieler, Musiker, Sänger und Sängerinnen, Maler, Schriftsteller, Journalisten und Politiker. Ich selbst legte Wert darauf, dass die Leute vom Lande nicht ausgegrenzt blieben, und so kamen aus meinem Freundeskreis Schwester Telse und Schwager Werner, Fritz und Anke Fietkau, mein Freund Walter Thießen mit seiner Frau Helga und andere Freunde, durchweg Nichtkünstler. Ab und zu waren auch unsere Eltern dabei, Gesines Geschwister kamen gerne dazu, und ihre Mitarbeiter, also die Band und Biggi Peters wurden auch nicht vergessen.

Nach einer gewissen Zeit kristallisierten sich zwei Termine heraus: das Ostertreffen und das Treffen in der Erntezeit.

Mittelpunkt bei den Treffen war entweder unser Wohnzimmer oder, wenn die Teilnehmerzahl besonders groß war, der große Hausflur. Dort stand ein Ausziehtisch, noch von meinen Eltern auf dem Hof geblieben, und hier fand sich die Runde besonders gerne ein. Dieser große Raum mit seiner mannshohen Holztäfelung und den alten, handgeschnitzten Eichentruhen und einem Eichenschrank an den Wänden bildete einen stimmungsvollen Rahmen.

Gesine verstand es ausgezeichnet, nicht nur die Gastgeberin zu sein, sondern bei den Gesprächen auch die Runde auf Trab zu halten, Streitigkeiten und Emotionen ein wenig zu zügeln, ohne mit dem erhobenen Zeigefinger dazwischen zu gehen.

Außer den Gesprächsrunden im Haus wurden lange Spaziergänge gemacht, wozu der Hof mit den weitläufigen Stallungen, dem Garten und dem hinter dem Haus beginnenden Feldweg Gelegenheit genug bot.

Wer länger blieb, nahm gewöhnlich an Ausflügen teil, die wir in die nähere und weitere Umgebung unternahmen.

Unsere drei Fremdenzimmer wurden den auswärtigen Gästen – natürlich kostenlos – zur Verfügung gestellt, wie wir überhaupt nie von unseren Gästen irgendwelche Vergütung verlangten. Wer zur Deckung der Unkosten beitragen wollte, steckte einen freiwilligen Betrag in einen irdenen Krug, der im Flur auf einer der Truhen stand und von dessen Zweck und Bedeutung jeder wusste. Damit konnten wir einen großen Teil der Kosten decken; was fehlte, übernahm Gesine.

Weil Antje Voß durch die vielen Gäste natürlich einen Haufen Mehrarbeit hatte und Elfriede in ihrem Bereich auch nicht über Arbeitsmangel klagen konnte, stellten wir noch ein weiteres Hausmädchen ein. Gerti Martens war so ein richtiges blondes, blauäugiges Mädel von der Waterkant, immer freundlich und fröhlich, und sie sprach fast ausschließlich Platt. Für die Künstlergäste war das eine besondere Erfahrung, dass ein junges Mädchen, durchaus des Hochdeutschen mächtig, alles verstehend, auf jede Frage plattdeutsch antwortete und auch nach wiederholtem Nachfragen beharrlich bei ihrem Dithmarscher Platt blieb. Man musste sich damit abfinden und akzeptierte Gertis Eigenart, die ein wenig auch zum besonderen Charme der Oldenhusener Runde beitrug.

Natürlich profitierten auch wir Leute vom Wiebensohn-Hof von den Treffen, Gesine und ich und ganz besonders unsere Haushälterin Antje Voß. Für sie war es eine Art Wiedergutmachung des Lebens, dass sie im Laufe der Jahre all die vielen Leute kennenlernte und viele der interessanten Gespräche mitkriegte. Gewiss war sie durch ihre Arbeit oft abgehalten, aber besonders an den Abenden, wenn Hauskonzerte, Lesungen, Rezitationen stattfanden, fehlte sie nie. Und bei den Gästen genoss sie ein nicht geringes Ansehen, und kaum einer vergaß beim Abschied, sich neben der Hausfrau auch bei der Haushälterin für die Gastfreundschaft zu bedanken.

Ich selbst hielt mich mehr im Hintergrund und freute mich über rege Beteiligung, über neue Gesichter und darüber, dass meine Gesine glücklich war.

Meine große Stunde war das Erntetreffen. Tagsüber konnte ich gewöhnlich nicht teilnehmen, dafür kamen dann die Gäste zu mir aufs Feld, um mir bei der Arbeit zuzusehen.

Wir arbeiteten damals noch nach der alten Methode: Das Korn wurde mit dem Selbstbinder gemäht, in Hocken zum Trocknen gestellt, später eingefahren und im Herbst oder Winter mit dem Döschdamper gedroschen. Dazu waren viele fleißige Hände nötig; neben meinen ständigen Mitarbeitern beschäftigte ich in der Ernte immer noch zusätzliche Helfer, auch Landarbeiterinnen.

Zwei Mähmaschinen hatte ich zugange, und sechs Leute waren am Hockenaufstellen. So ein Selbstbinder war ein in Jahrzehnten immer wieder verbessertes Gerät, Technik in Reinkultur – nicht ohne Ästhetik.

Für den Nichtfachmann war faszinierend, wie das reife Korn von der Maschine abgemäht, von Elevatoren gepackt, auf geheimnisvollen Wegen durch die Maschine dem Binder zugeführt und dann, mit einem Band zur Garbe gebunden, ausgeworfen wurde. Messer flitzten hin und her, Haspeln drehten sich weit sichtbar, Elevatortücher rollten endlos über Walzen, und der Auswerfer klatschte eine Garbe nach der anderen seitwärts heraus.

Die Gäste vom Erntetreffen konnten stundenlang auf ein paar aufeinander gelegten Garben sitzen, mir bei der Arbeit zuschauen und dabei tiefschürfende Gespräche führen. Einige ließen es sich nicht nehmen, auf dem Bock der Maschine sitzend, ein paar Runden mitzudrehen. Wieder andere wollten unbedingt mit mir zusammen auf dem Feld das Mittagessen oder die Vesper einnehmen. In der Ernte ging es nun mal rund, weil das gute Wetter genutzt werden musste. Da wurde, um Zeit zu sparen, auf dem Feld gegessen. Elfriede und Gerti oder auch mal Gesine brachten uns das Essen, und wir saßen dann auf dem Trittbrett der Mähmaschine oder auf Garben und verzehrten unseren Mehlbeutel oder die Fliederbeersuppe. Dort bei mir und meinen Leuten zu sitzen und einen Teller voll mitzuessen, war für viele der Gäste die Krönung ihres Aufenthalts in Oldenhusen.

Eine meiner Landarbeiterinnen, Wilhelmine Broders, kriegte zur Zeit unserer zweiten Ernte Schwierigkeiten mit dem Gericht. Sie war wegen Versicherungsbetruges angeklagt; denn sie hatte ihren vermissten Sohn für tot erklären lassen und angeblich versucht, wirtschaftlichen Nutzen daraus zu ziehen. Da sie schon länger verwitwet war, galt ihr Sohn als Ernährer, und sie hatte eine Beihilfe beantragt. Als der Sohn kurz darauf aus einem sowjetischen Schweigelager zurückkehrte, vergaß sie vor lauter Freude, gleich die Behörde zu informieren und kassierte eine Beihilfe von 395 Mark. Erst danach zog sie die Todeserklärung zurück. Das wurde ihr nun als Betrug ausgelegt, und man verurteilte sie zu drei Monaten Gefängnis.

Dass eine Mutter lange Jahre im Ungewissen über den Verbleib ihres Sohnes war, wurde nicht berücksichtigt. Angst und Hoffnungslosigkeit, Tränen und schlaflose Nächte, verlorene Jahre der Mutterliebe kann man wohl nicht juristisch bewerten.

Wo bleibt da die Verhältnismäßigkeit? Wo bleibt da die Menschlichkeit? Ganz abgesehen davon, dass der junge Broders um die schönsten Jahre seines Lebens betrogen worden war und als kranker Mann nach Hause kam.

Wer ist hier eigentlich ein Betrüger?

Als mal wieder Stammtisch im Dorfkrug war, hatten sich einige Bauern mehr dazu eingefunden, die sonst eher selten kamen. Unter anderem war auch Peter Vester dabei, den wir alle nicht besonders mochten. Peter Vester wollte immer hoch hinaus, tat so, als wüsste er alles besser und führte gewöhnlich das große Wort – ein widerlicher Kerl.

Schon sein Vater war so ein Typ gewesen. Den hatten wir immer „Spargelstecher" genannt, weil die einzige körperliche Arbeit, die er auf seinem Hof anfasste, im Frühjahr das Spargelstechen war. Bei den zwei kleinen Spargelbeeten, die er hatte, konnte das auch nie in wirkliche Arbeit ausarten.

Peter Vester trat in seines Vaters Fußstapfen; bildete sich schon als Junge ein, er gehöre zur Elite von Oldenhusen. Und er schaffte es auch immer wieder, an alle möglichen Posten heranzukommen. Im Dritten Reich war er erst Fähnleinführer beim Jungvolk, wo er versuchte, die Pimpfe zu harten Männern zu drillen. Danach kam er zur SS und bewachte im Krieg das Funkhaus des Hamburger Senders in der Rothenbaumchaussee. Es ist ein Irrtum zu glauben, Peter Vester hätte sich auf Grund seiner SS-Vergangenheit später im Hintergrund gehalten und nur still und bescheiden seinen Hof bewirtschaftet.

Wer zu Höherem geboren ist, stellt seine mehr oder weniger überragenden Fähigkeiten immer und jederzeit der Öffentlichkeit zur Verfügung; das ist an kein spezielles politischen System gebunden. Bei den Nazis wäre er sicher Ortsgruppenleiter der NSDAP, Politischer Leiter oder etwas in der Richtung geworden. Jetzt saß er im Vorstand der Meierei und im Aufsichtsrat des Pferdezuchtvereins. Gar zu gerne wäre er auch noch Bürgermeister unserer Gemeinde geworden; aber das wollte nicht recht klappen. Doch im Gemeinderat hatte er schon Sitz und Stimme.

An diesem Tag kam wieder einmal ans Licht, dass ein alter Fuchs wohl gelegentlich die Haare wechselt, aber niemals seine Nücken ablegt. Als die Diskussion über die schlechten Schweinepreise auf das Thema Verbesserung des Absatzes der landwirtschaftlichen Erzeugnisse kam, redete er der Planwirtschaft das Wort.

Dieser ewig Gestrige fand nichts dabei zu behaupten, das Dritte Reich habe im Grunde mehr gute als schlechte Seiten gehabt: „Natürlich bin ich kein Nazi, im Grunde auch nie gewesen. Aber man darf heute doch mal die Wahrheit sagen, und da sieht es doch so aus: Ohne Hitlers Krieg wäre das Dritte Reich eine gute Sache geworden."

Na, da kriegte er aber was zu hören!

Walter Thießen und Fritz Fietkau gingen regelrecht in die Luft!

Peter Vester sah sich in die Ecke getrieben und versuchte nun, auf das Gebiet der Agrarpolitik abzulenken: „Ich meine ja nur, dass wenigstens ihre Planwirtschaft gut funktioniert hat."

„Und das soll mit Planwirtschaft und Reichsnährstand funktioniert haben", hielt ich dagegen, „nicht vor und nicht im Krieg hat es geklappt, und nach dem Zusammenbruch wäre das ganze Volk verhungert, wenn man uns von außen nicht geholfen hätte."

„Das ist ja gerade unsere Misere", meinte nun auch Fritz Fietkau, „wir sind nun mal eine Industriegesellschaft; die Landwirtschaft lebt doch nur noch von den Brosamen, die von dem großen Industrietisch runterfallen. Das war schon zu Kaisers Zeiten so und ist nur durch die beiden Weltkriege unterbrochen worden. Dieser eine Sozialdemokrat, war es nicht Philipp Scheidemann, hat es doch knallhart ausgesprochen: Unser Weizen blüht in Kanada und unsere Kühe weiden am La Plata, was schert uns die deutsche Landwirtschaft!"

Nun war für mich der Zeitpunkt gekommen, meine Lieblingsidee auf den Tisch zu legen: „Und weil das so ist und die Industrie mit ihrer Macht immer am längeren Hebel sitzt, auch in Bonn, müssen wir uns selber helfen. Wir, das heißt die deutschen Bauern, die Landwirtschaft als Ganzes, wir brauchen eine große, schlagkräftige Absatzorganisation. Wir müssen unseren Absatz selbst in die Hand nehmen, Selbstvermarktung, das ist das einzige, was uns helfen kann. Hilf dir selbst, dann hilft dir Gott!"

Gleich regte sich der Widerspruch, bei Peter Vester, dem alten Verfechter der Planwirtschaft allemal, aber auch bei einigen anderen.

So meinte Walter Thießen: „Haben wir doch schon! Wir haben die Absatzorganisationen auf genossenschaftlicher Basis als Meiereien, Butter- und Eierzentralen; Hauptgenossenschaft, die Getreide, Vieh und Gemüse vermarktet. Und private Landhändler müssen auch bleiben, Konkurrenz belebt das Geschäft. Was willst du denn noch?"

„Ich will eine Absatzorganisation oder große Firma, die den Bauern ihre Erzeugnisse abnimmt, sie verarbeitet oder aufbereitet und in eigenen Läden direkt an den Verbraucher verkauft!"

Fritz Fietkau gab zu bedenken: „Große Warenketten gibt es doch schon. Konsum und Kaisers Kaffeegeschäft tun doch dasselbe; wozu soll noch eine Ladenkette gut sein?"

„Weil die anderen die Ware kaufen, wo sie die am billigsten kriegen können, notfalls im Ausland und Amerika.

Und was nützt das den deutschen Bauern?

Unsere Läden sollen nur unsere Erzeugnisse verkaufen! Darüber hinaus sind wir nun in der EWG, im gemeinsamen Markt, und da müssen wir bannig aufpassen, dass sie uns nicht unterbuttern!"

„Du meinst, was sie da in Rom beschlossen haben", mischte sich Peter Vester wieder ein, „wenn wir wirklich diesen gemeinsamen

Markt hier in Europa kriegen, kann der auch nur funktionieren, wenn es auch gleichzeitig Planwirtschaft gibt. Ohne eine vernünftige Planung wird da nichts laufen."

Also der nun wieder mit seiner Planwirtschaft! Das gefiel mir gar nicht, und so hielt ich dagegen: „Wenn wir einen gemeinsamen europäischen Markt kriegen, muss der auch nach marktwirtschaftlichen Gesetzen ablaufen. Anders wird das einfach nicht gehen; deinen Reichsnährstand kannst du vergessen!"

„Ach, das wird schon nicht so schlimm werden", nahm wieder Walter, der ewige Optimist, das Wort, „schau dir doch die Landwirtschaft in Italien und Frankreich an. Was die können, das können wir schon lange! Wir sollten die EWG in Ruhe an uns rankommen lassen. Es wird nichts so heiß gegessen, wie es gekocht wird!"

Ich hielt noch einmal dagegen: „Ja aber schau dir auch die Landwirtschaft in Holland an. Die sind doch schon viel weiter als wir, besonders auf dem Gebiet des Absatzes! Man muss nicht nur gute Lebensmittel erzeugen, man muss sie auch gut verkaufen können. Und da können wir noch viel vom Holländer lernen!"

Die Geigen des Fortschritts hingen überall am Himmel, man brauchte sie nur herunterzuholen und mit der Ouvertüre zu beginnen. Für uns jungen Bauern in den fünfziger und sechziger Jahren hieß das: Rationalisierung durch Mechanisierung! Damit wurde als erstes die Ablösung des Pferdes als Zugkraft durch den Trecker eingeleitet.

Ja unsere Bauernpferde!

Lange ist es her, seit noch auf jedem Hof Gespanne Schleswiger Kaltblut vor Pflug und Egge gingen und mit dem eisenbereiften Bauwagen über die Dorfstraße rasselten.

Wer aber diese Zeit noch miterlebt hat, und wäre er auch heute alt und kalt, der schaut darauf zurück wie auf ein Land voller Glück und Hoffnung, auf eine Zeit voller Treu und Glauben. Er wird wieder jung, wenn er davon erzählt, und die Jüngeren merken an seinem Eifer, wie groß noch seine Liebe zu Hans und Pauline, zu Holsteiner, Belgier und Schleswiger Kaltblut ist, wenn die alten Pferdegeschichten wieder lebendig werden.

Gab es doch seinerzeit auf dem Vollmachtshof einen Wallach, der jeden Tag mit dem Einspänner ohne Kutscher zur Meierei fuhr, die

Milch hinbrachte und Molke wieder mitbrachte. Bei der Meierei reihte er sich geduldig in die Schlange der wartenden Gespanne ein, und nachdem die Meieristen ihn abgefertigt hatten, zuckelte er wie selbstverständlich zurück zum Hof.

Als ich damals den Hof übernahm, gab es noch sechs volljährige Arbeitspferde, ein paar drittehalbjährige und Fohlen. Zwar hatten wir schon seit 1939 den alten Lanz-Bulldog, einen Schlepper, der aber nur zum Tiefpflügen, vor dem Kultivator und in der Ernte beim Mähen mit dem Selbstbinder eingesetzt wurde. Alle anderen Arbeiten, vor allem die Transporte, wurden mit Pferden erledigt.

Für den Erhalt dieser Pferde brauchte ich mindestens den fünften Teil der Fläche meines Hofes, als Pferdeweide im Sommer, für Hafer, Heu und Rüben im Winter. Als im Laufe von einem Jahrzehnt nach und nach die Pferde vom Hof gingen, wurde diese Fläche für Verkaufsfrüchte frei. Oder es wurden Futterpflanzen für Rinder und Schweine angebaut.

Die Pferde gingen und Schweine kamen. Denn auch der Pferdestall wurde nicht mehr gebraucht, er konnte mit geringen Kosten zum Schweinestall umgebaut werden. Für jedes abgeschaffte Pferd sind Verkaufsfrüchte erzeugt worden und zusätzliche Lebensmittel auf den Markt gekommen. Sie haben die Versorgung der Verbraucher verbessert, haben aber auch Weizen-, Schweine- und andere Berge mit angehäuft.

Vor dem Landwirtschaftsministerium in Kiel steht das Denkmal des Reitpferdes „Meteor", mit dem Fritz Tiedemann seine großen Erfolge auf den Turnierplätzen errang. Man hätte daneben noch ein Bauernpferd wie das Schleswiger Kaltblut aufstellen sollen. Es hat die Dankbarkeit der Menschen ebenso verdient!

In einem dramatischen Umstellungsprozess, der von Mitte der fünfziger bis Mitte der sechziger Jahre dauerte, wurde in der Landwirtschaft das Pferd durch motorische Zugkraft ersetzt.

In diesen Wandel sind zwei andere Probleme eingeschlossen: Einmal das der ständig zunehmenden Umwandlung der Naturalwirtschaft zur Geldwirtschaft. Ein Fohlen kann man selbst großziehen, die Pferde auf eigener Weide grasen lassen, einem Trecker ist nichts anderes zugänglich als Bargeld.

Zum anderen: Mit den Pferden gingen auch Kutscher und Pferdejungen, entvölkerten sich die Bauerndörfer. Der Trend zum „Ein-Mann-Bauernhof“ wurde eingeleitet.

Die gesparten Kosten für Tagelöhner und sonstige Mitarbeiter sowie für die Pferde mussten für Maschinen aufgewendet werden. Und die Arbeitszeit des auf seinem Hof allein oder zusammen mit seiner Frau arbeitenden Bauern wurde immer länger. Für den Bauern und die Bäuerin blieb die durch die Mechanisierung erhoffte Arbeitszeitverkürzung zunächst Illusion.

Glücklich der Bauer, der eine tüchtige Bäuerin an seiner Seite hatte. Dieses Glück hatte ich nun ja nicht, meine Frau war Sängerin. Aber ich hatte es ja so gewollt. Und dann war Antje Voß ja da und die beiden Mädchen. Und im Betrieb half mir Fritz Fietkau, und in den ersten Umbruchjahren waren noch Gehilfen und Tagelöhner zu bekommen.

Auch ich fasste nun den Entschluss, einen neuen Schlepper mit den dazu gehörigen Geräten zu kaufen.

Wer Anschaffungen machen will, muss sich vorher informieren, und ich nahm mir vor, die DLG-Ausstellung in Köln zu besuchen. Die Wanderausstellungen der Deutschen Landwirtschaftsgesellschaft fanden in verschiedenen Großstädten statt: mal in München, Frankfurt, Hannover, Hamburg und in diesem Jahr in Köln.

Es war dasselbe Jahr, in dem Gesine ihre erste Tournee durch die Bundesrepublik machte, und ich bat sie, die Termine so zu legen, dass sie zur Zeit der Ausstellung in Köln ihr Konzert gab. So konnte ich meine Frau dort treffen und an ihrem Konzert teilnehmen.

Gesine begann ihre Tournee in Flensburg im „Deutschen Haus“; danach kamen Konzerte im Kieler Schloss und in Hamburg. Bei diesen drei Konzerten war ich dabei, und abends fuhren wir nach Hause. Danach kamen die Konzerte in Hannover und Bremen, und es ging weiter in Richtung Süden. Von da an musste ich meinen Schatz alleine ziehen lassen, weil wir in der Heuernte waren. Nun musste sie in Hotels übernachten; aber sie rief mich nach den Konzerten spät abends immer an, und wir sprachen lange miteinander.

Dann war es soweit: Ich fuhr nach, und wir trafen uns im Hotel. Sie war im Köln-Hotel abgestiegen, einem der ersten Häuser der

Stadt. Mir war es recht, obwohl ich selbst es zuerst mit gewissen Berührungsängsten in diesem eleganten Haus zu tun kriegte. Aber dass Gesine in guten Hotels übernachtete, war schon richtig, besser als in einer billigen Absteige. Und Gesine verdiente ja auch ihr Geld, warum sollte sie sich da nicht etwas Luxus leisten. Natürlich musste sie auch ihre Mannschaft da unterbringen: Die Band, die Mädchen vom Begleitchor, Biggi das Mädchen für alles, und dann war auch der Produzent meistens dabei.

So weit, so gut – nur Gesine schien mir doch ziemlich abgespannt – das fiel mir gleich auf. Sie fiel mir um den Hals, klammerte sich an mich und küsste mich in einer Art und Weise, als sei ich eben aus dem Krieg auf Urlaub gekommen. Nur dass der Krieg nicht bei mir, sondern bei ihr ablief. Kleinkrieg zwar nur, aber doch belastend genug. Was auf so einer Tournee eben passiert: Eines der Chormädchen sang angeblich falsch; Bert Holler zeigte Allüren und versuchte immer mehr, den Macker zu spielen. Als wäre er der Star und nicht Gesine, auf die es in erster Linie ankam. So hatte es auch in Köln Hickhack gegeben – und warum? Um das Hotelzimmer, das irgendwie den Ansprüchen des Herrn Kapellmeisters nicht genügte. Gab es überhaupt im Köln-Hotel schlechte Zimmer?

All dieser Blödsinn prasselte auf Gesine los. Als ob dafür nicht die Sekretärin und der Agent sorgen könnten. Aber dieser Produzent und Agent Jason Nefedov war auch so einer! Anstatt nun Gesine vor all diesem Ärger zu bewahren, damit sie sich voll auf ihre Kunst konzentrieren konnte, hackte er auch noch auf ihr herum. Sobald er ihrer habhaft wurde, nölte er sie an, sie müsse diese oder jene Stelle in dem oder jenem Lied anders bringen und habe das und das falsch gesungen. Dabei war er Kaufmann von Beruf, und seine Kenntnisse von der Musik waren nicht größer als meine.

All diese Querelen kriegte ich gleich in der ersten Viertelstunde zu hören, das sprudelte nur so aus Gesine heraus. Viele der Hintergründe wurden mir allerdings erst später klar, einige überhaupt nicht. Jedenfalls war ich nun gefordert und musste meine Frau erst einmal wieder aufbauen.

Ich war gegen Abend in Köln angekommen. Das Konzert sollte am nächsten Abend sein, so dass wir noch einen vollen Tag für uns hatten. Den Abend verbrachten wir im Hotel, haben alles, was da anlag, durchgesprochen und gingen früh ins Bett.

Am nächsten Vormittag gingen wir zu Fuß über die Hohenzollernbrücke nach Deutz hinüber und inspizierten das Gelände beim Tanzbrunnen, wo das Konzert stattfinden sollte. Das erste und einzige Open-air-Konzert, das Gesine auf dieser Tournee gab. Die Jungs von der Band waren dabei, die Mikrophone und Lautsprecher aufzubauen; etwas seitlich davon stand der Bus. Gesine hatte einen Bus gemietet, in dem sie mit ihren Mitarbeitern von Stadt zu Stadt tingelte. Im hinteren Teil des Busses waren einige Sitzreihen entfernt. Dort waren die Musikinstrumente und Lautsprecher während der Fahrt untergebracht.

Während ich dabeistand und zuschaute, kam Michel Skibowski zu mir und meinte leise: „Sag mal, Hannes, kannst du nicht mal mit dem Agenten reden, dass er sich ein bisschen zurückhält. Im Grunde klappt alles wunderbar; wenn nur dieser Jason Nefedov nicht wäre. Der hat nichts anderes im Sinn, als alles mies zu machen und uns allen auf den Wecker zu gehen. Wenn hier nicht bald 'was passiert, dauert es nicht mehr lange und der erste dreht durch!"

Ich versprach, mein Möglichstes zu tun: „Wenn es sich so ergibt, werde ich mal ein ernstes Wort mit ihm reden. Ich kann aber nicht versprechen, dass es noch vor dem Konzert klappt. Erst einmal muss ich Gesine aufrichten, wir gehen gleich in die Ausstellung. Ich hoffe, dass sie dabei auf andere Gedanken kommt."

Die Ausstellung mit den Messehallen und dem Freigelände begann gleich hinter dem Park, wo auch der Tanzbrunnen war, und so waren wir bald da. Mich zog es zur Maschinenausstellung auf dem Freigelände; wir hatten ja damals alle den Maschinenfimmel. Gesine war es egal, sie staunte nur über die vielen Landmaschinen, die dort – soweit das Auge reichte – aufgebaut waren.

Wenn man alleine mal die Schlepper nimmt: Wieviele Firmen bauten damals Trecker, mindestens zwanzig oder was weiß ich. Und jede Firma baute drei, vier oder noch mehr Typen oder Größen.

Inzwischen hat es auch auf dem Landmaschinensektor einen Strukturwandel in Form einer starken Konzentration gegeben. Auch in der Schlepper- und Landmaschinenindustrie sind nur noch die Großen im Geschäft oder kleinere Betriebe, die auf einem Spezialsektor eine Marktlücke gefunden haben.

Aber wie gesagt, damals war das Angebot schier unübersehbar. Überall stopften sie mir ihre Prospekte in die Taschen, so dass ich bald der reine Packesel war.

Irgendwann reichte es uns, und wir machten uns auf den Rückweg. Wieder ging es zu Fuß über die Hohenzollernbrücke, die ja eigentlich eine Eisenbahnbrücke ist und neben den Schienen noch einen Fußgängerweg hat. Vor uns im Sonnenschein lag die Kölner Altstadt mit dem alles überragenden Dom. Wir gingen zu Früh – Kölsche Wätschop – und verzehrten einen Strammen Max zu einem Glas Kölsch. Danach hielten wir im Hotel eine ausgedehnte Siesta, die uns beiden gut tat. Vor allem Gesine, die langsam auftaute und viel lockerer wurde.

Am Nachmittag sahen wir uns die berühmte Gemäldeausstellung im wiederaufgebauten Wallraf-Richartz-Museum an. Hier war es still, hier war es kühl, hier haben wir ein paar wundervolle Stunden verbracht. Es hat uns beiden viel gegeben; wir standen oder saßen und betrachteten lange und ausgiebig die Gemälde der alten Meister. Hier zeigte sich ganz, dass Gesine Künstlerin war. Wenn auch keine Malerin; aber irgendwie sind doch alle Künstler verwandt, und so konnte sie mir über fast jedes Bild eine ausführliche Deutung geben.

Ich selbst neigte besonders den alten Holländern, aber auch den Impressionisten zu. Mit den vielen mittelalterlichen Bildern mit ihren religiösen Motiven konnte ich weniger anfangen; sie ermüdeten mich durch die immer wiederkehrenden gleichen oder ähnlichen Motive.

Zuletzt standen wir eine ganze Zeit vor dem Selbstbildnis des Rembrandt, das ihn als alten Mann darstellt. Geheimnisvoll blickt er aus dem Dunkel des Bildhintergrundes mit eigenartigem Lächeln auf den Betrachter.

„Dreihundert Jahre sind es nun her, dass Rembrandt dieses Bild malte“, stellte Gesine fest, „und immer noch packt dieses Selbstporträt die Menschen an. Was wohl von mir bleibt? Ich glaube, schon in drei Jahren würde sich niemand mehr an mich erinnern, wenn ich heute mit dem Singen aufhörte!“

„Musik ist an sich eine Kunst für den Augenblick“, gab ich zur Antwort. „Ist ein Lied verklungen, so bleibt aber doch die Erinnerung, und diese schwache Frucht ist der beste Ertrag aller deiner Anstrengungen. Ich jedenfalls werde mich an jedes deiner Lieder erinnern, so lange ich lebe!“

Es wurde Zeit zu gehen, und ich zog Gesine mit mir hinaus.

Das Konzert am Abend wurde ein Riesenerfolg. Der Tanzbrunnen war eine Tanzfläche aus Beton, die mitten in einen kleinen Teich hinein gebaut worden war und auf der im Sommer die Leute tanzen konnten. Aber dort sang Gesine nicht; es war vielmehr in der Nähe davon eine Bühne aufgebaut, vor der Gartenstühle aufgestellt worden waren, und dort fand das Konzert statt. Es waren über dreitausend Leute gekommen, die Stühle reichten bei weitem nicht.

Gesine hatte außer deutschen Volksliedern noch irische und skandinavische Folklore in ihr Programm aufgenommen und traf damit den Geschmack eines großen Teils des Musikpublikums, obwohl der Trend in jenen Jahren voll in Richtung Rock ‘n’ Roll ging. Wer aber für Folklore war, der fand seinen Geschmack bei Gesine voll bestätigt, und das war Gesines Publikum.

Die süße Deern hatte ihren Stil gefunden. Da stand meine Frau auf der Bühne und sang sich in die Herzen des Publikums hinein, dreitausend Leute waren ganz und gar aus dem Häuschen, der reine Wahnsinn!

Die Presse war natürlich auch da, sogar der Rundfunk schnitt eines der Lieder mit – langsam wurde die Öffentlichkeit auf Gesine aufmerksam.

Zum Schluss wollte ein Reporter noch etwas über Gesines Privatleben wissen, und als sie damit heraus rückte, dass sie verheiratet und ihr Mann von Beruf Landwirt sei, war das die große Sensation. Immer wieder dasselbe: Mein Gott – die Sängerin und der Bauer!

Und als sie merkten, dass ich anwesend war, wollten alle ein Foto von uns machen. Das Bild ging durch die Zeitungen: Ich hatte den Arm um Gesine gelegt und wir schauten uns glücklich in die Augen. So war es nun einmal: Ich hatte eine brühmte Frau, und damit stand ich mit in der Öffentlichkeit. Die Pressestimmen waren übrigens durchweg positiv, einige sogar enthusiastisch. Gesine war als Künstlerin voll anerkannt!

Nachher bauten wir noch die Anlage ab und verstauten Musikinstrumente und Lautsprecher im Bus. Der brachte uns dann zum Hotel, wo ein großes gemeinsames Abendessen vorbereitet war.

Hier kam es zu der fälligen Manöverkritik über den Ablauf des Konzertes, wobei sich alle zufrieden äußerten. Die Mädels vom Chor, die Mitglieder der Band, und hier besonders Bert Holler, konnten sich nicht genug tun im Loben. Warum sollten sie auch nicht, hatten sie doch alle nach Kräften zum Gelingen beigetragen.

Nur Gesine sagte nichts, und deshalb klopfte ich an mein Glas und brachte einen Toast auf sie aus:

„Liebe Anwesende, ich bin genau wie alle, die hier schon ihre Meinung gesagt haben, der Ansicht, dass es ein wundervolles Konzert und ein großer Erfolg war. Alle haben ihren Beitrag dazu geleistet, im echten Mannschaftsgeist, und so muss es wohl auch sein. Doch der Hauptteil am Erfolg gebührt wohl der Sängerin, die ja auch die Hauptlast zu tragen hatte. Ich spreche euch allen Dank und Anerkennung aus und besonders dir, liebe Gesine. Ich hoffe, dass du noch eine große Karriere machen wirst, wünsche dir immer den Erfolg, den du dir erhoffst, und kann nur noch hinzufügen, dass du immer auf meine Unterstützung rechnen kannst."

Wir stießen an, und in Gesines Augen schimmerten ein paar Tränen der Rührung und Freude.

Dann wandte ich mich an Jason Nefedov und meinte recht freundlich: „Nicht wahr, Herr Nefedov, es war doch ein hinreißendes Konzert. Nach so einem Erfolg, da lacht doch auch das Produzentenherz?"

Damit hatte ich ihm voll den Wind aus den Segeln genommen, er hatte auch nichts zu nörgeln, und wir stießen mit unseren Gläsern an. Und dann fügte ich noch hinzu: „Ich bin sicher, dass ihr alle für den Rest der Tournee der Chefin zur Seite steht und mir gut auf sie aufpasst."

Ich hatte mit Bedacht das Wort Chefin gewählt, damit alle wussten, wer eigentlich das Sagen hatte.

Nach dem Essen machten wir dann eine riesige Sause durch die Kölner Altstadt, dort, wo zwischen Dom und Groß Sankt-Martin die vielen Kneipen sind. Es gab da am Buttermarkt sogar noch einen Existentialistenkeller, obwohl die Zeit der Existentialisten schon lange vorbei war. Und da trafen wir noch eine Reihe Musiker, Sänger und Sängerinnen der leichten Muse, die beim WDR eine große Schlagersendung für's Fernsehen aufnahmen. Viele von ihnen waren in Gesines Konzert am Tanzbrunnen gewesen, und mit großem Hallo wurde sie begrüßt und beglückwünscht, und sie konnte in dieser Nacht eine ganze Menge von Bekanntschaften, teilweise sogar Freundschaften schließen.

Es wurde eine feuchtfröhliche Nacht und für mich persönlich insofern noch ein Erfolg, als es mir in der letzten Kneipe gelang, Jason Nefedov und Bert Holler unter den Tisch zu trinken. Wir waren zum Schluss beim Cognac angelangt, und da hatte mir mal ein alter Landstreicher, der bei der Dreschmaschine als Sackträger gearbeitet hatte, einen guten Tip gegeben. Dieser alte Säufer hatte mir aus dem reichen Schatz seiner Erfahrungen den Rat gegeben: „Wenn du mal viel Cognac saufen musst und willst einen klaren Kopf behalten, dann darfst du für den Durst keine Brause oder Selters dazu trinken, sondern reines Leitungswasser. Dann kannst du eine ganze Buddel Cognac oder Weinbrand trinken und du wirst nicht besoffen!"

Er hatte recht: Ich ließ mir einen Pott voll Leitungswasser geben und trank zwischendurch immer einen Schluck davon und machte die beiden Großmäuler nach Strich und Faden fertig.

Am nächsten Morgen gab es natürlich einen Haufen Kater im „Köln-Hotel"; aber meiner hielt sich in Grenzen. Trotzdem, der Tag war hin, und wir sind auch gar nicht erst zur Ausstellung gegangen. Dafür haben Gesine und ich einen längeren Spaziergang am Rheinufer gemacht.

Ich bot ihr für den Rest der Tournee meine Begleitung und meinen männlichen Schutz an; doch sie meinte, dass sie nun alleine ganz gut zurecht kommen würde: „Du hast ihnen ja auch unmissverständlich klargemacht, wer die Chefin ist, und darum fahr' man ruhig wieder nach Hause und bringe deine Heuernte ein."

Aber einen Tag waren wir noch zusammen in Köln, und wir gingen noch einmal in die DLG-Ausstellung. Hier hatte ich Gelegenheit, die neuesten Trecker und Landmaschinen in aller Ruhe zu prüfen und mich zu informieren.

Dann war da noch eine Sonderschau „Der Weg zum Markt", in der die verschiedenen Möglichkeiten des Absatzes landwirtschaftlicher Erzeugnisse dargestellt wurden. Das war nun mein Thema, und am Schluss sprach ich noch einige von den Fachleuten dort an und versuchte, ihnen mein Lieblingsthema, nämlich Direktvermarktung über eine eigene Ladenkette, schmackhaft zu machen. Doch obwohl ich redete wie ein Wasserfall, ich sprach von Anfang an gegen die Wand. Das war nicht ihr Ding und das machten sie mir in großväterlich-überheblichem Ton klar.

Aber was hatte ich erwartet?

Am nächsten Morgen stieg Gesine mit ihrer Mannschaft in den Bus, und sie machten sich nach Bonn auf den Weg, und ich fuhr mit der Bahn nach Hause.

Dort angekommen, wurde ich gleich wieder mit der harten Realität konfrontiert. Die Heuernte war noch lange nicht unter Dach und Fach; denn das Wetter war umgeschlagen, und es regnete. Es regnete tagelang, wochenlang, und das schon gemähte Heu verdarb nach Strich und Faden! Statt nach schönem Heuduft roch es überall in den Wiesen und auf dem Grünland muffelig und stinkig nach verrottetem Gras.

Der Duft von trocknendem Heu ist doch einer der schönsten Düfte der Welt, ein richtiger Naturgeruch, mit dem kein Parfüm oder Kölnisch Wasser konkurrieren kann. Aber dem Gestank, der sich in dem Jahr überall auf den Wiesen ausbreitete, haftete etwas von Verwesung an.

Das Winterfutter würde knapp werden, wir würden uns auf Rüben, Stroh und Bohnenschrot beschränken müssen. Ein herber Verlust, besonders für die Grünlandbetriebe.

Ich hatte doch auf der Ausstellung in Köln etwas über Trockengrün erfahren. Es hatte dort eine Sonderschau „Grünland und Futterwirtschaft“ gegeben, und dort war auch auf die künstliche Trocknung von Grünfutter, also Gras, Klee und anderen Futterpflanzen ,hingewiesen worden. An Schautafeln wurde die Sache erläutert, und es standen auch ein paar Säcke mit fertigem Grünmehl herum. Ich hatte mir eine Broschüre mitgebracht, in der die Angelegenheit beschrieben wurde.

Also es ging darum, aus Futterpflanzen, die man normalerweise zu Heu trocknet, durch künstliche Trocknung Grünmehl herzustellen, damit die Ernte in regenreichen Sommern nicht verdirbt. Das Endprodukt war ein hochwertiges, eiweißreiches Kraftfutter für Rinder.

Um aus Wiesengras zu diesem Kraftfutter zu kommen, war eine Trocknungsanlage zu bauen und musste viel Energie verbraucht werden – also eine kapitalintensive Angelegenheit. Aber in so einem verregneten Sommer, in dem man große Verluste hinnehmen muss, fängt man an, sich über Alternativen Gedanken zu machen.

Ich sprach die Sache im Dorfkrug an, zeigte die Broschüre herum und gab Erläuterungen. Wie immer, wenn es etwas total Neues gibt, scheiden sich die Geister, Ablehnung und Begeisterung wurden vorgebracht. Nachdem wir lange diskutiert hatten, meinte Walter Thießen: „Hannes, du solltest dich näher informieren. Schalte doch die Landwirtschaftskammer ein und lass einen Berater kommen. Dann machen wir mal 'ne Versammlung, und wenn die Sache gut ist, gründen wir 'ne Genossenschaft und bauen so eine Trocknungsanlage. Auch wenn es teuer wird; wenn eine Heuernte verdirbt, das wird noch viel teurer, und wir haben gar nichts!"

Um es kurz zu machen: Berater von der Kammer wurden eingeschaltet, mehrere Versammlungen abgehalten und auch eine schon bestehende Anlage in Niedersachsen besichtigt. Zuletzt gründeten wir die „Grüntrocknungsgenossenschaft Oldenhusen", und mich wählten sie zum Vorsitzenden.

Wir mieteten eine große Scheune an, in die die nötigen Maschinen eingebaut wurden. In einer Ecke der Scheune wurde ein Büro abgetrennt und eingerichtet. Ein Techniker wurde eingestellt. In der Saison wurden einige Hilfskräfte angeheuert und Hans Broders übernahm das Büro.

Hans Broders war schwer kriegsbeschädigt und konnte keine schwere körperliche Arbeit leisten. Schon fast ein Jahr lang hatte ich ihn auf dem Wiebensohn-Hof als Putzlaputz beschäftigt, wobei er den Hof sauber hielt, nach dem Vieh sah und alle möglichen leichten Arbeiten verrichtete. Natürlich kriegte er auch Kriegsbeschädigtenrente; aber Hans war nicht der Mann, der ohne Arbeit auskommen konnte.

Und der arme Kerl hatte ja auch kaum im Berufsleben gestanden. Als junger Bengel ein paar Jahre beim Bauern, danach Arbeitsdienst, aktive Zeit bei der Wehrmacht, Krieg und Gefangenschaft. Invalide, bevor das Leben überhaupt erst richtig losgehen sollte. Wie so viele war er um Jugend und Lebensglück betrogen, durch die Wahnsinnspolitik der Nazis.

Nun übernahm er das kleine Büro der Genossenschaft, wobei er sich selbst nur mit seiner eigenen Logik und „learning-by-doing" in die Sache einarbeitete. Als ich später in den Lebensmittelhandel einstieg, sollte er einer meiner engsten Mitarbeiter werden.

Die Trocknungsgenossenschaft hat vier Jahre gearbeitet, dann wurde die dänische Konkurrenz zu stark, indem sie uns unterbot und das Überleben schwer machte. Als dann die Anlage abbrannte, wurde sie nicht wieder aufgebaut und die Genossenschaft aufgelöst.

Inzwischen arbeiten auch die Dänen schon lange nicht mehr auf dem Gebiet, die Erdölkrise von 1973 machte der ganzen Grüntrocknung den Garaus.

Nachdem Gesine ihre Tournee beendet hatte, konnten wir endlich wieder ein normales Familienleben führen. Die Deern kam in Hochstimmung zurück, ihre erste Deutschlandtournee war ein Riesenerfolg geworden. Tausende waren in ihre durchweg ausverkauften Konzerte gekommen, die Kritiken waren gut bis überschwenglich, und als Folge davon gingen ihre Platten weg wie die warmen Semmeln.

Das Wetter wurde nun auch wieder besser, die Sonne schien, die Ernte stand gut, und mein Mädel war wieder zu Hause – das Leben war wunderschön! Gesine hatte sich unterwegs neu eingekleidet, wurde immer mehr eine richtige Dame. Doch blieb sie auch mein lieber Schatz und zu mir lieb und anschmiegsam. Wir verlebten nach ihrer Rückkehr von der Tournee so etwas wie zweite Flitterwochen.

Dann schaffte unser Wirt vom Dorfkrug sich den ersten Fernseher an. Ein Bildschirm kaum halb so groß wie heute; aber es war eine Sensation, ein gesellschaftliches Ereignis. Wir rannten nun mehrmals in der Woche nach Feierabend in den Dorfkrug, um fernzusehen; unser Leben begann, sich nach dem Fernsehprogramm zu richten.

Im Krug standen alle Stühle in Richtung Bildschirm, das halbe Dorf war da, der Kröger schenkte fleißig Bier aus, und der Abend war gelaufen. Nachher wurden die Sendungen in der Runde diskutiert.

Gesine kam meistens auch mit, und als sie eines Abends in einer Musikshow selbst zu den Mitwirkenden gehörte, war das ein Riesenknüller. Nach ihrem Auftritt klatschten alle Anwesenden wie wild in die Hände, meine Frau musste aufstehen und den Beifall entgegennehmen. Davon wurde im Dorf noch lange gesprochen.

Alles in allem war es eine schöne Zeit. Wenn ich an die gemeinsamen Fernsehabende im Dorfkrug zurück denke, ist es mir, als wäre das eine der letzten Phasen echter Dorfgemeinschaft gewesen. Als dann später jeder seine Glotze hatte, hat das Fernsehen die Menschen zwar mit der großen Welt verbunden; aber die Gemeinschaft im Dorfe verarmte, bröckelte auseinander.

Es wurde damals in der Öffentlichkeit auch viel über das Für und Wider des Fernsehens diskutiert. In den Zeitungen waren laufend Fernsehkritiken zu lesen. Der Landfrauenverein hatte sich einen Referenten kommen lassen, der über das aktuelle Thema Fernsehen referierte, und schon damals wurden hitzige Debatten über Jugendgefährdung durch die vielen Krimis mit Gewaltdarstellung geführt. „Kein Wunder, dass es immer mehr Verbrechen gibt, im Fernsehen wird ja alles vorgemacht!“ – so lautete um 1960 herum eine weit verbreitete Meinung:

Auch in den Erntegesprächen der Oldenhusener Runde wurde das Thema Fernsehen lang und breit diskutiert. Und da die Musiker zahlreich vertreten waren, wurde auch viel über Musik und Musiksendungen gesprochen. Am Ende lief es auf die Diskussion „Rock ‘n’ Roll“ ja oder nein hinaus.

Besonders an dem einen Wochenende in der Ernte waren so viele Leute da, dass wir sie kaum unterbringen konnten. Das Schauspielerehepaar Margot Bley und Arno Wegner war gekommen, Gesines Freundin Hanna Betz-Neumann mit Ehemann, Bandleader Bert Holler mit neuer Freundin, Gesines Produzent Jason Nefedov mit irgendeiner Susi, die Mädels von Gesines Chor, der Drummer Michel Skibowski und ein paar aufstrebende Schlagersänger und -sängerinnen, die Gesine während der Arbeit beim Fernsehen kennengelernt hatte. Alle Fremdenzimmer waren voll; sogar in Gesines Musikzimmer hatten wir Leute einquartiert, und die Mädels vom Chor hatten ihr Zelt mitgebracht und es auf dem Rasen aufgestellt.

Antje Voß kochte Dithmarscher Spezialitäten in Riesentöpfen, was zum besonderen Flair der Runde beitrug; und wieder aßen einige der Gäste bei mir draußen auf dem Feld.

Lang und hitzig wurde über Musik und speziell „Rock ‘n’ Roll“ diskutiert, und zum Schluss saß Michel Skibowski im Musikzimmer am Flügel und Bert Holler hatte die Gitarre umgehängt; die anwesenden Sänger und Sängerinnen legten los, und es wurde wie wild gerockt. Nur Gesine hielt sich zurück, denn „Rock ‘n’ Roll“ war nicht ihr Ding; meins übrigens auch nicht.

Wir haben das Thema „Rock ‘n’ Roll“ damals nicht ausdiskutiert, und auch heute scheiden sich noch die Geister in unserem Bekanntenkreis. Es hängt nun einmal mit Geschmack zusammen, und darüber lässt sich bekanntlich nicht streiten. Und wenn man es doch tut, kommt nichts dabei heraus.

In der Landwirtschaft war um 1960 herum Betriebsvereinfachung das große Thema. Da waren Theoretiker wie Andreae, Dobert und andere, die die Meinung vertraten, dass ein moderner landwirtschaftlicher Betrieb sich spezialisieren müsse und dieses in Büchern, Fachzeitungen und Vorträgen unter die Leute brachten.

Heinz Dobert schrieb sein Buch „Und sie verzinst sich doch“ – also die Landwirtschaft natürlich! Wenn sie sich aber verzinsen solle, dann müssten die Bauern Abschied nehmen von dem vielseitigen Betrieb, der Getreide, Kartoffeln, Gemüse, Futterpflanzen anbaut und daneben noch Milchkühe, Schweine und Geflügel hält.

Dobert teilte die Betriebe in Meiers ein und nannte den vielseitigen Bauernhof alter Prägung „Vielmeier“. Bei Vielmeier würde zwar viel produziert, aber auch viel zu viele unterschiedliche Produkte in zu kleinen Mengen und Partien. Und es würde entsprechend viel, häufig zu viel gearbeitet.

Bei Vielmeier seien die Kosten zu hoch, am Ende würde die Substanz aufgezehrt und es käme dabei nur heraus: „Zum Sterben zu viel, zum Leben zu wenig“!

Statt Vielmeier mit der vielen Arbeit, so Dobert, müsse der Bauer sich spezialisieren und je nach seiner Neigung und den natürlichen Gegebenheiten seines Betriebes Ackermeier, Milchmeier, Schweinemeier, Hähnchenmeier oder was weiß ich noch werden. Dann könnte die Arbeitszeit verkürzt werden, der Maschinenpark sich auf nur einen Betriebszweig beschränken, und die Kenntnisse des Betriebsleiters könnten sich auf das nötige Wissen eines Spezialmeiers konzentrieren.

Dann würden Bauer und Bäuerin auch vom Zehn- oder Zwölfstundentag wegkommen, und Urlaub sei auch mal drin.

Das hörte sich alles logisch und vernünftig an; aber wie war es mit dem Risiko? Denn ein Absatzrisiko ist immer vorhanden. Weil die Erntemengen schwanken, schwanken auch die Preise, bis hin zum völligen Zusammenbruch.

So ging es mir einmal mit einem Feld Rotkohl. Ich hatte den Kohl geerntet und eingelagert, und als ich ihn verkaufen wollte, bot mir der Händler einen Preis, der nicht lohnte, den Kohl zu putzen und zur Bahn zu fahren. Andere Händler zeigten noch weniger Interesse, und als sich dieses Trauerspiel über einige Monate hingezogen hatte, musste ich den Rotkohl, wundervolle und feste Ware, an meine Rinder verfüttern.

Mir ging es da wie seinerzeit Jürn Jakob Swehn, dem Amerikafahrer. Der hatte auf seiner Farm in den Staaten einmal einen Wurf Ferkel, der nicht zu verkaufen war, weil die Preise am Boden lagen. Da schlachtete er die Ferkel, kochte sie und verfütterte das Fleisch an die Hühner. Die legten nun wie wild Eier; aber da klappte es auch nicht mit dem Absatz, und so schlug Jürn Jakob die Eier in die Tränkmilch für die Kälber, und das gab nun wundervolle Kälber voll Kraft und mit blankem Fell.

Selbstvermarktung á la Jürn Jakob Swehn!

Absatzrisiko? Kein Problem sagte Dobert. Der Markt hat nun mal ein beschränktes Aufnahmevermögen, und deshalb muss man sich absichern – vertraglich. Wenn der Bauer Spezialmeier wird, muss er mit einem Abnehmer einen Vertrag schließen, der ihm zusichert, eine bestimmte Menge seiner Erzeugung für einen bestimmten Preis abzunehmen.

Na gut. Das ist ja nicht gerade neu; denn bei Milch und Zuckerrüben funktioniert das ja schon seit Jahrzehnten.

Und auch beim Kohl gibt es schon lange den sogenannten Abschluss. Aber gerade beim Kohl funktioniert das nicht immer. Denn unter den Händlern gibt es auch Schlitzohren, und wir haben schon schlechte Erfahrungen gemacht. Mein Vater hatte ein paar Hektar Kohl mit einem Händler abgeschlossen; aber der Händler konnte nicht abnehmen als die Ernte da war. Er hatte nämlich spekuliert und seinerseits keinen Vertrag mit einer Sauerkohlfabrik oder einem Großhändler abgeschlossen. Er hatte auf steigende Preise und großen Profit kalkuliert. Doch die Sache klappte nicht, die Preise gingen in den Keller, und er konnte nicht abnehmen.

Zuletzt wurde „zurückgehandelt". Das heißt, mein Vater kriegte tausend Mark Abstand und konnte seinen Kohl behalten. Die Schafe wurden in das Kohlfeld getrieben – Jürn Jakob Swehn ließ grüßen.

Also ich auf Kohlmeier umstellen? Kam gar nicht in Frage! Oder auf Hühnermeier? Nee danke – ich lass mich doch nicht dauernd von Schwager Werner auf die Schippe nehmen. Der behauptet nämlich steif und fest, ein Bauer könne von zweihundert Hühnern leben: Im Sommer isst er die Eier und im Winter die Hühner.

Natürlich sollen es auch keine acht oder zehn Betriebszweige sein!

Aber mehrere Standbeine schon: Unser schwerer Marschboden ist ein sicherer Standort für Weizen. Und ein Feld mit Kohl – das kann nicht den Kopf kosten, wenn er mal nichts kostet. Doch wenn der Kohlpreis mal nach oben geht, kann man einen guten Schnitt machen. Und dann Rindermast auf unseren schweren Fettweiden, damit haben sich schon Vater und Großvater ein gutes Stück Geld verdient. Und ein paar Kühe auf dem Hof, das war schon immer so, und fünfzig Schweine mästen, damit kann man die eigene Gerste gut verwerten.

Das schien mir ein gut ausgewogenes Programm zu sein, und dann hatte ich das ganze Jahr Arbeit für meine Mitarbeiter.

Aber einige Berufskollegen waren doch beeindruckt von der Idee der Betriebsvereinfachung. Mein Freund Walter Thießen wollte auf Milchmeier umsteigen. Nicht von heute auf morgen; aber so nach und nach wollte er seinen Milchviehbestand vergrößern und andere Betriebszweige aufgeben.

Auf dem Thießen-Hof war schon immer Rinderzucht und Milchwirtschaft betrieben worden, und so konnte Walter darauf aufbauen. Und dann hatte unsere Meierei damals einen Melktrupp oder Melkexpreß, an den Walter sich anschloss. Dabei wurde die Melkarbeit vom Hof an Spezialisten abgegeben, die zweimal am Tag mit einem Spezialfahrzeug einige Höfe abklapperten, dort die Kühe molken und die Milch in einem Tank sammelten, kühlten und zur Meierei brachten. Dabei wurde die neueste Technik eingesetzt und von sogenannten Melktechnikern bedient.

Damals das Neueste auf diesem Gebiet, hat sich aber nur wenige Jahre gehalten. Wohl in erster Linie, weil man bald Schwierigkeiten hatte, die richtigen Mitarbeiter zu finden. Die Arbeit war schwer und musste sorgfältig ausgeführt werden. Und die Arbeitszeit war nicht sehr attraktiv, weil sie sich in zwei Abschnitte aufteilte: Früher Morgen und später Nachmittag.

Gesine war in der Zeit nach ihrer Tournee recht häuslich. Weil keine Konzerte angesetzt waren, hatte sie Band und Chor entlassen und verbrachte viel Zeit damit, neue Lieder einzuüben.

Außer ihrer Arbeit im Musikzimmer kümmerte sie sich viel um den Garten. Unser ziemlich großer Bauerngarten war – ich will nicht sagen vernachlässigt – aber nicht so ganz auf der Höhe. Und weil Gartenarbeit nicht so ganz Antje Voss entsprach, konnte sie sich dort engagieren, ohne mit unserer Haushälterin in Konflikt zu geraten. Und so machte Gesine aus unserem Garten im Laufe der Jahre ein richtiges Schmuckstück. Natürlich mussten wir Männer ihr gelegentlich bei den schweren Arbeiten helfen, die Feinarbeiten waren dann ihre Sache. In Hosen und mit Gartenhandschuhen, das war ihre liebste Freizeitbekleidung. Und dann konnte sie sich ausarbeiten, bis sie völlig verschwitzt unter die Dusche sprang, um danach wieder als große Dame auf der Bildfläche zu erscheinen.

In den ersten Jahren unserer Ehe freundete Gesine sich auch besonders mit meinem Vater an.

Jan Wiebensohn war noch einer von den Alten, Bauer mit Leib und Seele. Im Mittelpunkt seines Denkens und Handelns stand der Hof. Der Hof war der Fixstern in seinem Leben, erst danach kamen die Menschen, die als Planeten im All des Dorflebens um ihn herum kreisten. Mit der modernen Zeit kam er nur schwer zurecht. Was Wunder auch in diesen schnellebigen und dynamischen Jahren.

Um so mehr und um so lieber ließ er seine Gedanken in der Vergangenheit kreisen. Was er als junger Mensch erhofft und erstrebt hatte, was er für gut und richtig gehalten hatte und wofür er seine ganze Kraft und seinen Enthusiasmus eingesetzt hatte, das war ihm auch als altem Mann noch lange nicht unwichtig geworden. Außerdem ruhte er mit seiner Erinnerung ganz und gar in der Heimat. Die Nordermarsch war der Landstrich, in dem er zu Hause war und Bescheid wusste. Hier kannte er sich aus wie in seiner eigenen Westentasche, kannte die alten Bauernfamilien bis mindestens drei Generationen zurück, wusste von ihrem Schicksal, von dem, was den Menschen hier an Gutem und Bösem widerfahren war.

Zwischen dem Deutsch-Französischen Krieg 1870/71 und dem Ersten Weltkrieg lag die Zeit, die nach seiner Meinung die beste gewesen war und die er in seinen Erzählungen nach einer beliebten Dithmarscher Spezialität die „Weinsuppenzeit" nannte. Das war die Zeit, in der seiner Meinung nach noch alles am rechten Platz gewesen war; danach sei es nur noch bergab gegangen.

Und so erzählte er seine Geschichten aus der Weinsuppenzeit, ließ aber auch den Ersten Weltkrieg und die Weimarer Zeit nicht aus. Auch die Nazizeit kam gelegentlich an die Reihe, wobei er durchaus selbstkritisch vorging und nicht aussparte, dass er einmal Mitglied der NSDAP gewesen war.

All das und noch viel mehr kriegte Gesine zu wissen, wenn Vater bei ihr im Garten stand und zuschaute, wie meine Frau Stiefmütterchen pflanzte oder die Rosen beschnitt. Oder sie saßen zusammen auf der Bank, und während der alte Mann aus dem reichen Born seines Erlebens schöpfte, hörte Gesine geduldig zu.

Und Geschichten erzählen konnte Vater, war er doch in seiner Jugend der Vorleser in der Familie gewesen. Damals in der Weinsuppenzeit war die einzige Verbindung zur großen Welt die Tageszeitung – das Blatt – gewesen. Am Abend saß man in großer Runde in der Stube, und während die Frauen mit irgendeiner Handarbeit beschäftigt waren und Opa die Pfeife rauchte, Onkel Adolf Bürsten band, musste Vater aus dem Blatt vorlesen, damit alle etwas davon

Bauern in Oldenhusen und Umgegend aufzusuchen und um Hilfe zu bitten. Das war nun nicht gerade ein Gang nach Canossa, aber auch nicht angenehm. Wir kannten Emil Hennemann alle als einen ehrlichen und fleißigen Mann, und ich bin sicher, er hätte die nötigen Bürgen zusammen gekriegt. Es kam aber anders.

Der Zufall wollte es, dass er sich als erste Anlaufstelle den Wiebensohn-Hof ausgesucht hatte. Der war ja auch der erste Hof gleich am Anfang des Dorfes, und was lag näher, als dass Emil bei seinem Bittgang die altvertraute Tour nahm.

Er trug mir sein Anliegen vor und war zuerst sehr enttäuscht, als ich ablehnte. Doch statt dessen bot ich ihm die Mitarbeit in meiner neuen Firma an. Ich setzte ihm meine Ideen auseinander, von denen er jedoch nicht so einfach zu überzeugen war.

„Ich stelle dich ab sofort ein", hakte ich nach, „du kannst sofort mit den Vorarbeiten beginnen und dann Geschäftsführer von dem ersten Discountladen werden."

„Wieviel Zeit lässt du mir, die Sache zu überlegen?" wollte er wissen.

Im Grunde hatten wir massenhaft Zeit und waren ja noch in der Phase des Informierens und Überlegens. Aber andererseits erschien mir diese Sache mit Emil Hennemann als ein Wink des Schicksals. Wenn ich jetzt den richtigen Mann fand und ihn gleich einstellte, gab es kein Zurück mehr, dann ging es los ohne Wenn und Aber!

So sagte ich bestimmt: „Ich kann dir drei Tage Zeit lassen, dann muss ich wissen, ob du annimmst. Sonst muss ich mich nach jemand anderem umsehen."

Er brauchte nur eine Nacht zum Überschlafen, dann sagte er zu. Das war kurz vor Weihnachten und ich stellte ihn zum ersten Januar ein. Er wurde einer der Männer, die das Ansehen der Firma prägten und sein Spitzname wurde „Raketen-Emil". Seine stehende Redewendung war später immer: „Was wir brauchen, sind Männer mit der Schubkraft einer Rakete!"

Gegen Ende Januar fuhr ich zur Grünen Woche nach Berlin. Diesmal nahm ich Gesine nicht mit. Sie war inzwischen im sechsten Monat und wollte lieber zu Hause bleiben. Dafür nahm ich meine beiden neuen Mitarbeiter Emil Hennemann und Hans Broders mit.

Auch die Grüne Woche hat uns einen gehörigen Schritt voran gebracht, obwohl hier viel zu sehen war, was man als Rahmenprogramm bezeichnen muss und was nur ablenkte, wie das Reit- und Springturnier. Für uns waren die anderen Sachen wichtiger, wie zum Beispiel diese sogenannte „Tischlein-deck-dich-Aktion“ in verschiedenen Feinschmeckergeschäften und die Werbung „Herzhaft frisch aus Schleswig-Holstein“.

Und wieder wurden Kontakte zu Herstellern und zum Großhandel geknüpft. Dabei waren Emil Hennemann und Hans Broders voll in ihrem Element. Als wir zurück kamen, war die Karawane auf den Weg gebracht!

Nur, wie sollte sie heißen? Wir hatten während der ganzen Rückfahrt über den Namen der Firma diskutiert, Vorschläge gemacht, verworfen und wieder hervorgeholt. Es ging ja darum, einen kurzen, einprägsamen Namen zu finden, der sich auch gut in die Werbung einbinden ließ, am besten ein einziges Wort. Ein einziges Wort, das alles aussagt, was zu sagen ist, die Kräfte bündelt, nichts schönredet und den Kunden anspricht. Ein Kürzel – igitt – bloß das nicht, viel zu anonym. Der Kunde muss wissen, mit wem er es zu tun hat, muss das Gefühl haben, hinter der Firma stehen Menschen und nicht internationale Multis mit ihrer Geldmacht!

Emil Hennemann meinte, dann wäre der Vorname des Chefs das richtige, das wäre persönlich, schon fast familiär: Also „Hannes“. Hans Broders setzte noch einen drauf: Warum nicht gleich „Bei Hannes und Gesine“. Das war mir nun wieder übertrieben, klang schon fast wie eine Kneipe.

Also dann: „Wiebensohn“. Und dabei blieb es. Der Name des Inhaberehepaares, kurz und bündig. Damit war auch Gesine einbezogen, die Geldgeberin und stille Teilhaberin, obwohl sie als Sängerin noch unter ihrem Mädchennamen Gesine Möller auftrat.

Am Sonntag nach unserer Rückkehr von der Grünen Woche war großer Familienrat bei uns auf dem Hof. Seit Gesine schwanger war, schauten ihre Eltern oft bei uns herein, und meine Eltern waren natürlich auch dabei. Dann noch Tante Gretchen, meine Schwester mit ihrem Mann, dem Sprücheklopfer Werner, und meine Frau und ich. Antje Voß hatte eine Torte gebacken und bei Kaffee und Kuchen kam das Gespräch recht bald auf unsere Fahrt zur Grünen Woche und auf die in Gründung befindliche Firma.

Schwager Werner machte in Pessimismus und unterstellte mir Eifersucht auf Gesines Erfolge: „Natürlich will Hannes nun auch groß rauskommen, wo er so eine berühmte Frau hat. Ich will dir die Sache ja nicht vermiesen", wandte er sich direkt an mich, „aber das kann ja nur schief gehen. Als ob es nicht schon genug Lebensmittelläden gäbe, und da willst du dir noch deinen Anteil abstauben? Schade um das schöne Geld, das du dabei aufs Spiel setzt. Was willst du überhaupt mit deinem Hof anfangen? Du kannst doch nicht Bauer und Lebensmittelhändler zur gleichen Zeit sein. Soll ich dir den Hof abpachten?"

Das fehlte noch gerade, diesen Klugscheißer dauernd hier auf dem Hof rumkrakeelen zu haben, ganz offiziell als Pächter. Und immer mit seinen aufdringlichen Blicken Gesine anzustarren!

Weil ich schon alles geregelt hatte, konnte ich ihn ohne große Umstände abwimmeln: „Den Hof werde ich selbstverständlich weiter bewirtschaften. Aber nicht selbst, ich habe Fritz Fietkau als Verwalter eingesetzt, so habe ich die Hände frei für das Geschäft."

„Ach Gottchen, der Fritzke", moserte Werner los, „na der ist ja auch gerade der richtige dafür."

„Ja, ist er, auf Fritz ist Verlass", beschied ich kurz und bündig, „und mit dem Verpachten, das wollen wir man lieber lassen. Man soll in der Familie keine Geschäfte machen."

Die beiden Väter wollten auch Näheres über die Firma wissen, und ich musste berichten. Vor allem mein Vater machte sich so seine Gedanken, wie das Ganze ablaufen solle und fragte an, ob auch eine Fleischabteilung eingerichtet werde: „Wenn du wirklich für die hiesigen Bauern den Absatz steigern willst, dann darfst du die Veredelungsprodukte nicht vergessen. Fleisch und Milch bringen heutzutage das meiste Geld für die Landwirtschaft. Wenn du diese Produkte außen vor lässt, brauchst du gar nicht erst anzufangen. Dann wirst du dein Ziel nie erreichen."

Vater war ja sein Leben lang Gräser gewesen, das heißt, er hatte Mastvieh erzeugt. Kein Wunder, dass ihm das Thema Fleisch besonders wichtig war.

Hier an der Schleswig-Holsteinischen Westküste, wo es die schweren Fettweiden gibt, konnte man genug Qualitätsfleisch auftreiben und vermarkten. Die Gräserwirtschaft hatte Tradition bei uns. Schon einer meiner Urgroßväter, der alte Carsten Meier aus Neuenwisch, hatte vor hundert Jahren mit Mastvieh sein Geld gemacht. Er hatte es damals über den Tönninger Hafen nach England ausgeführt. Von England hatte man damals auch Shorthorn-Vieh eingeführt, eine spezielle Fleischrindrasse mit besonders schmackhafter Fleischqualität.

„Und dann Ochsen gräsen und keine Bullen", riet mein Vater, „Ochsen haben eine viel feinere Muskelfaser als Bullen. Ich sag immer, Bullenfleisch ist trocken und zäh wie Bohnenstroh. Also Finger weg davon, sonst brauchst du gar nicht erst anzufangen!"

Natürlich hatten Ochsen – also kastrierte Bullen – schmackhafteres Fleisch als Bullen. Aber sie hatten auch mehr Fett im Muskelfleisch eingelagert, und fettes Fleisch kam beim Verbraucher damals nicht mehr an. Das Fleisch musste mager, mager, mager sein!

In die Richtung bewegte sich auch noch die Masche mit der Gesundheit und dem Cholesterinspiegel. Wobei ich nun wirklich nicht sagen kann, was dabei Wahrheit oder Hysterie ist. Man soll sich aber hüten, gesundheitsbewusste Verbraucher der Lächerlichkeit preisgeben zu wollen. Und man soll ihnen nicht etwas aufschwatzen wollen, was sie nicht haben wollen! Oder was ist Werbung eigentlich?

Na egal, fest stand jedenfalls, dass damals Bullenfleisch im Trend lag und auch besser bezahlt wurde als Ochsenfleisch. Pro Pfund Lebendgewicht bekam man am Hamburger Viehmarkt zehn bis zwanzig Pfennige mehr auf die Hand als für Ochsen. Und wenn man dann noch bedenkt, dass ein Bulle anderthalb bis zwei Zentner mehr in der Weidesaison aufnimmt als ein Ochse, so hat der Mäster bei einem guten Bullen mindestens drei- bis vierhundert Mark mehr verdient als an einem Ochsen. Das ist für den Bauern, der Rinder mästet, eine eindeutige Entscheidungshilfe.

Wenn der Markt das Bullenfleisch verlangt, warum dann auf so einen alten Bauern hören, der meint, man müsse auf Qualität achten, und Qualität sei eben Ochsenfleisch?

Wenn man 'was unter die Leute bringen will, muss man es unter dem Siegel der Verschwiegenheit entweder seinen Frisör oder einen

Viehhändler wissen lassen. Wie ich schon sagte, bei uns kam lange Jahre der Viehhändler und „Gräserkönig“ Hans Hebbel und kaufte die fetten Ochsen. Also der kam eines Tages zu mir auf den Hof, um anzufragen, ob ich noch fette Ochsen vom Stall zu verkaufen hätte. Und bei der Gelegenheit teilte ich ihm mit, dass ich im Begriff sei, in den Lebensmittelhandel einzusteigen, auch und im Besonderen auf dem Rindfleischsektor. Da würde man in Zukunft ins Geschäft kommen können.

Er zeigte sich informiert, machte jedenfalls sein Viehhändler-Pokerface und meinte: „Wenn es so weit ist, sag man Bescheid. Ich werde dir die nötigen Ochsen besorgen.“

„Ja, Ochsen oder Bullen“, klopfte ich auf den Busch, „jedenfalls erste Qualität!“

Er sprang gleich an und schlug in dieselbe Kerbe wie mein Vater: „Wenn du Qualität verkaufen willst, dann gibt es nur Ochsenfleisch. Da kannst du jeden Schlachter fragen!“

Dann kriegte ich noch einen längeren Vortrag über Fleisch zu hören und wie lange Fleisch und im besonderen Rindfleisch abhängen muss, damit es wirkliche Qualität ergibt.

Dann hatte er es auf einmal recht eilig, und das war der Beginn der Öffentlichkeitsarbeit von „Wiebensohn“.

Ich ließ meine Firma beim Amtsgericht als „Wiebensohn-Lebensmittel GmbH“ ins Handelsregister eintragen, Sitz der Firma war Oldenhusen. Zwei der Fremdenzimmer bei uns auf dem Hof wurden als vorläufiges Büro eingerichtet, und fürs Geschäft ein zusätzlicher Telefonanschluss beantragt. Bis der verlegt war, wurde unser Telefonanschluss mit für die Firma genutzt. Mit neuen Telefonanschlüssen ging das damals noch nicht so schnell: Schwester Telse und Schwager Werner mussten kurz nach der Währungsreform acht Jahre, also bis Mitte der fünfziger, auf ihr Telefon warten. Etwas schneller ging es dann doch bei uns.

Büromöbel und Bürobedarf anschaffen und all diesen Kleinkram überließ ich meinen Mitarbeitern. Ich selbst reiste nach Hamburg, um mir dort einige der neuen Selbstbedienungsläden anzuschauen. Dabei ging mir Gesines Bruder, mein Schwager Ralf Möller, zur Hand. Ralf absolvierte zu der Zeit eine kaufmännische Lehre, allerdings Import-Export, wie es sich für einen echten Hanseaten gehört. Er nahm ein paar Tage Urlaub, und wir zogen von einem Laden zum andern, sahen uns die Einrichtungen an, das Sortiment und wie der Laden organisiert war. Dann kauften wir eine Kleinigkeit und saßen danach draußen in meinem Wagen und machten uns Notizen. Vor allem notierten wir Preise und nochmals Preise. Nachher gingen wir dazu über, aus den Tageszeitungen die Anzeigen der Discountläden auszuschneiden und zu sammeln.

Auch die Lage der jeweiligen Geschäfte wurde notiert: Wohngegend, Haupt- oder Nebenstraße, Eckgrundstück, Parkmöglichkeit und was nicht noch alles.

Als ich wieder zu Hause war, wurde mit der Belegschaft eine Konferenz abgehalten, und ich musste berichten. Einige Sachen kapierten die Jungs nicht auf Anhieb, und so packte ich meine beiden Mitarbeiter ins Auto und wir tourten noch einen Tag durch Hamburg und sahen uns eine Reihe der Läden gemeinsam an.

Zu Hause wieder Besprechung; langsam begann sich die Vorstellung über unseren Laden herauszubilden. Zur selben Zeit versuchten wir, in Heide passende Räumlichkeiten zu finden. Wir hatten Glück und konnten ein geräumiges Gebäude anmieten, das bis vor einiger Zeit noch einer Weberei als Unterkunft gedient hatte. Die hatte dort Pleite gemacht; aber was ging uns das an. Hauptsache, die Räumlichkeiten waren groß genug, und das waren sie. Und Hauptsache, die Lage war gut, und das war sie auch: Ziemlich im Zentrum, aber doch in einer ruhigen Nebenstraße, Parkmöglichkeit nicht weit vom Hause. Lieferanten und Kunden konnten gut hinkommen. Ansonsten war alles vorhanden: Hauptraum für den Laden, weitere Räume als Lager und Büro, Toiletten für Mitarbeiter und Kunden.

Nun hieß es: die Inneneinrichtung herstellen, und wir entschieden uns für die einfache Form. In Hamburg hatten wir alles zu Gesicht bekommen, von ganz einfach – fast primitiv zu nennen – bis hin zum mondänen Feinschmeckerladen.

Wie gesagt, wir wählten einfache und robuste Holzregale und Körbe aus Drahtgitter für die Kunden zum Einpacken der Ware. Dann zwei Kühltresen für Fleisch- und Meiereiprodukte, zwei Kassen und fertig. Während die Handwerker zugange waren und ich sie dabei beaufsichtigte, stellten Emil Hennemann und Hans Broders das Sortiment zusammen und nahmen erste Kalkulationen vor.

Und alles ohne Architekten!

Aber eines hätten wir beinahe vergessen: Unseren Betrieb beim Gewerbeaufsichtsamt anzumelden. Na das wurde kurzfristig nachgeholt; die Herrschaften kamen zur Abnahme und hatten natürlich etwas zu bemängeln. Wir mussten noch eine Sicherheitstür einbauen, wenn vorne ein Feuer ausbräche, könnten die Leute dann zur hinteren Tür rauskommen. Und ein paar Schaumfeuerlöscher mussten angeschafft werden.

Das hatte alles einigermaßen geklappt und war auch relativ schnell gegangen. Nun musste noch zusätzliches Personal eingestellt werden: Einzelhandelskaufleute, Hilfskräfte zum Einräumen und ein Schlachtermeister hinterm Fleischtresen. Emil Hennemann hatte im Laden die Oberaufsicht, Hans Broders blieb im Büro in Oldenhusen, und dann war ich selbst als Springer da. Also auf dieser Basis musste es klappen.

Ich komme noch einmal auf unsere Rindfleischpreise zu sprechen. Die Vorgaben, die ich Emil Hennemann auf den Tisch des Hauses legte, waren einfach: Absolute Spitzenware zu einem Preis, möglichst unter dem der Konkurenz.

Ochsenfleisch war damals tatsächlich billiger als Bullenfleisch, und insofern würde es auch klappen. Die große Frage war und blieb, würden die Kunden derselben Meinung sein wie mein Vater und der Gräserkönig und dieses erstklassige Ochsenfleisch auch begeistert – das ist es, das ist es – annehmen? Wenn nicht, blieben wir darauf sitzen – und dann? Dann müssten wir doch auf mageres Bullenfleisch umsteigen oder mit großem Werbeaufwand dem Kunden – gegen den Trend – das Ochsenfleisch schmackhaft machen. Das würde genauso schwierig sein, wie zum Beispiel ein neues Flugzeug zu erfinden, nicht eines mit Flügeln, sondern, sagen wir mal, ein Haus das fliegt!

Der alte Routinier Emil Hennemann fand auf Anhieb die Lösung: „Wir bieten beides an, zum gleichen Preis. Dann soll doch der Kunde entscheiden, was der Renner wird!"

Er machte also eine Mischkalkulation für Ochsen- und Bullenfleisch und bestellte beides bei einer renommierten Großschlachterei.

Im Übrigen kalkulierte er die ganzen Preise noch einmal durch, auch im Hinblick auf die hiesige Konkurrenz. Nach Emils Meinung lagen wir gut im Rennen, das hieß klipp und klar, wir konnten billiger anbieten als die Konkurrenz. Emil war ja ein alter Hase und beherrschte die Kunst des billigen Einkaufs nach allen Regeln der Kunst – nach dem Motto: Im Einkauf liegt der Segen! Das hatte ich bald erkannt und überließ ihm Einkauf und Kalkulation.

Wir kauften also Ware ein, räumten ein und zeichneten aus. Das geschah damals noch nicht mit diesem Handapparat, der auf jede Packung ein kleines Preisschild klebt und schon gar nicht mit diesen Strichcodes, die es heute gibt. Die Ware wurde im Karton ins Regal gestellt, die Vorderseite des Kartons abgeschnitten, so dass der Kunde sich die Packungen aus dem Karton nehmen konnte, und unter der Ware wurde mit abwaschbarer Farbe der Preis auf die Kante des Regals geschrieben.

Inzwischen war auch die Werbung schon angelaufen, und Gesine mischte dabei kräftig mit. Täglich erschien in der hiesigen Zeitung eine Anzeige, in der Gesine abgebildet war und auf die baldige Geschäftseröffnung von „Wiebensohn“ hinwies. Schwierig wurde es mit Gesines Auftritt bei der Eröffnung. Mein Schatz war inzwischen im neunten Monat und die Geburt unseres ersten Kindes stand unmittelbar bevor. Gesine wollte trotzdem kommen; aber ich wollte es nicht zulassen. Trotz allem Rummel um die Geschäftseröffnung mussten wir einen klaren Kopf behalten, und eine hochschwangere Frau hatte dort nichts zu suchen.

So mussten wir uns etwas anderes einfallen lassen. Am Tag vor der Geschäftseröffnung erschien eine ganzseitige Anzeige in der Tageszeitung mit unseren Angeboten und darunter ein Hinweis, dass eine Single mit zwei der schönsten Lieder von Gesine am Tag der Eröffnung zum Sonderpreis von einer Mark zu kriegen sei, so lange der Vorrat reiche.

Außerdem machten wir ein Preisausschreiben, bei dem Langspielplatten von Gesine zu gewinnen waren und drei erste Preise: Kaffeetrinken zu Hause bei uns mit Gesine als Gastgeberin.

Wieder so ein Tag, der mir alles abforderte, aber auch alles gab!

Morgens um drei setzten die Wehen ein, und wir wussten beide erst gar nicht, was los war. Dann dämmerte es uns: Die Geburt unseres Kindes setzte ein. Gesine hatte sich um alles gekümmert, Babyausstattung mit allem Pipapo, nur um die Hebamme hatte sie sich keine Gedanken gemacht. Also rief ich ihren Frauenarzt an, und der schlug Einweisung ins Kreiskrankenhaus vor. Ich sollte Gesine hinfahren, und er wollte dorthin kommen und die Hebamme mitbringen. In aller Eile wurde ein Koffer mit den nötigsten Sachen gepackt, das heißt, ich packte und Gesine gab dazu ihre Anweisungen, und dann fuhren wir los.

Es klappte alles wie am Schnürchen und ging sehr schnell. Schon um vier war unser Kind da, ein süßes kleines Mädel, ganz die Mutter. An der Geburt habe ich nicht teilgenommen, Väter waren seinerzeit im Kreissaal nicht zugelassen; ich glaube auch nicht, dass ich das durchgestanden hätte.

Aber nachher durfte ich Mutter und Kind besuchen. Gesine hatte einen Ausdruck im Gesicht, das ganze Glück der Erde war darin konzentriert. Und im Arm hatte sie unser Kind. Ich habe dieses Bild in mir aufgenommen, so glücklich und intensiv, dass ich es heute noch auf Abruf vor meinem inneren Auge erscheinen lassen kann, als wenn man seine Lieblingsplatte auflegt.

Dann fuhr ich nach Hause, weckte Antje Voß, teilte ihr die Neuigkeit mit und konnte die ersten Glückwünsche entgegennehmen. Nachher beim Frühstück fiel mir ein, dass Gesine und ich überhaupt nicht über einen Namen für unser Kind gesprochen hatten. Na, das würde wohl auch bis heute abend Zeit haben; nun war erst einmal unser Geschäft zu eröffnen.

Es wurde ein Riesenerfolg, aber auch ein Riesenrummel! Menschen über Menschen, vor allem Hausfrauen und Rentner. Und die örtliche Prominenz, Bürgermeister und so weiter.

Die Ware ging weg wie die warmen Semmeln, große Staus an den Kassen den ganzen Tag lang. Zeitweilig hätten wir zehn Kassen in Betrieb haben können. Gesines Schallplatten waren schon nach zwei Stunden ausverkauft, und dass sie selbst nicht da war, war die einzige große Enttäuschung.

Reden wurden gehalten, die Presse war vor Ort und schrieb am nächsten Tag: „Die Folkloresängerin Gesine Möller wurde gestern gleich zweimal Mutter. Im Kreiskrankenhaus brachte sie ihr erstes Kind zur Welt, und ein paar Stunden später wurde in Heide ihr erster Supermarkt eröffnet."

So ging es los mit „Wiebensohn-Lebensmittel GmbH", wir hatten die Arbeit gemacht, mein Team und ich, und Gesine war das Aushängeschild. Und so sollte es all die Jahre bleiben, „Wiebensohn" wurde immer mit Gesine identifiziert und in Verbindung gebracht.

Als wir am Abend die Tür absperrten, sah der Laden aus wie nach der Schlacht bei Hemmingstedt, nur dass keine gefallenen Landsknechte herumlagen.

Dafür gab es Sieger: Meine Mitarbeiter und mich. Ich lud alle zum Essen ins „Hotel Stadt Hamburg" ein und fasste dort meine Eindrücke zusammen: „Für uns war dies ein großer Tag und ich hoffe, dass es mit voller Kraft weitergeht und wir später mit Stolz sagen können: „Wir sind dabei gewesen, als Wiebensohn geboren wurde!"

Dann fuhr ich zu Gesine und unserem Kind in die Klinik und erlebte hier die nächste Überraschung. Viktoria hieß unsere Tochter, und Gesine hatte den Zettel für das Standesamt schon ausgefüllt. Ich brauchte nur noch zu unterschreiben, und das tat ich dann auch. Viktoria – die Siegerin! Obwohl ich nicht gefragt worden war, warum nicht Viktoria?

Zu dem Tag passte der Name jedenfalls wie maßgeschneidert!

Unser Laden lief gut an, auch über den Tag der Eröffnung hinaus. Emil Hennemann hatte eine erstklassige Kalkulation aufgestellt, so dass wir einerseits die Konkurrenz nicht zu fürchten brauchten und andererseits auf unsere Kosten kamen inklusive Verzinsung und Tilgung der von Gesine zur Verfügung gestellten Gelder.

Und was die Hauptsache war, die Kunden kamen, wurden laufend mehr. Allerdings war mir das eine von Anfang an klar: Das eigentliche Ziel, der heimischen Landwirtschaft ihren Teil am Markt zu sichern, konnte man nicht mit einem Discountladen erreichen. Dazu müsste man auch den Weg der Ware mit Verarbeitung und Verkauf straffen und in eine Hand bekommen. Das würde aber erst ab fünfzig oder hundert Läden möglich sein. Also galt es, so schnell wie möglich mehr Läden zu eröffnen, nach Möglichkeit auch in Ballungsgebieten. Hamburg war nicht weit weg, ich kannte mich dort einigermaßen aus, und dort waren die Verbrauchermassen, die wir brauchten.

Ich rief eine Entwicklungsabteilung ins Leben, stellte einige Kaufleute zusätzlich ein und machte den mit der meisten Erfahrung, Erich Meyn, zum Abteilungsleiter. Es war ihre Aufgabe, laufend neue Läden einzurichten. Sie mussten die richtigen Standorte aussuchen, Gebäude anmieten, kaufen oder bauen, Personal einstellen und die Läden in Gang bringen. Darüber hinaus hatten sie das Ganze durchzukalkulieren und das benötigte Kapital von der Geschäftsleitung, also von mir anzufordern.

Gesine sagte mir noch Startkapital für zwei weitere Läden zu, also wurden gleich beide in Angriff genommen. Trotz meiner kapitalkräftigen Frau war mir klar, dass ich bald auf Bankkredite angewiesen sein würde und nahm Verhandlungen mit mehreren Banken auf, die auch durchweg positiv verliefen. Will heißen, man stellte günstige Kredite in Aussicht.

All das passierte nur knapp ein Vierteljahr nach Eröffnung des ersten Geschäftes. Ich war damals ein Mann der schnellen Entschlüsse. Und ein weiteres Vierteljahr später wurden die beiden Läden in Hamburg eröffnet. Diesmal war Gesine anwesend und sang einige ihrer Lieder, signierte ihre Platten und machte Small-Talk. Es wurde ein großer Erfolg und zeigte einmal mehr, wie populär meine Frau inzwischen war.

Die Presse war zahlreich vertreten, und im Hamburger Abendblatt stand am nächsten Tag zu lesen: „Die bekannte Folkloresängerin Gesine Möller eröffnete gestern zwei der modernen Lebensmittel-Selbstbedienungsläden der Firma Wiebensohn in unserer Stadt und ließ es sich nicht nehmen, einige ihrer Lieder zu singen. Wird man sie in Zukunft nur noch in Supermärkten singen hören? Das wäre schade; denn viele Fans wollen ihre unverwechselbare Stimme wieder einmal im Musiksaal hören. Es ist schon eine ganze Zeit her, dass sie ihr letztes Konzert gegeben hat."

So schrieben die Zeitungen, und die Folge davon war eine Reihe von Konzerten, die Gesine erst in Hamburg und danach in einigen anderen Großstädten gab. Wir waren damals mitten in der Rock 'n'

Roll-Zeit, was Gesines Popularität jedoch überhaupt keinen Abbruch tat. Es war vielmehr so, als wenn gerade das Rock 'n' Roll-Fieber auch der Folklore einen unerhörten Aufschwung gab. Je weiter das Pendel zum Rock ausschlug, um so mehr schwang es auch zur anderen Seite zurück, und da war die Volksmusik mit ihrer populärsten Vertreterin Gesine Möller.

Für unsere aufstrebende Firma war es ein absoluter Hit, dass wir Gesine voll in unsere Werbung integrieren konnten. Sie trennte sich nun auch von ihrem müden und ziemlich ideenlosen Produzenten Jason Nefedov. Ab sofort wurde sie von „Wiebensohn" direkt produziert. Wir riefen eine weitere Abteilung ins Leben, die sich mit Werbung, Information und Imagepflege befasste, und als erstes wurden einige neue Platten mit Gesines Folklore auf den Markt gebracht.

Die Werbeabteilung bestand in der ersten Zeit aus Gesines Sekretärin Biggi Peters, nun Angestellte bei „Wiebensohn". Später kam noch ein Diplom-Werbekaufmann Daniel Peters dazu. Beider Namensgleichheit verleitete eine Menge Leute zu der Annahme, unsere Werbeabteilung werde von einem Ehepaar Peters gemanagt. Das war nun keineswegs so. Darüber hinaus baute sich zwischen den beiden in kurzer Zeit eine ziemliche Rivalität auf. Daniel Peters war nämlich der Meinung, er sei aufgrund seiner Ausbildung der Boss oder Abteilungsleiter, während Biggi als Gesines Sekretärin und Freundin die nämliche Stellung für sich beanspruchte. Schuld war ich selbst, indem ich hier nicht von Anfang an für klare Verhältnisse gesorgt hatte. Gesine war dann auch der Meinung, dass ich die Angelegenheit baldmöglichst regeln müsse, natürlich zu Biggis Gunsten. Ich wollte ihr auch den Gefallen tun; doch aus irgendwelchen, heute nicht mehr nachvollziehbaren Gründen, verbummelte ich die Sache.

Nach einiger Zeit merkte ich jedoch, dass eben diese Rivalität zwischen Biggi und Daniel für die Firma von großem Vorteil war, indem jeder von den beiden sich zu Höchstleistungen steigerte, um den andern auszustechen. Unsere „Petersabteilung", wie die Abteilung für Werbung und Imagepflege von Insidern bald genannt wurde, sprühte regelrecht vor Kreativität. Warum hier etwas ändern? Ich hielt mich also bedeckt.

Eine der besten Ideen, die sie hervorbrachte, war eine Kochbuchreihe, natürlich unter dem Titel „Gesines Kochbücher“. Das erste Buch dieser Reihe brachte Essen vom Lande: Birnen, Bohnen und Speck, Schwarzsauer, Bunten Mehlbeutel, Saure Rippen und all die anderen Gerichte aus Großmutters Küche. Allerdings modern aufgemacht, nicht so viel Fett darin wie früher und kleinere Portionen; denn die Familien waren durchweg nicht mehr so groß. Hiermit setzten wir der beginnenden Balkanisierung der Verzehrgewohnheiten unsere heimische Küche entgegen.

Diese Kochbücher lagen in unseren Filialen zum Verkauf aus und blieben über lange Jahre ein Renner. Und die Zutaten für die dort beschriebenen Gerichte konnte man gleich an Ort und Stelle kaufen. Die Rezepte waren vorher alle in unserer eigenen Lehrküche ausprobiert worden, die wir in einem Raum des neuen Bürogebäudes eingerichtet hatten.

Nun ja, wir wurden in der Geschäftsführung immer mehr Leute; die konnten wir zu Hause auf dem Hof einfach nicht mehr unterbringen. So kauften wir in Heide ein Bürogebäude, das vorher Verwaltungszwecken gedient hatte.

Endlich wurde es zu Hause wieder ruhiger, was nicht heißen soll, dass unser Leben insgesamt in ruhigen Bahnen verlief. Es war schon eine intensive Zeit, diese zwei Jahrzehnte von der Gründung der Firma bis zur Umwandlung in eine Aktiengesellschaft und bis zu dem großen Krach.

Unser Leben lief ja immer mehrgleisig: Die Firma „Wiebensohn“, Gesines Karriere, der Hof und unsere Familie mit den drei Kindern, die uns geboren wurden und zwischen all der Hektik ihr Recht verlangten und meistens auch irgendwie kriegten. Dazu die verschiedenen Freundeskreise.

Auch standen wir beide in der Öffentlichkeit, Gesine und ich. Die Medien wollten immer wissen, was los war, und wenn man auf ihre Fragen nicht befriedigend antwortete oder Auskunft gab, beziehungsweise nicht das sagte, was sie hören wollten, entblödeten sich manche Journalisten nicht, irgendwelchen Quatsch zu erfinden. Dann musste die Petersabteilung richtig stellen, dementieren.

Eine Zeit lang war es in der sogenannten Regenbogenpresse der große Hit, Gesine mit allen möglichen Liebhabern zu verkuppeln.

Verdammt noch mal, es ging mir doch an die Nerven, als ich das erste mal schwarz auf weiß las, Gesine habe einen Liebhaber, sei mit einem bekannten Playboy in einem mondänen Nachtlokal gesehen worden, Händchen haltend, verliebte Blicke tauschend.

Meine Gesine? Mit diesem schmierigen Typ? Zu der Zeit waren Gesine und ich schon eine Reihe von Jahren verheiratet und lebten in einer überaus glücklichen Ehe. Mein Vertrauen zu der Deern war grenzenlos und so flog die Illustrierte mit einem Fluch in den Papierkorb!

Als der gleiche Blödsinn aber einige Tage später in einer Hamburger Tageszeitung stand, platzte mir dann doch der Kragen. Jede Woche veröffentlichten wir in diesem Blatt zwei bis drei ganzseitige Inserate, und die hatten nichts besseres zu tun, als die Ehe ihres besten Anzeigenkunden auseinander zu bringen! Ich rief den Verleger, diesen Lügenfabrikanten, an und stellte die Frage, was er sich dabei gedacht habe und ob er sich unbedingt mit mir anlegen wolle. Der Kerl stellte sich erst dumm, möglicherweise hatte er seine eigene Zeitung nicht gelesen. Und dann machte er auch noch den Fehler, von Pressefreiheit zu sabbeln und ob ich die in Frage stellen wolle. Na das hat man gerne, erst wird man als betrogener Ehemann hingestellt und dann auch noch mit verlogener Moral bearbeitet!

So sind manche von diesen Pressefritzen: Da kommt irgend ein Quatsch über den Ticker und den schmeißen sie dann rein, ohne sich weiter Gedanken darüber zu machen. Sie setzen auf ihre Narrenfreiheit, die sie Pressefreiheit nennen, und wenn sie ausnahmsweise mal mit dem Rücken an der Wand stehen und sich verantworten müssen, dann zitieren sie das Grundgesetz, wo nach Artikel fünf jedem gestattet ist, seine Meinung in Wort, Bild und Schrift unter die Leute zu bringen.

Ich hörte mir den Quatsch nicht bis zum Ende an, warf den Hörer auf die Gabel und ordnete an, dass alle Filialen ab sofort nur noch einmal in der Woche annoncieren durften, statt zwei- oder dreimal. Das hatten sie nun davon!

Der Umsatz ging auch nicht zurück, und es stellte sich die Frage, ob wir nicht schon lange mit weniger Werbung ausgekommen wären? Wir hatten zu dem Zeitpunkt schon über hundert Läden.

Im übrigen: Die beste Werbung ist immer noch Qualität!

Und dann brachte natürlich die Agrarpolitik Unruhe in unser Leben, ganz erhebliche Unruhe. Sowohl die – sagen wir mal – nationale Agrarpolitik aus Bonn als auch das, was auf das Konto der EWG ging. Von Brüssel wurden wir in immer stärkerem Maße abhängig, Bauern, Lebensmittelverarbeiter, Lebensmittelhändler und nicht zuletzt auch Verbraucher.

Als es 1957 mit der Unterzeichnung der Römischen Verträge los ging und auch noch die ersten Jahre danach, waren wir Landwirte in der Bundesrepublik noch guter Dinge. Was konnte uns passieren? Wir waren fleißig, unsere Betriebe modern und auf den neuesten Stand der Technik gebracht, und besonders hier in Schleswig-Holstein lagen wir von der Struktur her mit an der Spitze. Das Rennen würden wir machen, davon waren wir alle überzeugt!

Es kam der erste Schock für die Bauern, die Getreidepreisangleichung von 1967. Angleichung bedeutete für die deutschen Bauern leider eine Senkung des Erzeugerpreises um 12 bis 14 Prozent. Von da an begann die Preis-/Kostenschere in der Landwirtschaft auseinander zu klaffen, wurde sie mit ihrem Preisgefüge von der übrigen Wirtschaft kontinuierlich abgekoppelt!

Natürlich gingen diese Schritte auf dem Wege zum gemeinsamen Markt nicht über die Bühne, ohne dass die betroffenen Landwirte ihre Bedenken anmeldeten. In den Dörfern und auf den Bauernhöfen breiteten sich die ersten Zukunftsängste aus. Widerstand in Form von Protestaktionen der verschiedensten Art setzte ein!

Er erreichte seinen ersten Höhepunkt, als die Europäische Kommission in Brüssel 1968 das „Memorandum zur Reform der Landwirtschaft in der Europäischen Wirtschaftsgemeinschaft“, den sogenannten „Mansholt-Plan“ vorlegte. Der Holländer Sicco Mansholt war damals Vizepräsident der Europäischen Kommission und federführend bei der Ausarbeitung des Memorandums. Dadurch wurde er für viele Bauern der große Buhmann, das rote Tuch, der Technokrat aus Brüssel, der den Bauern ans Leder wollte! Die Diskussion um den Mansholt-Plan schlug hohe Wellen und wurde auch nicht immer sachlich geführt. Begriffe wie Bauernlegen und Bauernradieren machten die Runde.

Man kann das aber begreifen, es ging für viele um die Existenz, um Sein oder Nichtsein als Bauer.

Diese ganzen Entwicklungen zeigten mir wieder einmal mehr, dass ich auf dem richtigen Dampfer war: Selbst ist der Mann!

Ich will damit nicht den Eindruck erwecken, als wenn nur ich auf neue Gedanken gekommen wäre. Es begannen, sich vielerorts neue Marktstrukturen zu bilden, und alte wurden durch bessere ersetzt.

Auf dem Fleischsektor wurde der Verkauf von lebendem Vieh durch die sogenannte Totvermarktung verdrängt. Zum Beispiel wurde in Husum ein genossenschaftlicher Schlachthof in Betrieb genommen, und der Fettviehmarkt, der lange Jahrzehnte das Schlachtvieh der Westküste vermarktet hatte, ging ein. Auf dem Milchmarkt schossen neue Großmeiereien und Butterwerke aus dem Boden und sogen die kleinen dörflichen Meiereien auf; Fusionen waren an der Tagesordnung.

Und dann war es so weit: Ich konnte die erste Kette auf direktem Weg vom Erzeuger zum Verbraucher schließen. Mir wurde eine große Gemüsekonservenfabrik zum Kauf angeboten. Sieben oder acht Jahre zuvor hatte ich mit dem Lebensmittelhandel begonnen, und nun betrieben wir schon etwas mehr als hundert Supermärkte im norddeutschen Raum einschließlich Westberlins. Wir waren also inzwischen stark genug, um selbst mit der Verarbeitung zu beginnen.

Die Gemüsefabrik lag bei uns in der Marsch. Dort wurden Sauer- und Frischkonserven hergestellt, also Sauerkraut, Brechbohnen, Erbsen und Möhren in Dosen, saure Gurken, Rote Bete und anderes Gemüse in Gläsern. Die Fabrik hatte eine Stammbesatzung von vierzig bis fünfzig Mann und stellte zur Erntezeit noch zwei- bis dreihundert Saisonarbeitskräfte ein. Verarbeitet wurde hiesige Ware von etwas mehr als tausend Hektar. Die Fabrik war also schon ein ziemlicher Wirtschaftsfaktor an der Westküste, und die Schließung wäre für viele Bauern wie auch für die Beschäftigten eine Katastrophe.

Warum wollte sich die „Gemüseabsatz" eigentlich von ihrer Fabrik trennen? Ganz einfach, sie arbeitete zu teuer! Das Konservengeschäft war ein Pfenniggeschäft. Der Preis einer Dose, sagen wir mal Sauerkraut, setzt sich zusammen aus Kosten für Kohl, Arbeit und Verpackung, um die wichtigsten zu nennen. Und davon ist der weitaus größte Posten der für die Arbeit. Und die Fabrik kann froh sein, wenn sie auf eine große Dose drei oder vier Pfennig Gewinn macht.

Die Fabrik der Gemüseabsatz war in den dreißiger Jahren gebaut; während die Gebäude noch in einem tadellosen Zustand waren, war die Technik veraltet. Der Gewinn lag bei einem oder einem halben Pfennig je Dose, und man lief Gefahr, in die roten Zahlen zu geraten.

Also musste man modernisieren, für mehrere Millionen Mark neue Technik investieren. Aber nein, warum denn? Es gab doch so viele billige Konserven auf dem EWG-Markt zu kaufen, vor allem in Frankreich und Holland. Also weg mit der alten Fabrik und billige Ware gekauft!

Aber gerade dagegen wollte ich ja etwas tun! Wir setzten eine große Konferenz in der Firma an, an der alle leitenden Mitarbeiter teilnahmen. Einziger Punkt der Tagesordnung: Kaufen wir die Konservenfabrik oder nicht?

Als unser Hauptgeschäftsführer nahm Emil Hennemann als erster das Wort und gab zu bedenken: „Wenn die Gemüseabsatz schon nicht mehr zurecht kommt, wieso sollen wir die Klitsche übernehmen? Wir können doch auch auf dem EWG-Markt die billigen Konserven kaufen. Damit kalkuliert es sich einfach besser, und wir müssen auch darauf achten, dass wir konkurrenzfähig bleiben."

Hans Broders kannte, wie die anderen auch, mein Konzept und hielt dagegen: „Wenn diese große Fabrik ihre Tore schließen muss, geht der hiesigen Landwirtschaft ein wichtiger Teil des Absatzes verloren, ganz zu schweigen von den Arbeitsplätzen. Und im übrigen ist das doch gerade die Idee des Chefs, für unsere Landwirtschaft den Absatz ankurbeln. Wir sind hier gefordert, seine Idee zu verwirklichen!"

Hans Broders hatte die Sache auf den Punkt gebracht, und, obwohl die Gegenpartei über gute Gründe verfügte, ich musste kaufen, wenn ich mein ganzes Konzept nicht in Frage stellen lassen wollte.

So fuhr ich mit Hans Broders und Emil Hennemann in die Fabrik, und wir machten uns schlau. Während Hans Broders und ich einen Rundgang durch das Werk machten, schaute Emil Hennemann sich die Bücher an. Denn das hatten wir von Anfang an zur Bedingung gemacht: Alle Karten offen auf den Tisch!

Emil war dann später bei uns zu Hause auch einigermaßen optimistisch: „Irgendwie werde ich die Sache schon hinkriegen, dass wir noch ein bisschen Gewinn machen. Vor allem wenn wir neue Maschinen aufstellen, nur wird das erst einmal einen Haufen Geld kosten. Das kriegen wir mit der Zeit aber wieder rein."

So nahmen wir die Verhandlungen auf, die sich über Wochen hinzogen. Die Leute von der Gemüseabsatz wussten natürlich nicht, wieviel mir an dem Kauf der Fabrik gelegen war. Wir taten so, als ob wir das Ganze auch lassen könnten, und weil kein anderer Interessent auftrat, konnten wir am Ende einen guten Kaufpreis, einen sehr guten Preis heraushandeln.

Bedingung unsererseits war, dass wir die ganze eingefuchste Stammbelegschaft mit übernehmen konnten. Das wurde uns zugestanden. Es kam den Verkäufern auch entgegen, so brauchten sie keinen Sozialplan aufzustellen und Abfindungen zu zahlen. Und die Mitarbeiter seien froh, dass sie ihren Arbeitsplatz behalten konnten und nicht umzuziehen brauchten, so teilte uns der Betriebsrat mit.

Also ging der Kauf über die Bühne!

Als wir das Büro vom Hof in unser neues Verwaltungsgebäude verlegt hatten, konnten wir endlich die Oldenhusener Runde wieder in etwas größerem Rahmen abhalten. Die Fremdenzimmer waren wieder frei, und es konnten Gäste untergebracht werden.

An einem verlängerten Wochenende Ende Juli – Anfang August waren viele alte Freunde wieder dabei und auch ein paar neue Gesichter. Natürlich auch Mitarbeiter aus der Firma und die Familie und ein letztes Mal mein lieber alter Vater. Jan Wiebensohn starb nur knapp einen Monat später an Herzversagen.

In dem Jahr zog sich die Ernte ziemlich in die Länge, besonders der Sommerweizen wollte nicht reif werden. Inzwischen kam Vater mit schweren Herzbeschwerden ins Krankenhaus, das nur drei Kilometer Luftlinie von Oldenhusen entfernt liegt. Eines Tages wollte er unbedingt wissen, ob auf dem Hof die Erntearbeiten ihren Fortgang nähmen: „Bei diesem schönen Wetter müssen sie doch einfahren!"

Also stand er auf, trotz streng verordneter Bettruhe, und begab sich auf den Balkon, um von dort nach dem Hof zu schauen. Da erlitt er dann einen schweren Herzanfall und verstarb noch in selbiger Stunde. Ein Bauer von altem Schrot und Korn, sein letzter Gedanke hatte dem Hof gegolten!

Aber bei der Runde war er noch dabei, saß stillvergnügt auf seinem geliebten Wappenstuhl neben Gesines Vater und ließ sich trotz der warmen Jahreszeit von Antje Voß einen Teepunsch ausschenken.

Hanna Betz-Neumann hatte zwei junge Mädchen mitgebracht, die sie uns als kritische, naturverbundene, der 68er-Generation angehörige Frauen vorstellte. Wilma Neye war Redakteurin beim Hörfunk und Ilsemarie Bonsen freischaffende Graphikerin. Die beiden waren gekommen, um hier einige Probleme anzusprechen, für die sie sich schon seit einiger Zeit interessierten, und die sie äußerst kritisch beurteilten: Die Anwendung von Pestiziden in der modernen Landwirtschaft und die immer mehr um sich greifende Massentierhaltung.

Wilma Neye meinte zu mir gewandt: „Verstehen Sie uns bitte nicht falsch, wir wollen nicht die Gastfreundschaft, die wir hier in so reichem Maße genießen dürfen, missbrauchen. Gewissermaßen als Dank für die Bewirtung sie auf die Anklagebank bringen. Wenn sie von uns den Eindruck haben, halten wir lieber den Mund. Aber andererseits sind sie als ehemaliger Bauer und Inhaber einer Lebensmittel-Handelskette der kompetente Gesprächspartner für diese Fragen."

Ich erklärte mich mit einem Dialog einverstanden und fügte hinzu: „Obwohl ich mich nicht vorbereitet habe, kann es eine interessante Diskussion geben. Erlauben Sie, dass wir uns einige Notizen machen? Nur ein paar Stichworte, um uns später bei uns im Hause weiter Gedanken darüber zu machen."

Die Mädchen waren damit einverstanden, und ich bat Hans Broders, ein kleines Protokoll anzufertigen.

Die beiden jungen Frauen gehörten in Hamburg zu einer Gruppe, deren Mitglieder sich bewusst gesund ernähren wollten und mit großer Sorge den vermehrten Einsatz von Chemie, also Mineraldünger und Spritzmittel, zur Kenntnis nahmen. Sie nannten die chemischen Schädlingsbekämpfungsmittel „Pestizide“, eine Bezeichnung, die ich damals zum ersten Male hörte. Sie brachten ihre Sorge sehr selbstbewusst zum Ausdruck, und Ilsemarie Bonsen meinte: „Warum spritzen die Landwirte eigentlich so viele Pestizide? Es gibt doch in unserem Lande schon so genug zu essen; das beweisen doch die Butterberge und andere Überschüsse.“

Ich klärte sie dahingehend auf, dass die Bauern aus einer Zwangslage herauszukommen versuchten: „Es ist ein Teufelskreis, in dem sich die Landwirtschaft befindet! Die steigenden Erträge, ganz abgesehen von großen Importen an Lebensmitteln, führen zu sinkenden Preisen, also niedrigeren Einkommen, die der Landwirt nur durch höhere Erträge ausgleichen kann. Und um zu höheren Erträgen zu kommen, setzt er mehr Chemie ein.“

„Und vergiftet damit die ganze Menschheit“, warf Wilma Neye ein.

„Ich will nicht abstreiten, dass einige Spritzmittel sich als gefährlich herausgestellt haben, ich habe selbst einmal drei Tage flach gelegen, als ich bei der Anwendung von E 605 im Raps nicht vorsichtig genug war“, räumte ich ein, „aber seitdem ist man vorsichtiger geworden, auch von Seiten der Industrie und des Staates; man denke nur an das Verbot von DDT.“

Nun wurden die Mädels lebhaft, und Ilsemarie Bonsen meinte: „Gerade daran kann man doch den ganzen Irrsinn deutlich machen. Hier ist DDT verboten, und in anderen Ländern, besonders in der Dritten Welt, wieder nicht.“

Die Diskussion schwenkte nun auf die Massentierhaltung über, der die beiden Frauen sehr kritisch gegenüber standen. Sie hatten sich gut vorbereitet und kamen mit Sachen, über die ich mir noch kaum Gedanken gemacht hatte.

Wilma Neye hielt einen längeren Vortrag und stellte dabei nur Mängel heraus. Wenn sie zum Beispiel die vorbeugende Verabreichung von Medikamenten an Masthähnchen ansprach und auf Resistenzen hinwies, die sich auch bei Menschen durch den Verzehr von Hähnchenfleisch mit möglicherweise vorhandenen Rückständen von Antibiotika einstellen könnten, dann konnte einem schon der Appetit vergehen.

„Und denken sie auch an die Tiere“, hakte Ilsemarie Bonsen nach, „es ist doch ein Jammer, wenn man die armen Legehennen in ihren Batterie-Käfigen vegetieren sieht!“

Und dann forderte sie kategorisch, dass wir bei Wiebensohn keine Produkte aus Massentierhaltung mehr verkaufen sollten: „Bieten Sie Ihren Kunden nur noch Produkte aus normaler bäuerlicher Haltung an, damit diesen Tierfabriken mit ihrer unnatürlichen und nicht artgerechten Massentierhaltung das Handwerk gelegt wird. Das kommt doch dem Konzept ihrer Firma entgegen; denn sie wollen doch den Bauern den Markt erhalten!“

„Mit ihrer letzten Bemerkung haben sie durchaus recht“, räumte ich ein, „und Wiebensohn setzt ja auch voll auf bäuerliche Landwirtschaft. Das kann aber nicht heißen, dass wir den Fortschritt völlig draußen vor der Tür lassen und dass unsere Bauern nur mit kleinen und kleinsten Tierbeständen wirtschaften dürfen. Wiebensohn ist bei den Veredelungsprodukten auf große Partien von gleichbleibender Qualität angewiesen; das heißt, auch in der bäuerlichen Tierhaltung müssen die Bestände eine wirtschaftliche Mindestgröße erreichen.“

Damit ging eine Diskussion zu Ende, die Anstoß für eine Reihe von Veränderungen bei Wiebensohn sein sollte.

Antje Voß kam herein und teilte mit, man habe wegen der schönen Witterung die Kaffeetafel im Freien aufgebaut und lud uns ein, in den Garten zu kommen. Dort im Schatten der alten Blutbuche tranken wir Kaffee, aßen von Antje Vossens einmaliger Apfeltorte und die Gespräche wandten sich anderen Themen zu.

Am Abend geriet ich noch einmal unter Beschuss und das von meiner eigenen Frau. Gesine meinte in einer Gesprächspause: „Ich weiß in letzter Zeit nicht mehr, wie Hannes zu mir steht. Mein Mann wird ja nicht mal eifersüchtig, wenn alle Zeitungen voll davon sind, dass ich angeblich einen Liebhaber haben soll. Ich glaube, Hannes liebt mich nicht mehr!“

Also nun reichte es allmählich! Hatte sich denn alles gegen mich verschworen?

Ich musste erst einmal tief durchatmen. Dann meinte ich im Brustton der Überzeugung: „Ich habe eben absolutes Vertrauen zu dir! Oder ist wirklich etwas daran, mit diesem Playboy und dir?“

Sie: „Wo denkst du hin, natürlich nicht. Welch schlechten Geschmack traust du mir eigentlich zu? Aber etwas Eifersucht kann ich von meinem Mann schon verlangen, der mich angeblich liebt!"

Ich hielt dagegen: „Muss sich bei uns eigentlich alles in der Öffentlichkeit abspielen, auch wenn wir mal Krach miteinander haben? Im übrigen weiß ich gar nicht, wie ich mich verhalten soll, wenn ich eifersüchtig bin. Das muss ich erst üben, ich hatte bisher keine Gelegenheit dazu."

Sie: „Mein Gott, das hat in allen Zeitungen gestanden! Auf welche Gelegenheit wartest du noch?"

Ich: „Ich hab auch 'was unternommen, hab' den Zeitungen den Marsch geblasen und ab sofort die Werbung um zwei Drittel eingeschränkt."

Sie: „Ach nee, du hast auch noch Geld daran verdient? Na ja, das ist ja auch die Hauptsache!"

Mir fiel nichts mehr ein, mir fiel echt nichts mehr ein. Meinte sie das wirklich ernst, oder war das alles nur Spaß und Geplänkel? Warum spielte Gesine hier mit dem Feuer? Ich blickte in die Runde; die anderen wussten scheinbar auch nicht, was sie davon halten sollten. Einige grinsten dümmlich, andere schauten verlegen in ihr Weinglas. Gesine saß aufrecht und ihre Augen blitzten.

Ich gab mir einen Ruck und meinte etwas verlegen, aber doch bestimmt: „Nein, Geld ist nicht die Hauptsache, auch bei einem Unternehmer wie mir nicht. Für mich ist meine Familie die Hauptsache und ganz besonders meine Frau! Ich liebe dich, Gesine, und deine Zweifel sind nicht angebracht!"

Dann stand ich auf und verließ die Gesellschaft, die ich einfach nicht mehr ertragen konnte. Ich duschte und ging ins Bett.

Nach einiger Zeit kam sie nach, setzte sich zu mir auf die Bettkante und lächelte mich an. Ich wusste wieder nicht, was ich davon halten sollte, drehte mich um und blickte zum Fenster hin. Dann hörte ich, wie ihre Schuhe auf den Boden polterten, und schon schlüpfte sie zu mir unter die Bettdecke.

Am nächsten Tag waren wir wieder ein Herz und eine Seele, und das zeigten wir auch.

Der Runde und den Leuten vom Hof schien ein Stein vom Herzen zu fallen, und Margot Bley sagte beim Frühstück: „Gott sei

Dank, dass ihr wieder gut miteinander seid. Arno und ich haben schon gedacht, wir müssen wohl abreisen."

Doch es reiste keiner ab, und am Abend war Vortragszeit, das heißt einige der Künstler trugen etwas aus ihrem Repertoire vor. Dabei war es eine Selbstverständlichkeit, dass die Gastgeberin einige ihrer Lieder sang. Auch an diesem Abend bat Gesine die Anwesenden ins Musikzimmer, nahm an ihrem Flügel Platz und dann kam die große Überraschung: Gesine teilte dem Publikum mit, dass sie ihren Vortrag dem Andenken der von ihr so verehrten Kollegin Alexandra widmen wolle und einige ihrer Lieder singen würde.

„Heute am 31. Juli vor zwei Jahren kam Alexandra bei einem Verkehrsunfall ums Leben. Gar nicht weit von hier entfernt", begann sie, um dann zu erläutern, „ich nehme diesen Tag zum Anlass um an sie zu erinnern und werde einige ihrer Lieder singen. Alexandra war eine meiner liebsten Kolleginnen, eigentlich mein großes Vorbild!"

Dann sang sie einige dieser wundervollen Lieder: Von den Illusionen, die Menschen sich machen, von der Sehnsucht nach der Taiga und vom kleinen Zigeunerjungen. Sie musste lange geübt haben; denn sie brachte die Lieder in einer Art, dass fast etwas vom Zauber des Originals rüberkam.

Alle Zuhörer waren ergriffen, der Beifall eher verhalten.

Mir fiel ein, dass am 31. Juli 1944 mein Lieblingsdichter Antoine de Saint-Exupery mit seinem Flugzeug verschollen war, das heißt, man muss davon ausgehen, dass es sein Todestag ist. Wir rechneten nach, und es stellte sich heraus, dass er auf den Tag genau 25 Jahre vor Alexandra starb.

Ich holte den „Kleinen Prinzen", der in unserem Bücherregal bei unseren Lieblingsbüchern seinen Platz hatte, und Arno Wegner rezitierte einige der schönsten Stellen.

Es war nicht gerade der fröhlichste Abend der Oldenhusener Runde, aber mit Sicherheit derjenige, der den Anwesenden am stärksten unter die Haut ging und am lebhaftesten in der Erinnerung blieb.

Hatte für meinen Vater bis zum letzten Tag seines Lebens der Hof im Zentrum des Geschehens gestanden, so war er für mich schon eine Zeit lang im Wesentlichen nur noch „zu Hause". Ich war nicht mehr der Bauer des Wiebensohn-Hofes, sondern der Chef vom Ganzen. Bauer war Fritz Fietkau. Er wirtschaftete weitgehend selbstständig und bewies dabei ziemliche Weitsicht.

Und irgendwann in dieser dynamischen Zeit trabten auch die letzten Pferde vom Hof.

Das war auch so ein Tag, dessen Bedeutung mir erst viel später aufging. Wie lange mag es auf unserem Hof Pferde gegeben haben? Hundert Jahre, fünfhundert oder gar tausend Jahre? Jedenfalls so lange der Hof existierte! All die alten Bauern und ihre Tagelöhner und Knechte haben hier mit Pferden geackert, und keiner von ihnen, bis hin zu meinem Großvater, hat sich einen Bauernhof ohne Pferde vorstellen können. Erst mein Vater schaffte den ersten Trecker an, und auch Vater wird wohl lange Zeit nicht geglaubt haben, dass damit der erste Schritt zum pferdelosen Bauernhof getan war.

Wir hatten zum Schluss noch zwei Pferde: Pauline und Siegfried, Mutter und Sohn, Schleswiger Kaltblut. Echte treue Bauernpferde!

Eigentlich hätten sie das Gnadenbrot verdient gehabt, auch im Gedenken an all die vielen Vorgänger, die hier ihren Pferdeschweiß vergossen und die Landwirtschaft und damit das Leben überhaupt erst ermöglicht haben. Aber daran wurde in diesen wilden Jahren leider kein Gedanke verschwendet; irgendwie war die Zeit für Nostalgie noch nicht reif. Das ist auch so ein Fehler, den ich zu verantworten habe und der mir bis heute leid tut.

Denn bei solchen Fragen musste ich noch entscheiden, brauchte Fritz Fietkau meinen Rat und mein OK. Das war auch so, als wir den ersten Mähdrescher anschafften. Wie gesagt, Fritz bewies immer Umsicht und Weitblick, und so plädierte er für einen größeren Selbstfahrer, nicht so ein kleines Spielzeug hinter dem Schlepper, das schon nach zwei oder drei Jahren wieder umgesetzt werden musste. Wir machten damit einen weiten Sprung nach vorne, ich gab meine Zustimmung.

Auch ein Schritt in Richtung Wachsen! Aber andere entschieden sich fürs Weichen, wurden durch den Gang der Dinge dazu gezwungen, wie auch viele Dorfhandwerker, zum Beispiel unser Schmied.

In einem alten Lied heißt es: „Und ist das Dörflein noch so klein, es hat sein Schmiedehämmerlein!“

Damit ging es nun auch zu Ende. Weil es in der Landwirtschaft keine Pferde mehr gab, fiel schon einmal das Beschlagen der Hufe weg, bis dahin eine der Haupterwerbsquellen für den Schmied. Die hölzernen Ackerwagen wurden durch die sogenannten Gummiwagen ersetzt, und die lieferte die Industrie, wie all die anderen Maschinen auch. Viele Schmiede hielten sich lange Jahre noch mit der Reparatur von Landmaschinen über Wasser. Aber mit der Zeit vollzog sich hier eine starke Konzentration. An Stelle der Dorfschmiede etablierten sich in zentralen Orten Landmaschinen-Reparaturwerkstätten, die meistens auch die Vertretung einer der großen Landmaschinenkonzerne übernahmen.

Nicht viel anders erging es dem Stellmacher und dem Sattler. Und eines Tages machte bei uns in Oldenhusen auch der Dorfkrug dicht. Das hatte nun wieder andere Gründe: Der Bedarf für eine Stätte der Begegnung war im Dorf eigentlich immer noch vorhanden. Und weil man sich beim Schmied und in der Mühle, die inzwischen auch dicht gemacht hatte, nicht mehr treffen konnte, blieb nur noch der Krug. Und das Leben im Dorf ist im wesentlichen Umfang von dem Miteinander der Dorfgemeinschaft geprägt, und das bricht auseinander, wenn es kein Lokal mehr gibt, in dem man sich trifft und in dem die dörflichen Feste gefeiert werden.

Bei unserem Kröger war es ein Generationsproblem und ein Problem, das mit den Behörden zusammenhing. Er war alt und hatte keine Lust mehr. Und an eine Nachfolge war nicht zu denken; denn beim Besitzerwechsel einer Gastwirtschaft tritt meistens gleich das Gewerbeaufsichtsamt auf den Plan und kommt mit einem Haufen Auflagen daher. Die werden meistens so teuer, dass es bei dem geringen Umsatz eines kleinen Dorfkruges nicht lohnt. Auch eine spezielle Art des Dörferplattmachens!

Wir saßen ein letztes Mal beim Frühschoppen in unserem alten, gemütlichen Krug in Oldenhusen zusammen, und der Wirt spendierte eine Runde nach der anderen. Trotzdem stieg die Stimmung nicht sonderlich, Abschiedswehmut lag in der Luft.

Bis dann der Vorschlag am Stammtisch aufkam, den Frühschoppen im privaten Kreise fortzusetzen. Reihum sollte er bei den Oldenhusener Bauern in deren Häusern stattfinden. Mit großer Freude wurde die Anregung aufgenommen, und Walter Thießen fasste zusammen: „Unsere Frauen werden bestimmt nichts dagegen haben, zumal sie uns dann im sicheren Hafen haben. Man muss sich doch ab und zu mal treffen und aussprechen können, sonst sitzt man ja bald nur noch vor der Glotze!“

Alle waren dafür, und Walter Thießen, Fritz Fietkau, Peter Vester, mein Schwager Werner und ich waren gleich dabei. Später erweiterte sich der sonntägliche Frühschoppen auf acht Oldenhusener Bauern, darunter auch ein paar „Ehemalige“ wie mich.

Wie die Jahre im Fluge vergingen, so wuchsen auch unsere Kinder heran. Viktoria hatte noch zwei Brüder bekommen, die wir Holger und Jan-Hermann nannten; unser Jüngster trug die Namen seiner beiden Großväter. Unsere Kinder wurden in Abständen von jeweils zwei Jahren geboren, und während dieser Zeit hat Gesine keine große Deutschland-Tournee gemacht. Sie war in dieser Zeit ganz Mutter und gab unseren Kindern die Liebe, Zuwendung und Geborgenheit, die sie in ihrer Kleinkinderzeit so notwendig brauchten.

Und dann gab es ja auch noch Antje Voß, die immer und jederzeit für die Kinder da war und besonders in der Zeit, als Gesine anfing, sich wieder um ihre Karriere zu kümmern. Die Kinder dankten es ihr mit bedingungsloser Zuneigung, und besonders unsere Viktoria hing mit abgöttischer Liebe an „Tante Antje“. Was dann wieder den beiden Großmüttern zuviel wurde und gelegentlich zu Eifersüchteleien führte.

Ich selbst habe mich wohl etwas zu wenig um die Erziehung der Kinder gekümmert. Das brachte der Beruf so mit sich, zu viel meiner Zeit ging in den Aufbau der Firma und zu wenig davon blieb übrig für das Privatleben. Auch etwas, was ich falsch gemacht habe und was mir leid tut; aber nachholen kann man nichts.

Aber hin und wieder war ich doch da, und ich erinnere mich, dass ich Viktoria das Radfahren beigebracht habe. Ich hatte ihr ein kleines Kinderrad gekauft. Nicht so ein Dreirad oder eines mit Stützrädern; nein, ein richtiges Fahrrad, nur eben für Kinder. Und nun übten wir am Sonntagvormittag auf der Dorfstraße Radfahren. Vicki auf dem Rad, und ich hielt sie hinten am Sattel, damit sie nicht umkippte und rannte dabei immer im Trab die Dorfstraße auf und nieder.

Das ging, bis ich Stiche kriegte und nicht mehr konnte. Ich musste mich erst einmal hinlegen, und von da an hatte ich öfters dieses Seitenstechen. Bin dann auch einmal zum Arzt gewesen, und der Doktor diagnostizierte Kreislaufbeschwerden. Also so weit war das schon mit mir, die reine Managerkrankheit!

Aber Viktoria hatte doch die Grundbegriffe vom Radfahren mitbekommen, den Rest hat sie sich selber beigebracht.

Und dann habe ich den Kindern ein Karussell gekauft. Ein richtiges Karussell, so wie auf dem Rummelplatz. Wir hatten in Hamburg einen neuen Laden eröffnet, und weil Gesine in Köln beim WDR Aufnahmen machte und die Honneurs nicht übernehmen konnte, war ich selbst hin. Und für die Kinder der Kunden hatten unsere Leute ein kleines Karussell aufstellen lassen. Das gehörte einem alten Schausteller und war so ein kleines, altes Ding, wie ich es noch aus meiner eigenen Kinderzeit kannte. Es war so eines mit Autos und Motorrädern zum Draufsitzen, und auch ein rotes Feuerwehrauto war dabei, mit einer Leiter obenauf und einer Glocke zum Bimmeln daran.

Ich kam mit dem Schausteller ins Gespräch, und er klagte mir sein Leid: Dass die Sache nicht mehr lohne wegen der Konkurrenz der vielen neuen und modernen Fahrgeschäfte. Und er habe sowieso keine Lust mehr und wolle das Karussell am liebsten verkaufen. Na, da habe ich nicht lange überlegt und zugegriffen. Unsere Leute vom Zentrallager in Schenefeld mussten den Transport übernehmen, und der alte Schausteller hat beim Abbau geholfen und ihnen Tips für den Wiederaufbau mitgegeben. Und am nächsten Tag wurde das Karussell nach Oldenhusen gebracht und auf unserer Hofstelle aufgebaut, in einer Ecke, wo es nicht störte und wo wir als Kinder schon immer unseren Spielplatz hatten.

Eine elektrische Leitung wurde verlegt, und gegen Abend lief das Ding. Die Kinder waren rein aus dem Häuschen und konnten gar nicht genug kriegen. Es war ja auch zu schön, wenn die Musik dazu spielte und im Dunkeln die vielen bunten Lampen brannten. Und als in unserer Dorfschule Kinderfest war, das sogenannte Vogelschießen, rückte die ganze Schule – es waren ja nur noch achtzehn Kinder – geschlossen an, und alle durften nach Herzenslust Karussell fahren. Auch wenn eines unserer Kinder Geburtstag hatte, wurde der Riemen aufgeschmissen, und Karussellfahren war die große Sensation. Damit habe ich unseren Kindern eine Riesenfreude gemacht, und noch heute reden sie hin und wieder begeistert davon.

Das war eines der wenigen Male, wo ich etwas mehr Geld aus der Kasse genommen habe als normal. Wenn ich inzwischen auch so etwas wie ein Großverdiener geworden war, so blieb ich doch immer bescheiden in meinen persönlichen Ansprüchen. Wir gehörten nicht zum Jet-Set, Gesine und ich. Es wäre mir nicht im Traum eingefallen, zum Beispiel mit Gesine mal so eben nach New York zu fliegen, um sie bei Tiffany für tausend Dollar mit mehrkarätigen Klunkern zu behängen. Oder an der Riviera eine Villa mit Swimmingpool zu kaufen oder eine eigene Segeljacht zu besitzen oder Bilder von Marc Chagall oder was weiß ich sonst noch.

Mit unserer Firma allerdings ging es in den Jahren zügig bergauf! Wir betrieben um die Zeit um die hundertachtzig Läden in Norddeutschland und Westberlin. Um die Läden mit Ware beliefern zu können, gab es vier Zentralläger und eine ganze Flotte von Lastwagen. Dann betrieben wir drei Konservenfabriken; außer dem Werk bei uns in der Marsch waren noch je eines in Ostholstein und Niedersachsen dazugekommen. Und dann hatten wir einen Schlachthof mit angegliedertem Zerlegebetrieb und mit einer Wurstfabrik in Mittelholstein aufgebaut, von wo die Fleischwaren mit Kühlwagen direkt in die Läden gebracht wurden.

Um diesen Aufbau zu finanzieren, benötigten wir Geld, viel Geld, noch mehr Geld!

Die ersten drei Läden hatte Gesine finanziert, mit dem Geld, das sie mit Konzerten und Plattenverkauf verdient hatte. Sie lieh mir das Geld zinslos, und es kam ihr auch nicht auf eine schnelle Rückzahlung an. Dann waren wir aber doch auf Fremdgelder angewiesen und mussten uns Bankkredite beschaffen, die uns auch von unseren Hausbanken bereitwillig zur Verfügung gestellt wurden. Als Sicherheiten dienten die schon gebauten Supermärkte, die sich durchweg im Eigentum der Firma befanden. In angemieteten Räumen haben wir nur ganz am Anfang gearbeitet.

Nach einigen Jahren, wir hatten ungefähr dreißig Läden in Betrieb, fingen die Gewinne schon kräftig an zu sprudeln. Die konnten wir von der Steuer absetzen, um so besser, desto mehr wir Läden bauten und investierten. Also mal grob gesprochen: Je größer wir wurden, um so mehr konnten wir unseren Aufbau selbst finanzieren. Nur als wir Fabriken und den Schlachthof aufbauten, mussten wir die Banken noch um Kredite angehen.

Die Supermärkte selbst waren inzwischen auch moderner und größer geworden als am Anfang, und bei vielen hatten wir auch Restaurants angegliedert. Die arbeiteten mit Selbstbedienung: Man ging mit einem Tablett an den Tresen und suchte aus, ging an die Kasse und zahlte. Eine Spezialität war unser täglich wechselndes „Gorch-Fock-Menü“: Tellergericht, Getränk und Nachspeise für zehn Mark. Den Namen „Gorch-Fock-Menü“ leiteten wir von dem Segelschiff gleichen Namens ab, das auf dem Zehnmarkschein abgebildet war.

In diesen Aufbaujahren hatten wir allerdings auch mit Rückschlägen zu kämpfen, wie es im Leben nun mal ist. In unserer ersten Gemüsefabrik, die an sich gut lief, hatten wir angefangen, grüne Bohnen einzudosen, die uns von der heimischen Landwirtschaft geliefert wurden. Die wurden von Hand gepflückt, wozu wir Pflückerkolonnen einsetzten. Das waren überwiegend Frauen, die sich in der Saison ein gutes Geld hinzuverdienten. Ich denke da zum Beispiel an „Kolonne Alma“, so genannt nach der resoluten Kolonnenführerin Alma Hansen.

Schon im zweiten Jahr fiel die Bohnenernte in eine längere Regenzeit, und bald fingen die Bohnen an, fleckig zu werden. Wem sollten wir die grünen Bohnen mit den schwarzen Flecken verkaufen? Das lief doch unserem Konzept der Qualitäts-Lebensmittel völlig entgegen.

Ich fuhr mit Emil Hennemann, Hans Broders und unserem Gemüse-Anbauberater aufs Feld, und als wir dort ankamen, waren die Frauen von Kolonne Alma im strömenden Regen, durch Regenmäntel und -umhänge nur notdürftig geschützt, bei der Pflückarbeit. Kolonnenführerin Alma war nicht besonders gut gelaunt und meinte im besten Marktfrauenjargon: „Das hier ist eine Arbeit für einen, der Vater und Mutter totgeschlagen hat. Wie soll das bloß weitergehen?“

Das war eine gute Frage! Was sollte diese Schweinearbeit, zumal wir nicht wussten, wohin mit den fleckigen Bohnen?

Also stoppten wir die Ernte und teilten den Bauern mit, dass wir die Bohnen wegen Qualitätsmängel nicht abnehmen könnten. Das war denen schon recht, wenn sie nur ihr Geld bekämen. Sie hatten die Bohnen angebaut, und wir hatten uns vertraglich zur Abnahme verpflichtet; von Flecken war dabei keine Rede gewesen. Nun hätten wir es ja auf einen Rechtsstreit ankommen lassen können, wobei wir nicht einmal schlechte Karten gehabt hätten; denn es gab Qualitätsvorgaben der „Arbeitsgemeinschaft Gemüsebau", die bei solchen Prozessen als Norm herangezogen wurden. Die Sache hatte nur einen Haken: Wenn wir jetzt die Bauern hängen ließen, brauchten wir im nächsten Jahr nicht mehr anzufragen, wer für uns Bohnen oder überhaupt Gemüse anbauen wollte. Für unsere Gemüsefabrik war das Ganze eine existentielle Frage, und so ließen wir die fleckigen Bohnen auf dem Feld und zahlten die Bauern aus. Verlust: Anderthalb Millionen Mark.

Das war überhaupt ein Merkmal von „Wiebensohn": Großzügigkeit den Lieferanten gegenüber, ob nun Bauer oder Herstellerfirma. Natürlich achteten wir streng auf Qualität, und die Preise im Einkauf wurden hart kalkuliert und ausgehandelt; aber nie wurden die Lieferanten als die Schwächeren über den Tisch gezogen. Das heißt: Keine Dumpingpreise, die Lieferanten mussten existieren können! Das war schon bei meinem Vater die Devise gewesen: Leben und leben lassen!

Auch der kleine Mann braucht seinen Verdienst. Damals kam in regelmäßigen Abständen noch ein Hausierer auf unseren Hof, den wir den „Holzkoffermann" nannten, und bot seine Rasierklingen, Sicherheitsnadeln, Heftpflaster, Zwirn und Band an. Es war ganz einfach eine Frage der Loyalität dem Kleinen und Schwachen gegenüber, ihm etwas abzukaufen. Obwohl wir die meisten seiner Artikel anderswo billiger kriegen konnten, zum Teil bei Wiebensohn selbst. Erst als er anfing, damit zu werben, dass selbst die Familie Wiebensohn zu seinen Kunden gehörte, und es damit begründete, seine Ware sei besser und billiger als unsere, ging er denn doch zu weit. Es genügte dann auch ein Hinweis in aller Freundschaft, dass es so nicht ginge, und er unterließ seine „Schmutzwerbung".

Wir haben auch nie kleine Lieferfirmen „abgeschlachtet" und

uns einverleibt, wie es heute von den großen Konzernen und Multis so oft und gern praktiziert wird.

Da tritt einer der großen Mischkonzerne an einen kleinen Hersteller heran, von dem man weiß, dass er auf seinem Gebiet Spitzenqualität erzeugt, und macht ein Angebot. Es heißt dann: „Wir können ins Geschäft kommen, es müssen aber größere Mengen sein. Investieren sie doch!"

Der Hersteller wittert das große Geschäft, macht Vertrag, nimmt Gelder auf und vergrößert den Laden. Dann läuft das Geschäft auch wunderbar an, bloß nach zwei Jahren, zum frühest möglichen Zeitpunkt, teilt der große Abnehmer mit: „Wir sind weiter an einer Zusammenarbeit interessiert; nur leider haben sich die Preise auf dem Weltmarkt radikal verändert!"

Und dann wird ein Angebot unterbreitet, bei dem der Lieferant nicht mehr leben, sondern nur noch sterben kann. Und der Multi macht dann noch ein weiteres Angebot und nennt den Preis, zu dem er den ganzen Laden übernehmen will. Der kleine Lieferant – ziemlich verschuldet – hat meistens keine Wahl und akzeptiert. Dabei haben die Mitarbeiter noch Glück, wenn der Betrieb weiter läuft. Oft wird nach kurzer Zeit die Bude dichtgemacht, so schaltet man Konkurrenz aus! Das sind die Auswüchse des weltweiten Supermarktes, wo es immer mehr nach dem Motto „Vogel friss oder stirb" hergeht!

Wir saßen in meinem Büro: Emil Hennemann, Hans Broders und noch ein paar maßgebende Mitarbeiter aus unserer Chefetage und wollten gerade Schluss machen; denn es war schon nach Feierabend.

Da kam Gesine dazu, um mich abzuholen, begrüßte alle Anwesenden mit Handschlag und ein paar freundlichen Worten, wie es ihre Art war. Gesine war ja nicht nur die große Künstlerin und meine bezaubernde Frau, sie war auch eine ideale Chefin, oder genauer: Frau des Chefs. Immer freundlich und aufgeschlossen den Mitarbeitern gegenüber, charmant im Gespräch und immer auf dem Laufenden, was die Firma anging.

Sie nahm bei uns Platz, und nun dachte natürlich keiner mehr an Aufbruch.

Nachdem einige Höflichkeiten ausgetauscht worden waren, meinte Gesine: „Nun meine Herren, haben Sie inzwischen darüber nachgedacht, wie man den ökologischen Gedanken bei Wiebensohn verwirklichen kann? Die meisten von ihnen waren doch seinerzeit dabei, als Wilma Neye und Ilsemarie Bonsen die Sprache darauf brachten."

„Gedanken haben wir uns schon darüber gemacht", gab ich zur Antwort, „aber wir sind noch zu keinem Ergebnis gekommen. Es ist zur Zeit ganz einfach so, dass es zu wenige Bauern gibt, die auf der sogenannten ökologischen Art und Weise Landwirtschaft betreiben. Wir müssten das Ganze erst anleiern und das hätte zur Folge, dass bei Wiebensohn alles zweigleisig abläuft: Der normale Betrieb und die ökologische Abteilung. Diesen Aufwand an Arbeit und Organisation können wir uns zur Zeit einfach nicht leisten."

„Aber das eine steht doch wohl fest", wollte meine Frau nun wissen, „ die Lebensmittel aus ökologisch-dynamischem Anbau sind allemal gesünder als die mit viel Mineraldünger und Spritzmittel erzeugten Produkte!"

Hans Broders hatte da seine Bedenken: „Eben das kann man nicht so ohne weiteres sagen, hier steht Meinung gegen Meinung, und die Wissenschaft kann dazu auch noch keine eindeutigen Daten liefern! Im Grunde stehen wir noch dort, wo wir schon immer standen, nämlich bei der Feststellung, dass eine gute Ernährung besser ist als eine schlechte! Was aber ist eine gute Ernährung?"

„Lieber Herr Broders, gerade über diese Frage muss intensiv nachgedacht werden, und eine Firma wie Wiebensohn ist da doch in der Pflicht", hakte Gesine nach. „Ich habe mich in letzter Zeit auf diesem Gebiet etwas schlau gemacht und meine, dass es zum Beispiel unnatürlich ist, wenn man Rinder mit Fleischmehl füttert und mit Hormonen aufputscht. Und wenn der Verbraucher das wüsste, er würde sich bedanken für Fleisch, das auf diese Art erzeugt wird!"

Jetzt schaltete sich unser Lebensmittelchemiker Dr. Reinhard in die Diskussion ein.

Wir hatten schon seit einigen Jahren eine Kontrollabteilung, deren Aufgabe es war, die bei uns verkauften Lebensmittel auf Qualität und Reinheit zu prüfen und zu untersuchen und auch festzustellen, inwieweit die Qualität unserer Produkte mit den Vorgaben des Lebensmittelgesetzes übereinstimmten. Kontrolliert wurden nicht nur die in eigenen Betrieben hergestellten Lebensmittel, sondern auch Produkte, die von anderen Herstellern bezogen wurden. Unsere Kontrollabteilung war eine der wichtigsten Abteilungen bei Wiebensohn, weil ihre Arbeit die Qualität unserer Waren garantierte. Entsprechend groß war sie auch, und unsere Kontrolleure sah man in unseren Verarbeitungsbetrieben, in der Annahme, im Labor und sogar bei den Bauern auf dem Feld und im Stall.

Und Dr. Friedrich Reinhard war der Chef dieser wichtigen Abteilung. Er meinte also, sich mit seinem akademischen Touch an Gesine wendend: „Liebe gnädige Frau, ich kann ihnen da nur beipflichten. Das mit dem Fleischmehl gibt doch zu ernsten Bedenken Anlass. Der Magen eines Rindes, also Wiederkäuers, ist nicht von Natur dazu eingerichtet, um mit getrockneten Fleischrückständen oder Viehkadavern vollgestopft zu werden, sondern hat pflanzliches Futter zu verarbeiten. Und dieser Hormonfimmel wird sich sowieso totlaufen, sprich: Vom Gesetzgeber verboten werden."

Nun schaltete sich auch Emil Hennemann in die Diskussion ein und meinte: „Und das ist auch gut so! Ein Wiederkäuer muss mit wiederkäuergerechten Futtermitteln gemästet werden. Hormone und Antibiotika sind Medikamente und müssen für Therapien vorbehalten bleiben und haben im normalen Futter nichts zu suchen. Hier liegt auch eine Chance für Wiebensohn: Wir müssen unsere Lieferanten, vor allem die Landwirte verpflichten, das Mastvieh artgerecht zu füttern und zu halten. Ebenso wie sie bei der Pflanzenerzeugung die Düngung und das Spritzen mit Pestiziden nicht übertreiben dürfen. Wenn uns das im großen Maße gelingt, erübrigt sich auch eine besondere Abteilung für ökologisch-dynamische Lebensmittel."

Das war ein Wort, damit konnten wir leben bei Wiebensohn!

„Ich stelle also fest", schloss Gesine die Diskussion, „bei Wiebensohn bewegt sich etwas. So sind die Vorschläge von Wilma und Ilsemarie neulich in der Oldenhusener Runde auf fruchtbaren Boden gefallen."

Wir durchlebten damals Jahre von ungeheurer Dynamik und Fruchtbarkeit, geistiger Fruchtbarkeit, um es einmal so zu formulieren. Wiebensohn war auf dem Weg nach ganz oben!

Was uns von den Mitanbietern unterschied, war die geistige Einstellung! Unser Konzept zielte auf mehr als nur auf Verkaufen und Geldverdienen: Den Menschen vom Lande eine Perspektive zu schaffen. Der hiesigen Landwirtschaft auf ihrem Weg in die Zukunft und nach Europa zur Seite zu stehen, irgend so etwas wie einen Bauernstand zu erhalten. Die Dörfer am Leben zu erhalten, vor dem Ausbluten zu bewahren.

Und dann die andere Seite: Die Verbraucher und Kunden nicht auszugrenzen, sondern einzubeziehen in die Bewegungen auf dem Lebensmittelsektor. Es ging uns darum, die richtige Verbindung zwischen Erzeuger, Verarbeiter und Verbraucher herzustellen.

Was das Dorf anging, so richteten wir auch unsere Personalpolitik danach ein. Immerhin hatten wir damals fast zweitausend Arbeitsplätze anzubieten, und es war mein Bestreben, wo immer es möglich war, bevorzugt junge Menschen vom Lande einzustellen. Wenn es schon so war, dass die Dörfer ausbluteten, große Teile der jungen Generation abwandern mussten, dann wollte ich die Arbeitsplätze, die ich zu vergeben hatte, vor allem diesem Personenkreis zukommen lassen.

Den Weichenden eine Zukunft bieten!

Und was die Kunden anging, so machte ich mir schon seit einiger Zeit Gedanken darüber, wie man sie mehr in die Abläufe auf dem Lebensmittelsektor einbinden könne. Welch ein Unterschied zwischen dem Lebensmittelladen alter Prägung und dem modernen Supermarkt mit seiner Kälte und Anonymität. Und irgendwann hatte ich dann den richtigen Einfall, geradezu einen Geistesblitz, wie mir schien: Bei Wiebensohn müsse der Kunde über einen „Verbraucherbeirat" in das Geschehen einbezogen werden. Vielleicht nicht ganz so extrem, dass er über Kalkulation und Preise mitzufeilschen hätte; denn Wiebensohn war nicht der Basar von Marakesch!

Mehr grundsätzliche Fragen sollten zwischen dem Anbieter und den Käufern auf einer gemeinsamen Ebene diskutiert und beraten werden. Auf der Plattform eines Verbraucherbeirates könnten gewählte Vertreter aus dem Kreis der Verbraucher ihre Wünsche, Bedenken und Vorschläge einbringen: Sie könnten wieder mit „ihrem Kaufmann" sprechen und einen Teil der eingerissenen Anonymität abbauen.

Bei uns im Hause war man geteilter Meinung: Während Gesine, Biggi Peters, Dr. Reinhard und ein paar andere sich begeistert für den Beirat aussprachen, hegten wieder andere schwere Bedenken. Besonders Emil Hennemann meinte sehr skeptisch und ablehnend: „Die Verbraucherverbände führen schon so das große Wort in der Öffentlichkeit, sollen wir uns die auch noch ins Haus holen? Dann haben wir bald gar nichts mehr zu sagen!“

So wurde der Verbraucherbeirat bei Wiebensohn und in der Oldenhusener Runde kontrovers diskutiert, aber zu einer Gründung kam es erst einmal noch nicht.

Auch wir bei Wiebensohn hatten das Gefühl, es müsse eine neue Orientierung her, eine klare richtungweisende Idee. Irgendwie lag da 'was in der Luft, Wiebensohn war schwanger. Das Kind musste nur geboren werden und einen Namen kriegen.

Doch da hatten wir ja unsere Entwicklungsabteilung, klein aber fein! Erich Meyn, der Leiter, ein alter Praktiker und studierter Betriebswirt. Dazu einige junge Leute, Akademiker natürlich, Agrarwissenschaftler, Ökonomen. Sollten die sich doch etwas einfallen lassen!

Und das erste, was ihnen einfiel, war: Sie brauchten einen Betrieb, einen landwirtschaftlichen Versuchs- und Musterbetrieb. Na ja, dem konnte abgeholfen werden. Sollten sie doch auf unserem Hof in Oldenhusen einen derartigen Betrieb aufbauen.

Fritz Fietkau fiel fast aus allen Wolken, als es hieß, dass der Wiebensohn-Hof in Oldenhusen nun ein Musterhof werden sollte. Aber nachdem ich ihm die Ziele und den Sinn des Ganzen auseinandergesetzt hatte, begriff er rasch, um was es ging und war bald mit Feuer und Flamme dabei. Fritz blieb auch der Betriebsleiter, und unsere Versuchsabteilung hatte die wissenschaftliche Betreuung in der Hand. Die Diskussionen über den ökologischen Landbau wirkten nach, und so stürzten sich meine Mitarbeiter mit Elan auf die neue Aufgabe.

Etwas später war bei uns auf dem Hof Besprechung über den neuen Weg, den wir einschlagen wollten. Im Wohnzimmer war, außer mir, unser Entwicklungsteam anwesend; später kamen Gesine und Antje Voß noch dazu.

Wir hatten inzwischen unseren Versuchsbetrieb eingerichtet, und zwar zum Teil auf ökologische und zum Teil auf herkömmliche Art und Weise. Dabei hatten wir Kontakt mit der Landwirtschaftskammer und dem Institut für Pflanzenbau in Braunschweig aufgenommen, wo man mit dem sogenannten „Integrierten Pflanzenbau“ experimentierte.

„Das ist genau das, was mir immer schon vorschwebte“, begann ich die Diskussion, „eine neue Art des Pflanzenbaus für alle.“

Erich Meyn nahm den Faden auf: „So sehe ich das auch! Der Integrierte Pflanzenbau erhebt den Anspruch, eine für alle landwirtschaftlichen Betriebe akzeptierbare und langfristig tragfähige Lösung anzubieten.“

„Und was sind nun die Vorteile dieses Konzeptes?“ wollte ich wissen.

Dr. Mummeltey, einer unserer Mitarbeiter im Entwicklungsteam, fasste zusammen: „Zunächst einmal ist der Integrierte Pflanzenbau für die gesamte Landwirtschaft anwendbar. Integrieren heißt ja auch: In ein größeres Ganzes einbeziehen.

Dann werden die Erträge nicht so gravierend zurückgehen, wie beim Ökologischen Landbau. Denn es ist zwar gewünscht, die Anwendung der Chemie einzuschränken, aber sie braucht auch nicht vollständig abgesetzt zu werden.

Es können weiterhin die gleichen Vermarktungswege genutzt werden wie bisher, während viele Ökobauern Direktvermarktung betreiben.“

„Also darauf wollte ich noch zu sprechen kommen“, war meine nächste Frage, „Landwirte, die sich mit dem Integrierten Pflanzenbau befassen, sind als Erzeuger weiterhin für Wiebensohn interessant?“

„Sogar sehr interessant“, bestätigte Erich Meyn meinen Gedankengang, „über Erzeugergemeinschaften können die Produkte zu größeren Partien zusammengefasst werden, und eine gute Presse haben wir auch, wenn wir da mitmischen!“

„Also dann nichts wie ran an den Integrierten Pflanzenbau“, entschied ich mich für Wiebensohn, „und vor allem müssen wir versuchen, die Bauern dafür zu motivieren.“

„Das dürfte doch zu machen sein“, war Erich Meyn zuversichtlich, „notfalls über den Preis!“

„Ja natürlich! Wenn wir für die Produkte aus dem Integrierten Pflanzenbau einen Bonus zahlen, werden bestimmt viele Bauern mitmachen. Allerdings kann der Bonus nicht sehr hoch sein, denn viel Luft ist nicht drin. Wir dürfen nicht viel teurer als die Konkurrenz werden. Das müsst ihr mal zusammen mit Emil Hennemann durchkalkulieren“, gab ich die Anweisung.

So stiegen wir also bei Wiebensohn in den Integrierten Pflanzenbau ein.

So verging die Zeit, und eines Tages war unser zwanzigster Hochzeitstag gekommen. Gesine und ich saßen einige Tage vorher in ihrem Musikzimmer bei einem Glas Wein und ließen die zwanzig Jahre Revue passieren. Trotz einer Reihe von Rückschlägen und Tiefs in dieser Zeit, so stellten wir fest, war es ein erfolgreiches und glückliches Leben. Unsere Ehe war bisher von Liebe und Glück geprägt, wohl in erster Linie deshalb, weil wir uns immer treu geblieben waren. Und das war in dieser Zeit längst keine Selbstverständlichkeit mehr.

Wenn man bedenkt, wie oft Gesine allein unterwegs war zu Konzerten und auf Tourneen, wo sie immer wieder interessante und sympathische Menschen kennenlernte, natürlich auch Männer, grenzte das fast an ein Wunder. Doch sie blieb ihrem Brummbär in Oldenhusen treu, kam zurück und war glücklich und zufrieden. Denn so genau kannte ich meinen Schatz: Lügen konnte sie nicht; ich hätte sofort gemerkt, wenn da etwas im Busch gewesen wäre. Und ähnlich verhielt es sich anders herum. Gesine konnte sich meiner Treue absolut sicher sein; für mich gab es keine Alternative zu ihr! Und Gesine wusste das.

Dann hatten wir drei schöne Kinder, die langsam erwachsen wurden und mit denen wir nie große Probleme gehabt hatten. Sie liebten ihre Eltern und waren stolz auf sie, wozu sie ja auch allen Grund hatten. Immerhin waren wir eine berühmte Sängerin und ein sehr erfolgreicher Geschäftsmann. Beide in der Mitte des Lebens und auf dem Höhepunkt ihres Schaffens. Wenn auch Gesines Karriere seit einigen Jahren stagnierte und es etwas ruhiger um sie geworden war.

Das hing wohl mit der Rock- und Popwelle zusammen, die seit Jahren auf ihrem Höhepunkt war. Und wer nicht für Rock und Pop und „Neue Deutsche Schlagerwelle“ war, der stand möglicherweise auf Klassik. Oder auf volkstümlicher Musik; nur die echte Volksmusik, die Folklore war nicht so gefragt. Hatte doch die Volksmusiksendung der ARD, das „Bayerische Bilder- und Notenbüchel“, vor einiger Zeit dichtmachen müssen.

Aber sonst ging es uns gut, und wir waren glücklich, meine Gesine und ich!

Während wir so die alten Geschichten hervorholten und alle möglichen Menschen und Gesichter in unserer Erinnerung wach wurden, fiel Gesine auf einmal ein, wir könnten doch einmal wieder nach Nordstrand fahren: „Wir machen an unserem Hochzeitstag einen Ausflug nach Nordstrand, besuchen Onkel Willem und Tante Gerda und machen einen Spaziergang zum Strand. Vielleicht ist gerade Flut und wir können baden – weißt du noch, dort wo wir uns kennenlernten?“

Das war ja nun ein wundervoller Einfall, und ich stimmte voller Freude zu. Wie lange war es her, dass wir zum letzten Mal auf Nordstrand gewesen waren? Als die Kinder klein waren, hatten wir einmal einen Ausflug dorthin unternommen. Doch dieses Mal fuhren Gesine und ich alleine, es war ja der Hochzeitstag, den wir begehen wollten. In Erinnerungen schwelgen, da störten die Kinder nur.

Tante Gerda und Onkel Willem waren auch älter geworden, und gleich hieß es: „Warum seid ihr nicht schon längst mal gekommen?“

Naja – warum? Weil inzwischen so viel anderes passiert ist und wir immer im Trab sind und im Berufsstreß.

„Und überhaupt“, so konterte Gesine, „ihr habt uns ja auch nicht besucht. Ihr wisst doch auch, wo wir wohnen, wart ja damals bei unserer Hochzeit dabei!“

Das war aber alles nicht so ernst gemeint, und es wurde ein wunderschöner Ausflug. Wir unternahmen einen längeren Spaziergang durch den Koog, waren auch am Strand und badeten an der alten Badestelle. Hier war viel los: Familien mit Kindern zumeist, die Urlaub auf dem Bauernhof machten, wie man uns später erzählte.

Danach besuchten wir meinen alten Arbeitgeber von damals, Paul und seine Familie. Paul war sehr gealtert, bei seiner Frau fiel es mir weniger auf. Na ja, über zwanzig Jahre, die inzwischen vergangen waren, hatten ihre Spuren hinterlassen. Aber sonst war der Bauer immer noch der alte, nahm regen Anteil am öffentlichen Leben. Und über unser Leben waren beide gut informiert, wie sich bald zeigte.

Paul meinte: „Mein lieber Wiebensohn, Sie haben es ja nun geschafft, sind ein erfolgreicher Lebensmittelhändler geworden. Uns Bauern kann es ja nur recht sein, wenn sich einer um den Absatz kümmert. Ich bin ja kein Bauer mehr, hab' meine Ländereien verpachtet. Sonst hätte ich meine Ochsen und Schweine auch an Ihre Firma verkauft.

Ich habe schon damals gewusst, dass aus Ihnen noch 'was wird, ich bin richtig stolz darauf, dass Sie mal hier auf meinem Hof gearbeitet haben!"

„Und Ihre Frau ist so eine berühmte Sängerin geworden", fügte Pauls Frau hinzu, „und hier haben Sie sich kennen gelernt. Hier im Koog sind wir alle Gesine Möller-Fans!"

Überall wurden wir mit freundlichen Worten überhäuft, auch am Abend bei Onkel und Tante. Die hatten nämlich zu unseren Ehren den halben Koog eingeladen, und außer Paul und Frau waren auch noch einige aus unserer damaligen Clique dabei: Ingrid Ketelsen und Hein Jakobs, die geheiratet hatten, und Willi Andresen, Gesines alter Verehrer, mit seiner Frau.

Natürlich wurde viel von früher gesprochen, über die Clique und den Sommer unserer Jugend. Die ganze Fahrt nach Nordstrand war überhaupt eine Reise in die Vergangenheit und hat Gesine und mir viel gegeben.

Weil eigentlich nur Bauern dabei waren, drehte sich das Gespräch später auch um die Agrarpolitik. Der Gemeinsame Markt der EWG wurde sehr kritisch beurteilt, und Hein Jakobs meinte: „Was Hannes macht, ist das einzig Richtige! Wir leben nun mal in der freien Wirtschaft und dürfen uns deshalb nicht vom Markt verabschieden. Was Brüssel macht, ist doch der reine Wahnsinn!

Nimm doch, zum Beispiel, den Rindfleischsektor: Am Markt findest du bald bloß noch dies gammelige Gefrierfleisch aus Argentinien, und unsere guten Ochsen werden von der Interventionsstelle aufgekauft, als Fleischwurst in Dosen gepackt und als mindere Qualität angeboten. Dabei gibt es doch keine bessere Qualität als die Mastochsen von der Westküste!“

Es tut wirklich gut, wenn man von anderer Seite die Bestätigung bekommt, dass man auf dem richtigen Wege ist. Hein Jakobs hatte es kurz und knapp auf den Punkt gebracht: Wir dürfen uns nicht vom Markt verabschieden!

„Und das haben wir auch überhaupt nicht nötig“, stellte ich fest, „auf den Fettweiden in Eiderstedt, Nordfriesland und Dithmarschen werden die besten Mastochsen der Welt erzeugt, und weil wir kurze Wege zum Verbraucher haben, brauchen wir das Ausland nicht zu fürchten, was Frische und Qualität anbelangt!“

Da es spät wurde, übernachteten wir auf Nordstrand. Am nächsten Tag konnte Onkel Willem nicht umhin, uns mit seinem Hobby, der Pferdezucht, bekannt zu machen. Das heißt, Zucht ist zuviel gesagt. Er hielt noch einige Schleswiger Kaltblutpferde, und als wir auf der Weide bei ihnen ankamen, rief Gesine voller Verwunderung: „Aber das sind doch noch welche von den Dicken!“

Ja, es waren wirklich noch einige von den „Dicken“, treue, ehrliche Bauernpferde. Übrig geblieben, weil Onkel Willem es nicht übers Herz brachte, die Kameraden vieler schwerer Arbeitsstunden zum Pferdeschlachter zu bringen.

Irgendwie hat die Arbeit mit Pferden der damaligen Zeit den Stempel aufgedrückt und mit ihrer Ruhe und Besinnlichkeit auch die Menschen geprägt. Genau wie heute die Technik auf unsere Zeit Hast und Hektik überträgt. Und Onkel Willem war eben noch einer von den „Pferdemenschen“ der alten Zeit.

„Und die Dicken sollen bei dir also ihr Gnadenbrot erhalten“, wollte ich von ihm wissen.

„Es geht mir nicht nur darum. Im Grunde möchte ich dazu beitragen, die Rasse des Schleswiger Kaltblutes zu erhalten. So eine alte Pferderasse gehört ja auch zum Kulturerbe eines Volkes oder der Menschheit überhaupt und sollte erhalten bleiben“, teilte er seine Ansicht mit, und es schien ihm sehr ernst damit.

„Ich habe auch einige Stuten dabei“, fuhr er fort, „die durchaus noch Fohlen kriegen könnten. Es gibt aber keinen Hengst mehr hier in der Gegend; kannst du mir nicht dabei behilflich sein?“

Und so kam es, dass Wiebensohn sich auch noch mit Pferdezucht zu befassen hatte. Wir sprachen später bei uns im Hause darüber, und alle waren der Ansicht, dass Wiebensohn sich hierbei engagieren sollte. So richteten wir ein Gestüt ein, und der Einfachheit halber blieb es bei Onkel Willem und Tante Gerda auf dem Hofe. Hier war noch ein wunderschöner großer Pferdestall, und es machte auch keine Schwierigkeiten, die benötigten Pferdeweiden aus der Pacht herauszunehmen. Wiebensohn stellte die Pferdepfleger und übernahm auch alle anderen Kosten, und zu diesem Zwecke gründeten wir die „Wiebensohn-Stiftung“.

Überall im Lande stöberten wir nach Schleswiger Kaltblut und, nach kurzer Zeit hatten wir an die dreißig Pferde zusammen und konnten außer Stuten auch zwei Hengste ankaufen. Die Zucht konnte beginnen, das Fortbestehen eines kleinen Bestandes des Schleswiger Kaltblutes schien gesichert. Und endlich hatte ich auch ein Hobby: Die Erhaltung einer alten Pferderasse.

Es war an einem Sonntagmorgen Ende September. Die Ernte war weitgehend unter Dach und Fach, und der Oldenhusener Stammtisch hatte sich wieder einmal eingefunden; dieses Mal bei meinem Freund und Nachbarn Walter Thießen. Walters Frau Helga hatte uns begrüßt und mit Getränken versorgt und uns Männer dann allein gelassen.

Nachdem wir den Dorfklatsch abgehandelt hatten, wandte sich das Gespräch den strukturellen Veränderungen unseres Dorfes zu, wie so oft in letzter Zeit. Das „Bauernsterben“ lief damals schon eine ganze Zeit, wenn wir es auch noch nicht so nannten.

Einige der kleineren landwirtschaftlichen Betriebe hatten so nach und nach aufgegeben. Jetzt hatte wieder einer der Oldenhusener Höfe aufgehört zu wirtschaften. Hagen Schoof wohnte auf einem der mittleren Betriebe, knapp vierzig Hektar groß. Er hatte seinen Hof noch abgeerntet und danach an Peter Vester verpachtet, der damit seinen Betrieb auf über hundertfünfzig Hektar aufstockte.

„So kann ich meinen Maschinenpark besser ausnutzen", begründete Peter die Zupachtung, „und wenn die Preise noch mehr in den Keller gehen, muss die Masse es eben bringen!"

„So lange überhaupt noch ein Verdienst dabei ist", wandte Walter Thießen ein, „wenn man jedem Ochsen einen Verlust von fünfzig Mark oder mehr an den Schwanz bindet, kann die Menge auch nichts mehr retten. Vielleicht hat Hagen Schoof es ja gerade richtig gemacht? Er schult um und arbeitet in der Verwaltung. Hat seinen sicheren Verdienst, geregelten Urlaub und das Wochenende frei. Wer von uns Bauern kann das schon von sich sagen?"

Fritz Fietkau war nicht überzeugt, dass Umschulung das Erstrebenswerte sei und warf in die Debatte: „Alle Bauern können doch nicht umschulen, und außerdem werden die Preise sich schon wieder erholen. Dafür wird Hannes mit seiner Firma schon sorgen."

„Wir freuen uns natürlich, dass Hannes für Absatz sorgt", meinte Peter Vester, „und die meisten Bauern hier in der Gegend haben ja auch Lieferverträge mit ihm abgeschlossen. Aber dass Wiebensohn den Markt so beeinflusst, dass das gesamte Preisgefüge dadurch hochgehalten wird, glaube ich nicht. Dazu ist Wiebensohn mit seinen knapp zweihundert Läden einfach nicht groß genug."

Peter war ja mitunter etwas nervend, aber dumm war er nicht. Und im Grunde musste ich ihm recht geben.

„Aber wir können ein Zeichen setzen", wandte ich ein; „um aber den Markt wirklich beeinflussen zu können, müssten wir zweitausend Läden haben. Davon sind wir noch weit entfernt. Trotzdem werden wir weiter machen, wir können uns nicht nur auf Brüssel verlassen. Und die Forderungen des Bauernverbandes nach kostendeckenden Preisen, so viel die auch mit Gerechtigkeit zu tun haben, will die Öffentlichkeit nicht hören und sie werden uns nicht weiter bringen!"

Walter Thießen gab mir recht: „Nein, will niemand hören, und Protestdemonstrationen helfen da auch nicht. Vielleicht sollte man mal eine andere Partei wählen, sein Kreuz bei der SPD machen."

„Ach das bringst du ja doch nicht über dich", rief sein Schwager Fritz Fietkau dazwischen, „obwohl die Bauern ja verrückt sind mit ihrer ewigen CDU-Wählerei. Wohin das führt, kann man ja an den

Zahlen ablesen! Gerade vor ein paar Tagen stand in der Zeitung, dass jeden Tag in der Bundesrepublik zehn Bauern aufgeben.“

„Und daran ist die CDU schuld mit ihrer Politik, meinst du?“ Ich wollte es nun genau wissen.

„Zumindest nicht unschuldig! Die haben uns doch die längste Zeit regiert, wenn auch jetzt gerade die anderen am Ruder sind“, meinte Fritz.

„Auf jeden Fall werde ich weiter arbeiten, um Wiebensohn zu vergrößern, und mit unseren Produkten am Markt bleiben. Ansonsten gibt es für die Bauern auch noch Möglichkeiten, sich ein zweites Standbein zu schaffen. Das sehen wir doch an dem Hof, auf dem wir uns gerade befinden. Walter und Gerda betreiben seit einiger Zeit „Urlaub auf dem Bauernhof“, das heißt, hier wird an Urlauber vermietet und damit etwas hinzuverdient“, warf ich ein.

„Ja wir sind sehr zufrieden“, bestätigte Walter. „Wir haben ja ein ziemlich großes Wohnhaus, so dass wir einige Zimmer vermieten können. Vorher mussten wir natürlich renovieren, und das hat eine Stange Geld gekostet. Sind in der Saison aber immer gut ausgebucht.“

„Also auf Dauer gesehen kommen die Investitionen wieder herein?“

„Natürlich kommt das Geld wieder rein, und verdienen tun wir auch. Man muss den Gästen nur etwas bieten: Gute Räumlichkeiten mit zeitgemäßer Ausstattung, Sitzgruppen im Garten, damit die Gäste nicht jeden Tag auf Achse müssen, sondern sich hier erholen können. Und dann wollen sie auch gerne Kontakt zu den Wirtsleuten haben; denn sonst können sie ja gleich im Hotel übernachten.“

„Also ‘Urlaub auf dem Bauernhof’ hat Zukunft?“

„Unbedingt, da sind noch Verdienstmöglichkeiten für viele Bauern drin,“ fasste Walter zusammen, „vielleicht sollte Wiebensohn sich da einklinken und so ‘ne Art Reisebüro dafür einrichten. Im Grunde ist ‘Urlaub auf dem Bauernhof’ doch auch ein Produkt der Landwirtschaft.“

Die „Wiebensohn-Stiftung“ wurde von unserer Abteilung für Öffentlichkeitsarbeit mitverwaltet, also von Biggi und Daniel Peters und ihren Mitarbeitern. Und sie übernahm auch die Produktion von Gesines Karriere.

Nach einigen Jahren Stillstand wollte Gesine ein Comeback versuchen und das mit einem ganz neuen Image. Sie erarbeitete sich ein neues Programm mit Liedern, die sie aus alten Liederbüchern heraussuchte, aus „Des Knaben Wunderhorn“ von Arnim und Brentano, oder dem „Zupfgeigenhansl“. Und sie stellte ihrem neuen Programm ein Motto aus eben dem „Zupfgeigenhansl“ voran: „Das Volkslied muss leben, und Leben ist Freiheit, innere Kraft der Entwicklung, Jugend ohne Ende!“

So ging meine Frau noch einmal auf Tournee.

Sie engagierte eine neue Band, dazu Hintergrundchor und Techniker, und bei uns in Oldenhusen wurde im Musikzimmer fleißig geübt. Später dann in Tante Friedas Musik-Halle in Hamburg, wo auch das erste öffentliche Konzert stattfand.

Die ganze Familie war natürlich dabei, auch unsere Kinder erlebten die prickelnde Atmosphäre, als ihre Mutter wieder auf der Bühne stand.

Gesine hatte vor dem Konzert unheimliches Lampenfieber – unnötigerweise. Sie hatte fleißig geübt, war hoch motiviert wie ihr ganzes Team, was konnte da schon passieren?

Sie begann ihr Konzert mit einem Lied aus der Wandervogelzeit:

„Wir wollen zu Land ausfahren über die Fluren weit,
aufwärts zu den klaren Gipfeln der Einsamkeit,
lauschen, woher der Sturmwind braust,
schauen, was hinter den Bergen haust,
und wie die Welt so weit – und wie die Welt so weit.“

Und gleich sprang der Funke über, hatte Gesine den Weg in die Herzen ihres Publikums gefunden. Bald war sie wieder voll in ihrem Element. Ihre klare Stimme mit dem unverwechselbaren, warmen Schmelz riss nicht nur das Publikum, sondern auch die Sängerin selbst mit.

Und so erntete mein Liebling am Ende des Konzertes lang anhaltenden und wohlverdienten Beifall. Und sie ging mit diesem Beifall im Ohr gut gelaunt und frohen Mutes auf Tournee. Es war eine kleine Tournee, etwas mehr als zwanzig Konzerte. Wobei die Städte sorgfältig danach ausgewählt worden waren, ob sie Gesine früher immer gut aufgenommen hatten. Und außerdem hatte man nicht die großen Hallen angemietet, sondern normale Konzertsäle. In Kiel, zum Beispiel, nicht die Ostseehalle, sondern den Saal im Schloss.

Und trotzdem konnte Gesine die Säle nicht mehr ganz füllen. Je weiter sie in den Süden vordrang, um so schwieriger hatte sie es und um so weniger alte Fans konnte sie auf die Beine bringen. Wir telefonierten täglich, und weil ich merkte, dass ihre Stimmung sank und sie nach und nach deprimiert wurde, reiste ich ihr nach. In München trafen wir uns.

Ich hatte den Nachtzug genommen, kam am frühen Vormittag dort an und ließ mich mit dem Taxi in das Hotel fahren, in dem Gesine und ihr Team einige Nächte logierten.

Sie war in ihrem Zimmer, und als ich eintrat, flog sie in meine Arme, klammerte sich an mich und heulte los. Ich hielt sie fest und ließ sie weinen, streichelte nur über ihr Haar und küsste sie auf die Schläfe.

„So schlimm?“ fragte ich schließlich.

„Ach es ist nichts mit dem Comeback“, seufzte sie und fügte hinzu, „es ist schlimm, wenn man merkt, dass man nicht mehr gefragt ist. Dass die Zeit so schnell über einen hinweg geht!“

Und dann schüttete sie mir ihr Herz aus, erzählte vom Ablauf der Tournee und meinte zum Schluss: „Die Leute, die kommen, sind ein gutes Publikum, aber es werden immer weniger. Das letzte Konzert war nicht einmal halb voll.“

„Willst du die letzten Konzerte absagen?“

„Ich habe noch nie ein Konzert abgesagt, das wollte ich auch jetzt nicht. Aber es ist wohl meine letzte Tournee.“

Den letzten Satz flüsterte sie nur noch, und dann weinte sie wieder los. Wir standen immer noch eng umschlungen mitten in diesem unpersönlichen Hotelzimmer. Ich musste sie irgendwie aufmuntern und meinte: „Nun mach dich ein bisschen frisch, und dann machen wir einen Spaziergang durch München. Ich bin neugierig auf die Stadt. Bin nicht mehr hier gewesen seit damals mit der Volkshochschule.“

Wir mussten ganz einfach raus hier aus diesem Hotelzimmer und an die frische Luft. Also machten wir einen ausgedehnten Bummel durch München. Waren im Englischen Garten, sahen uns die Gemälde in der alten Pinakothek an und aßen in einem urigen Lokal zu Mittag. Am Nachmittag war noch eine kurze Probe im Konzertsaal angesetzt. Die lief gut ab, und nun wurde Gesine auch wieder munter und sah dem Konzert am Abend recht gelassen entgegen.

Ich sprach mit Biggi Peters, die Gesine auf der ganzen Tournee begleitete, und die meinte, man hätte nicht gleich eine Deutschlandtournee ansetzen und im Norden bleiben sollen: „Dort haben wir in jeder Stadt unsere Supermärkte, die den Vorverkauf in Händen hatten. Und da waren die Konzerte ausverkauft."

Ich entschloss mich, den Rest der Tournee mitzumachen und bei meinem Schatz zu bleiben.

Am Abend lief das Konzert gut ab; auch hier in München war es nicht ausverkauft. Aber ein herzliches Publikum und eine sehr gute Presse erwärmte unsere Herzen.

„Woran liegt es", schrieb eine Zeitung am Tag darauf, „dass echte Volksmusik die Leute nicht mehr auf die Beine und in den Konzertsaal bringt? Hier war Folklore der Spitzenklasse zu hören, und Gesine Möller ist ja unsere bekannteste und berühmteste Sängerin auf diesem Gebiet. An ihr hat es gewiss nicht gelegen; denn was sie ihrem Publikum bot, war ein Leckerbissen für jeden Freund der echten Volksmusik!"

Na also!

Ich gab noch eine kleine Feier für das Team mit Essen und Champus, und wir waren alle guter Dinge. Im Hotel übernachtete ich bei meiner Gesine im Zimmer und schlüpfte mit unter ihre Decke. Sie legte es darauf an, mich zu verführen, was sie nach jedem Konzert machte, wenn ich dabei war.

Wenn nicht, dann hatte sie Biggi Peters dabei mit ihrem Hang zur Esoterik. Es fing meistens recht harmlos mit Kartenspielen an – meist Doppelkopf, wobei noch ein paar Leute von der Band oder vom Chor mitmachten.

Biggi war ein ziemliches Luder, tat harmlos und lenkte ab – in Wirklichkeit war sie eine große Schummlerin vor dem Herrn. Zum

Beispiel redete sie davon, dass die Karodame so ein unvorteilhaftes Kleid anhabe, mit den rot-weißen Streifen, die so dick machten. Na ich bitte, welcher Kartenspieler achtet schon darauf, wie die Damen im Spiel angezogen sind. Und während alle in ihre Karten guckten und die Kleidung der Damen und Könige musterten, konnte Biggi schnell einen falschen Stich anbringen.

Es floss meistens auch viel Alkohol dabei, und dann dauerte es auch nicht lange und Biggi fing an, ihre Kartenkunststücke vorzuführen. Die Mitspieler mussten sich jeder zwei Karten merken, und Biggi sagte dann, welche es waren. Dabei wendete sie dieses merkwürdige Verfahren mit den vier Zauberwörtern Mutus, Nomen, Dedit, Kokis an. Sie tippte immer richtig, und keiner ist ihr jemals auf die Schliche gekommen.

Danach leitete man zum letzten Teil über, dem Kartenschlagen oder -legen. Dabei versuchte Biggi, den Anwesenden aus einem Spiel alter Tarockkarten die Zukunft vorherzusagen. Hierfür war besonders Gesine sehr anfällig und ließ sich fast jedesmal wieder die Karten legen.

Ich bin einmal bei so einer Kartennacht nach einem Konzert dabei gewesen und muss sagen, Biggi entwickelte dabei etwas Mystisches, Unheimliches. Sie war auf einmal nicht mehr die liebe, kleine Biggi, sondern hatte etwas von einer weisen Frau, fast von einer Hexe, an sich. Na, immerhin war es mir lieber, wenn Gesine sich die Karten legen ließ, als wenn sie irgendwelche Kerle gehabt hätte. Wer weiß, was auf so einer Tournee alles passieren konnte?

Nun, hier in München lag sie in meinen Armen, und ich wollte die Gelegenheit nutzen und mal auf den Busch klopfen: „Sag mal, Liebste, ist es eigentlich erotisch, auf der Bühne zu stehen, ich meine für dich als Sängerin?"

„Wie meinst du das?" Gesine schien verwundert und auch irritiert über meine Frage.

„Nun, nach jedem Konzert brauchst du körperliche Liebe, macht dich das so an, dort auf der Bühne zu stehen und zu singen?"

„Mein Gott, du stellst aber auch Fragen. Ist dir das etwa unangenehm?"

„Mir ist es keineswegs unangenehm! Ich frage mich nur, was machst du eigentlich, wenn ich nicht dabei bin?"

„Sag bloß, du bist eifersüchtig? Mein Hannes ist eifersüchtig!"

„Na ja, man macht sich ja seine Gedanken. So eine schöne und berühmte Frau findet doch leicht einen Liebhaber."

„Mein Hannes eifersüchtig", wiederholte sie, und ich hatte das Gefühl, dass ihr der Gedanke durchaus Vergnügen bereitete.

„Wenn du nicht dabei bist, denke ich an dich", klärte mich die kleine Schwindlerin auf, „und dann geht es auch. Und ob ein Auftritt 'was mit Erotik zu tun hat, darüber habe ich noch nicht nachgedacht. Möglicherweise ja, denn hinterher bin ich immer ziemlich aufgekratzt. Genau wie jetzt! Und jetzt rede nicht mehr so viel, sondern komm her!"

Und sie umarmte mich und zog mich zu sich heran.

Am nächsten Morgen, wir saßen gerade beim Frühstück, kam ein Hotelpage an unseren Tisch und überbrachte einen Brief, der für mich abgegeben worden war. Er war von Ignaz Stöltenhuber, dem Inhaber und Chef der Supermarktkette „Stöltenhuber-Lebensmittel", also von einem Kollegen gewissermaßen.

Er bat um meinen Besuch. Gesine und ich ließen uns mit dem Taxi nach seiner Villa in Grünwald hinausfahren.

Stöltenhuber schien erfreut, mich kennenzulernen, und besonders erfreut war er, dass Gesine mitkam. Er machte ihr gleich ein großes Kompliment: „Ich war gestern in Ihrem Konzert und bin begeistert! So wie Sie unsere Volksmusik singen, das ist einmalig. In mir haben Sie einen Ihrer treuesten Verehrer!"

„Leider werden meine Fans immer weniger", konnte Gesine nicht umhin zu gestehen, „Sie haben es ja gestern selbst erlebt, das Konzert war lange nicht ausverkauft. Um so mehr freut es mich, dass Sie auf ihre Kosten gekommen sind."

„Mehr als das, gnädige Frau! Ich bin sehr beeindruckt, Ihre Lieder sind ein Lichtblick in der heutigen Musikszene", schwärmte Stöltenhuber.

Ich fragte mich, weshalb er mich eingeladen hatte; doch wohl nicht, um über Gesines Konzert zu reden. Es dauerte aber noch eine ganze Zeit, bis er mit seinem Anliegen herausrückte. Während er mit Gesine Small Talk machte, hatte ich Zeit, ihn zu beobachten.

Ignaz Stöltenhuber war ein untersetzter, breitschultriger Typ, wie man sie in Bayern nicht selten antrifft. Er schien mir zwischen sechzig und fünfundsechzig zu sein, obwohl seine dunklen Haare noch sehr wenig Grau aufwiesen. Das Beeindruckendste an seiner Erscheinung war das offene, ehrliche Gesicht mit den strahlend blauen Augen. Er war mir auf Anhieb sympathisch.

Dann ganz unvermittelt wandte er sich an mich und ließ die Katze aus dem Sack: „Ich biete Ihnen mein Geschäft zum Kauf an. Ich habe keinen Nachfolger, nur einen missratenen Neffen, von dem ich weiß, dass er das, was ich aufgebaut habe, in wenigen Jahren ruinieren würde. Und weil ich mich zur Ruhe setzen will, habe ich mich nach einem möglichen Käufer umgesehen. Meine Wahl ist auf Sie gefallen. Sie haben ein gutes Konzept, wollen den Bauernstand unterstützen. Habe selbst Bauern unter meinen Vorfahren.“

„Das wissen sie alles von mir?“

„Natürlich, das weiß doch die ganze Branche! Und auch, dass Sie ausweiten wollen, ja müssen, wenn Sie ihr Konzept verwirklichen wollen. Warum also nicht Ihre Firma auf Bayern ausweiten?“

„Grundsatzlich haben Sie recht, warum nicht in Bayern einsteigen. Wie kommen Sie gerade auf mich? Es gibt hier doch auch potentielle Käufer.“

„Wen denn? Ich verkaufe doch nicht an meine schärfsten Konkurrenten, mit denen ich mich all die Jahre herumgeprügelt habe! Und die großen internationalen Multis, die „Präsident Foods“ und „Primus Agria“ und wie sie heißen mögen, gegen die habe ich schon ihrer Größe wegen ‘was. Nein, die nicht! Aber Sie sind der richtige Mann!“

„Sie haben rund hundert Supermärkte?“

„Hundertundsieben und zwei Zentralläger in Pfaffenhofen und Holzkirchen und die Hauptverwaltung in München.“

„Das wird nicht gerade billig.“

„Mein Preis wird angemessen sein, und wenn Sie das Geld bei der Bank nicht kriegen, warum gehen Sie nicht an die Börse?“

„Aus Wiebensohn eine Aktiengesellschaft machen?“

„Warum nicht, ich selbst würde auch einen Teil des Kaufpreises in Aktien akzeptieren.“

Dann nannte er seinen Preis, eine dreistellige Millionensumme. Nicht überhöht, aber ein Haufen Geld! Dabei würden unsere Hausbanken kaum mitziehen. Es blieb wohl tatsächlich nur der Gang an die Börse.

„Herr Stöltenhuber, Sie werden verstehen, dass ich Zeit zum Überlegen brauche", nahm ich das Gespräch wieder auf. „Ich muss mich mit meinen maßgebenden Mitarbeitern beraten, und dann werden wir wohl auch einen Blick in Ihre Bücher werfen müssen."

„Das ist alles kein Problem", stimmte unser Gastgeber zu, „sprechen Sie alles durch, kommen Sie zu uns nach München in die Verwaltung und stellen Sie in aller Ruhe ihre Berechnungen an. Ich lasse Ihnen Zeit, maximal drei oder vier Monate. Dann müsste ich schon wissen, woran ich mit Ihnen bin."

Während Gesine ihre letzten Konzerte gab, blieb ich bei ihr, fuhr aber auch durch Bayern und schaute mich in Stöltenhubers Betrieben um.

Es stellte sich heraus, dass Ignaz Stöltenhuber eine moderne Lebensmittelfirma aufgebaut hatte, die in Bayern gut eingeführt war, jedenfalls beim Publikum ein Renner. So nach dem ersten Eindruck würde jede Mark, die ich in diese Firma steckte, gut angelegt sein!

Als wir wieder zu Hause waren, trommelte ich meine Adjutanten zusammen, setzte ihnen die Sache auseinander und gab ihnen drei Tage Zeit zum Überlegen. Danach wollte ich dann ihre Meinung hören.

Daneben lief auch bei uns in der Familie die Diskussion über die Übernahme von „Stöltenhuber-Lebensmittel". Inzwischen waren auch unsere Kinder in einem Alter, in dem sie anfingen, eine eigene Meinung zu haben und diese zu artikulieren. Unsere Älteste, Viktoria, war schon seit einigen Jahren mit im Geschäft und hatte ihre kaufmännische Lehre mit 'sehr gut' abgeschlossen. Die beiden Jungs gingen noch zur Schule, wobei Holger gerade aufs Abitur lossteuerte. Die beiden Ältesten, also Viktoria und Holger, waren beide sehr am Geschäft interessiert, während Jan-Hermann mehr nach seiner Mutter kam und musisch talentiert war.

Ihm war die ganze Sache mit Stöltenhuber mehr als suspekt und er äußerte kurz und knapp: „Was soll der Quatsch, du machst doch schon so genug Mäuse!“

Mäuse! Als ob es darauf ankäme!

Natürlich muss man es haben, wenn man es braucht, das Geld. Eine Firma wie Wiebensohn muss liquide sein. Mein Vater, der alte Jan Wiebensohn, hatte immer einen Spruch auf Lager, wenn es um das Thema Geld ging: „Das Geld, das Geld, der größte Hebel dieser Welt! Des Lebens Freiheit hängt daran, drum sieh dir jeden Pfennig an.“

Und Schorsch Schmidt, der Direktor einer unserer Hausbanken, äußerte mir gegenüber einmal: „Wozu brauchst du Geld? Die Hauptsache ist, du hast Kredit!“ Aber Kredit ist im Grunde doch auch wieder Geld. Also ohne geht es nicht!

In unserer Familie stand es bald drei zu zwei für eine Übernahme von Stöltenhuber. Ich selbst war eindeutig dafür, weil alles, was ich in Bayern gesehen hatte, positiv war und weil die Übernahme für die Verwirklichung meiner Idee der große Sprung nach vorne schien.

Viktoria und Holger waren ganz auf meiner Seite. Sie hatten volles Vertrauen zu ihrem Vater als Geschäftsmann und ließen sich durch meine Argumente überzeugen. Dagegen war Gesine eher skeptisch und konnte sich nicht voll für die Übernahme entscheiden. Einerseits hatte auch sie Vertrauen zu mir und zu unseren leitenden Mitarbeitern als Team. Andererseits scheute sie das Risiko einer so großen Investition. Ihre negative Einstellung wurde noch verstärkt durch die Schwierigkeiten in ihrer eigenen Karriere und die sich daraus ergebenden Depressionen. Und Jan-Hermann war grundsätzlich gegen eine Vergrößerung der Firma und blieb bei seinem: „Du verdienst dich ja so schon dumm und dämlich!“

Ähnlich kontrovers verliefen auch die Diskussionen in der Chefetage von Wiebensohn.

Emil Hennemann, mein erster Mann und derjenige, ohne den bei uns nichts lief, wäre nicht „Raketen-Emil“ gewesen, wenn er gegen eine Übernahme gestimmt hätte. Er sah genau wie ich die Möglichkeit für den großen Sprung nach vorne und meinte: „Wann kommt mal wieder so eine Chance, dort unten groß einzusteigen?

In hundert Jahren nicht! Wenn wir Stöltenhuber übernehmen, haben wir das zweite Standbein im Süden und können uns dann vom Norden und Süden über das übrige Bundesgebiet ausbreiten."

Äußerst skeptisch bis ablehnend beurteilte Hans Broders die Angelegenheit. Er sah das große Risiko in der Aktiengesellschaft und äußerte: „Die Firma wird dadurch ungeheuer schwerfällig. Vorstand, Aufsichtsrat und Hauptversammlung, alle wollen sie mitreden und werfen der Geschäftsführung Knüppel zwischen die Beine. Zuletzt hast du als Inhaber gar nichts mehr zu sagen. Und wer weiß, was das für Leute sind, die im Aufsichtsrat sitzen? Das können doch welche von der Konkurrenz sein! Die brauchen nur ein paar Aktien kaufen und sitzen mitten bei uns in der Hauptversammlung. Und haben sogar das Recht, dass wir ihnen unseren Geschäftsbericht zustellen müssen. Pfui Deibel!"

So wogte die Diskussion hin und her und ging auch noch weiter, als wir nach drei Tagen zusammen kamen, um einen Entschluss zu fassen.

Erich Meyn und Dr. Mummeltey von der Entwicklungsabteilung waren Feuer und Flamme und sahen die große Chance der Bewährung. Hans Broders, Daniel Peters und Dr. Reinhard sahen zwar auch die günstige Gelegenheit, aber auch die großen Risiken und traten für das stetige und langsame Wachsen wie bisher ein.

Zuletzt musste ich den Ausschlag geben und entschied, erst einmal mit einer Kommission nach München zu fahren und den Betrieb Stöltenhuber genau unter die Lupe zu nehmen. Hinterher sollte dann der endgültige Beschluss gefasst werden, ob ja oder nein.

Wir meldeten uns bei Stöltenhuber an und fuhren mit einer kleinen Abordnung nach München. Außer mir und Emil Hennemann fuhren Erich Meyn und Dr. Reinhard mit, der für den erkrankten Hans Broders einsprang.

Was wir in München und Umgegend zu sehen bekamen, bestätigte den ersten Eindruck, den ich während Gesines Tournee von Stöltenhuber bekommen hatte: Es handelte sich um eine straff organisierte, gut funktionierende Ladenkette, die einen ziemlichen Profit abwarf. Stöltenhuber würde sich ohne großen Aufwand und ohne Schwierigkeiten mit Wiebensohn zu einer Firma verschmelzen lassen. Es würde auch ohne weiteres möglich sein, dort unser Wiebensohn-Konzept anzuwenden.

Wir kriegten alles zu sehen, was wir wollten, auch die Geschäftsbücher wurden offengelegt. Das hatte natürlich zur Folge, dass die Mitarbeiter im Hause Stöltenhuber von der Sache Wind kriegten und sich eine ziemliche Aufregung in der Belegschaft ausbreitete. Während des zweiten Tages in München trat deshalb der Betriebsrat an uns heran und bat um ein klärendes Gespräch. Gerüchte waren schnell entstanden und machten die Runde, von vielen Entlassungen wurde geredet, und nun wollte man von mir wissen, was man zu erwarten habe.

Ich konnte den Betriebsrat beruhigen: „Es wird niemand entlassen. Wir brauchen doch die Mitarbeiter! Ohne dieses eingespielte Mitarbeiterteam können wir die Firma nicht weiter führen. Wenn es zu einer Übernahme durch Wiebensohn kommt, wird sich für die Mitarbeiter überhaupt nichts ändern."

Dann fuhren wir zurück und schon unterwegs im Zug setzte wieder die Diskussion über das Für und Wider ein. Zu Hause wurde eine gründliche Analyse und Kalkulation angestellt, wobei Emil Hennemann federführend war. Dabei kam heraus, dass die Übernahme von Stöltenhuber durch Wiebensohn nicht nur machbar war, sondern darüber hinaus noch ein gutes Geschäft zu werden versprach.

Als das feststand, ließ ich es gar nicht erst wieder zu einer großen Diskussion kommen, sondern entschied mich für die Übernahme. Ich teilte das der Familie und den Mitarbeitern als eine feststehende Tatsache mit.

Meinem Geschäftsführer Emil Hennemann und der Entwicklungsabteilung unter Erich Meyn erteilte ich den Auftrag, die Umwandlung von Wiebensohn in eine Aktiengesellschaft vorzubereiten. Denn wie wir schon ganz richtig vermutet hatten, ergaben sich bei einer Finanzierung der Übernahme durch unsere Hausbanken erhebliche Schwierigkeiten. Will sagen: Die Banken wollten nicht, weil ihnen das Risiko zu groß erschien. Also mussten wir das Geld an der Börse beschaffen.

Zwischendurch fuhren Gesine und ich mit Emil Hennemann und Dr. Mummeltey nach München und machten Vertrag. Es war mir gelungen, Gesine auf meine Seite zu ziehen und zu überzeugen, dass die Übernahme von Stöltenhuber ein großer Schritt nach vorne und in die richtige Richtung sei.

In München waren wir in Ignaz Stöltenhubers Privathaus zu Gast, wo wir auch übernachteten. Dort wurde auch der notarielle Übernahmevertrag vom Verkäufer und mir unterschrieben und vom Notar gegengezeichnet. Für die Abwicklung der Übernahme war eine Frist von vier Monaten vorgesehen. Während dieser Zeit mussten alle rechtlichen und praktischen Übernahmeformalitäten abgewickelt werden.

Sitz und Hauptverwaltung der Firma blieben bei uns, und in der Verwaltung von Stöltenhuber in München wurden einige unserer jungen Mitarbeiter als Verbindungsleute etabliert. Ihre Aufgabe war es, aus zwei Teilen ein Ganzes zu machen und in Bayern dafür zu sorgen, dass auch dort das bewährte Wiebensohn-Konzept so nach und nach verwirklicht wurde.

Stöltenhuber erhielt eine Abschlagszahlung von zehn Millionen Mark, der Rest der Kaufsumme war nach Umwandlung der Firma in eine Aktiengesellschaft, spätestens nach vier Monaten fällig. Er akzeptierte dabei zwanzig Prozent der Kaufsumme in Wiebensohn-Aktien, der Rest musste überwiesen werden. Und Stöltenhuber erklärte sich auch bereit, einen Sitz im Aufsichtsrat zu übernehmen.

Unsere Abteilung für Öffentlichkeitsarbeit hatte ein Faltblatt entworfen, auf dem sich die neue „Wiebensohn-Lebensmittel AG“ vorstellte. Hier wurde die Verschmelzung von Wiebensohn und Stöltenhuber erläutert, die Anzahl der Märkte und sonstigen Betriebe und der Mitarbeiter sowie der Gesamtumsatz aufgelistet und mitgeteilt. Auch war einer unserer Supermärkte und ein Foto von mir als Chef dort abgebildet.

Diese Faltblätter sollten an Banken und Börsen abgegeben werden und sollten das interessierte Publikum informieren und zum Kauf von Wiebensohn-Aktien anregen.

Bevor wir aber an die Börse gingen, waren noch eine Reihe von formalen und rechtlichen Schritten vorzunehmen, und dafür stellten wir einen Juristen als Syndikus ein. Es stellte sich nämlich heraus, dass sowohl Emil Hennemann als auch unsere Entwicklungsabteilung nicht über das nötige Spezialwissen über Aktien und Aktiengesellschaften verfügten. So kam Dr. Karl Reimers in unser Haus, und ihm oblag nicht nur die rechtliche Seite der Verschmelzung von Wiebensohn und Stöltenhuber, sondern auch die Installation der Verfassung der neuen Gesellschaft mit Errichtung einer Satzung und Bestellung des ersten Vorstandes und Aufsichtsrates.

Mein Gott, war das alles kompliziert!

Ich war froh, diesen versierten Fachmann auf die Schnelle bekommen zu haben. Dr. Reimers konnte auch nur für ein halbes Jahr bei uns arbeiten, weil er danach einen Job bei einem wissenschaftlichen Institut antreten wollte. Er empfahl uns für die Zeit danach einen jungen Juristen: Hjalmar Beck, den wir als seinen Nachfolger als Syndikus einstellten.

Dann brauchten wir noch einen freiberuflichen Wirtschaftsprüfer, der die in die AG eingebrachten Firmen einschätzte. Er stellte fest, dass die alte Firma Wiebensohn 65 Prozent des Wertes der neuen Aktiengesellschaft ausmachte und Stöltenhuber 35 Prozent.

Also verblieben 65 Prozent der Aktien in meinem Besitz und mit dem Rest, abzüglich Stöltenhubers Anteil, gingen wir an die Börse. Der Verkauf dieser freien Aktien wurde über die Wertpapierbörsen in Hamburg, Frankfurt und München vorgenommen und konnte innerhalb von vierzehn Tagen abgewickelt werden. Die Wiebensohn-Aktien konnten mit einem ziemlichen Agio, das heißt über Nennwert, an den Mann gebracht werden, so dass wir nicht nur Stöltenhuber auszahlen, sondern auch noch unser Betriebskapital aufstocken konnten.

Also Stöltenhuber wurde ausgezahlt, womit eine der wesentlichsten Voraussetzungen zur Verschmelzung der beiden alten Firmen erfüllt war. Die „Wiebensohn-Lebensmittel-AG“ wurde ins Handelsregister eingetragen und galt damit als gegründet. Dem Vorstand gehörten zwei Personen an, nämlich ich selbst als Vorsitzender und Emil Hennemann, dem ich ein kleines Aktienpaket übertragen hatte und der damit auch Aktionär war. Wir beide führten die Geschäfte der AG.

Und die florierten!

Unsere Kunden hielten uns auch nach der Gründung der AG die Treue. Warum sollten sie auch nicht? Nach außen hin änderte sich nicht viel, unsere Geschäfte in Bayern firmierten weiterhin unter dem Namen Stöltenhuber. Und wir waren nach wie vor bemüht, nur erste Qualität anzubieten und zu verkaufen.

Fazit: Die Übernahme von „Stöltenhuber-Lebensmittel“ und Umwandlung der Firma in eine AG wurde ein voller Erfolg.

Jedenfalls am Anfang, bis es dann zu jener Krise kam, die uns fast Kopf und Kragen gekostet hätte.

Wenn auch Gesines letzte Tournee kein großer Erfolg gewesen war, so war damit ihre Karriere keineswegs zu Ende. Nach wie vor wurde sie von unserer Abteilung für Öffentlichkeitsarbeit produziert, und die brachte wieder einmal eine neue Langspielplatte heraus. Die wurde nicht nur in Plattenläden verkauft, sondern lag auch in unseren Filialen zum Kauf aus. Ich wies unsere PR-Leute an, die Werbung für Gesine zu forcieren, und so lief der Plattenverkauf ganz ordentlich.

Außerdem konnten sie Gesine bei einer großen Fernsehshow des Bayerischen Rundfunks unterbringen, wo sie als Stargast auftrat und einige ihrer bekanntesten Lieder sang. Dazu musste sie einige Tage in München sein und wohnte während dieser Zeit zusammen mit Biggi Peters im Hause von Ignaz Stöltenhuber. Denn Stöltenhuber hatte uns wissen lassen, dass Gesine und ich immer auf seine Gastfreundschaft rechnen könnten und er es als Beleidigung empfinden würde, wenn einer von uns in München sei und nicht bei ihm wohnte.

Außerdem war Gesine Gast in Robert Lemkes heiterem Beruferaten „Was bin ich?“ und musste dort von dem Rate-Team erkannt werden. Die Kinder und ich saßen natürlich zu Hause vor dem Bildschirm, als Robert Lemke sie mit den Worten: „Unser Gast ist weiblich, und weiter geht es bei Anneliese“, ankündigte.

Dann stellte er die obligatorische Frage: „Welches Schweinderl hätten Sie gerne?“

Gesine nahm das grüne und wurde bei der siebenten Frage erraten. Als Guido wissen wollte: „Sind Sie mit einem Bauern und Lebensmittelhändler verheiratet?“ und Gesine zustimmend nickte, war alles klar.

Während der Tage in München lernte Gesine eine Gruppe von komischen Leuten kennen, und diese Begegnung sollte nicht nur für sie, sondern auch für mich und die Wiebensohn AG schwerwiegende Folgen haben.

Wie schon gesagt, hatte Biggi Peters gewisse esoterische Neigungen, und eines Abends lotste sie Gesine in die Veranstaltung einer Art Glaubensgemeinschaft oder Sekte, die sich „Desertanten-Kinder der Wüste" nannten. Der Name war ja wohl aus dem Lateinischen abgeleitet und hatte gleich zwei Ursprünge: Deserta – die Wüste und desertor – Ausreißer, Deserteur, Flüchtling.

Gemeint waren Aussteiger, die das moderne Leben hinter sich lassen wollten und wie irgendwelche alttestamentarischen Propheten in der Einsamkeit der Wüste zu sich selbst, und wenn möglich, auch zu Gott zu finden hofften. Und sie beriefen sich dabei auf den Propheten Jesaja, bei dem es im Kapitel 35 heißt: „Die Wüste und Einöde wird frohlocken, und die Steppe wird jubeln und wird blühen wie die Lilien. Sie wird blühen und jubeln in aller Lust und Freude!"

Die Wüste zu finden, so sagten diese Desertanten, sei nicht schwer. Man brauche sich nur allein, oder mit Glaubensgenossen in einem Raum einzuschließen, zu meditieren und fortwährend zu beten: „Deserta, desertor, desertus!" Nach meiner Meinung war das weiter nichts als eine schwachsinnige Deklamation, womit diese Wüstenkinder sich stundenlang beschäftigen konnten.

Und wie ein Moslem wenigstens einmal im Leben in Mekka gewesen sein muss, wallfahrteten die Desertanten auch mindestens einmal in eine richtige Wüste. Meist ging es dann in die USA, wo sie von Los Angeles aus in die Mojave-Wüste zogen, um dort im heißen Sand zu sitzen und „deserta" zu singen oder zu beten.

Gesine kam völlig verändert aus München zurück. Als ich von der Arbeit kam, hatte sie sich in ihrem Musikzimmer eingeschlossen und ich hörte statt eines wohltönenden Volksliedes ein monotones: „Deserta – desertor – desertus."

Das ging so stundenlang, und sie ließ sich auch nicht durch Klopfen und Rufen aus dem Konzept bringen. Ich fragte Antje Voß, was das auf sich habe; aber die gute Antje hatte auch keine Erklärung und zuckte nur mit den Schultern.

Endlich kam Gesine aus dem Zimmer, begrüßte mich zurückhaltend und auf meine Frage, was dieser Singsang zu bedeuten habe, klärte sie mich folgendermaßen auf: „Ich bin Mitglied bei den Desertanten geworden, und was du Singsang nennst, war mein Abendgebet.“

Ich war entsetzt: „Soll das etwa heißen, dass du irgend so einer obskuren Sekte auf den Leim gegangen bist?“

Sie blieb die Ruhe selbst, stellte sich vor mich hin und berührte ganz sanft meine Stirn. Dann gab sie zur Antwort: „Die Desertanten sind nicht irgend eine Sekte, sondern die Kinder der Wüste. Wir suchen in der Wüste die Einsamkeit, um dort dem eigenen Ich und Gott zu begegnen, den man in dieser konsumorientierten Massenmenschheit nicht finden kann!

Du solltest bei uns mitmachen; denn du hast es besonders nötig. Dein Leben besteht doch nur noch aus Konsumanheizen, Geldverdienen, Gewinnstreben!

Du armes verirrtes Schaf, komm mit in die Wüste!“

Dass ein Schaf mit in die Wüste kommen soll, war mir neu. Normalerweise versuchen die Hirten doch immer, verirrte Schafe aus der Wüste zu retten.

Es sollte sich in unserem Leben aber noch mehr ändern. Beim Abendbrot merkten wir, dass Gesine dabei war, ihre Ernährung auf vegetarische Speisen umzustellen. Ihre Nahrung bestand ab sofort nur aus Getreideprodukten, Obst und Gemüse. Ihre Getränke waren entweder reines Leitungswasser oder ein besonderer Tee, den sie in großen Mengen aus München mitgebracht hatte. Alkohol rührte sie nicht mehr an.

Und dann zog sie aus unserem gemeinsamen Schlafzimmer in eines der Gästezimmen um. Ich versuchte, mit ihr ins Gespräch zu kommen, hatte aber keinen Erfolg dabei. Das einzige, was ich zu hören bekam, war, dass sie sich selbst verwirklichen wolle und dazu Abstand zu ihrem bisherigen Leben brauche.

„Was heißt selbst verwirklichen“, hielt ich dagegen, „du hast doch deine Karriere aufbauen können, wobei ich dir nie im Wege war. Im Gegenteil, du hast von mir doch jede Unterstützung gehabt.“

„Das geht doch nicht gegen dich“, war ihre Antwort, „es ist einfach an der Zeit, mein Leben zu ändern. Und dabei kann mir niemand helfen außer den Kindern der Wüste!“

Was sollte ich machen? Meine Frau hatte sich voll von der 'Midlife-crisis' erwischen lassen, und da musste sie nun erst einmal hindurch.

Aber ich war nicht der Mann, alles auf sich beruhen und unsere Ehe und unser ganzes Leben in eine Katastrophe münden zu lassen. So knöpfte ich mir zunächst einmal Biggi Peters vor, der ich auf den Kopf zusagte, die Krise bei Gesine heraufbeschworen zu haben. Ich hatte sie in mein Büro gerufen, bot ihr demonstrativ keinen Stuhl an und stauchte sie ordentlich zusammen. Obwohl wir seit langem per Du waren, ging ich wieder zum förmlichen Sie über und schrie: „Ich mache Sie dafür verantwortlich, dass meine Frau sich in diesem schlimmen Zustand befindet. Sie haben damit eine schwere Schuld auf sich geladen und ich erwarte, dass Sie alles wieder gut machen und Gesine aus den Klauen dieser Wüstensöhne befreien!"

„Sie meinen die Kinder der Wüste", belehrte sie mich. „Gesine und ich, wir haben uns aus freien Stücken den Desertanten angeschlossen und sind beide überzeugt davon, unser Leben damit auf eine völlig neue und positive Grundlage gestellt zu haben. Ich denke nicht daran, hier etwas zu ändern!"

„Dann sind Sie mit sofortiger Wirkung entlassen", entschied ich wutentbrannt. „Ich kann ihnen wohl auch nicht zumuten, noch länger in einer derart am Konsum orientierten Firma wie Wiebensohn zu arbeiten. Und dann haben sie ja auch mehr Zeit zum Beten!"

Natürlich teilte Biggi dies ganze Drama umgehend Gesine mit, was das Verhältnis zwischen meiner Frau und mir noch zusätzlich belastete.

Nun erteilte ich einem Hamburger Detektivbüro den Auftrag, über die Sekte der Desertanten Erkundigungen einzuholen. Ich wollte alles über diese Kinder der Wüste wissen: Wer sie gegründet hatte, wer dahinter steckte und was der eigentliche Sinn und Zweck der Sekte war. Vielleicht ergab sich so eine Möglichkeit, dass meine Gesine wieder zur Vernunft kam und alles so wurde, wie vor ihrer Reise nach München.

Die Nachforschungen stellten sich als ziemlich schwierig heraus, und es zog sich alles in die Länge. Und dann war es schon zu spät: Als ich eines Tages von der Arbeit nach Hause kam, war Gesine abgereist.

Sie hatte mir einen kurzen Brief auf den Nachttisch gelegt und darin stand: „Lieber Hannes, ich verlasse Dich! Ich muss mein Leben auf eine neue Grundlage stellen und dazu brauche ich Abstand. Bitte stelle keine Nachforschungen an, es ist sinnlos. Ich weiß nicht, ob ich jemals wieder zurückkomme, wir müssen abwarten.

Gesine."

Das war der erste schwere Schlag, den mir das Schicksal versetzte. Es sollte aber noch mehr kommen!

In der Nacht, nachdem Gesine abgereist war, hatte ich wieder diesen Alptraum, den ich das erste Mal nach meiner Vergiftung mit E 605 hatte. Wieder sollte ich im Traum eine schier unlösbare Rechenaufgabe lösen, und es wollte mir nicht gelingen. Völlig verstört wachte ich auf, und es dauerte eine ganze Zeit, bis ich wieder klar denken konnte.

Am Morgen wusste ich nicht, ob ich zur Arbeit gehen sollte, und als Viktoria mich mit ins Büro nehmen wollte, sagte ich, dass ich später nachkommen würde. Ich machte einen längeren Gang über den Hof und die Felder, und an der frischen Luft wurde mir besser. Danach fuhr ich doch ins Büro, weil ich hoffte, dass die Arbeit mich ablenken würde.

Dort erhielt ich dann den nächsten Schlag, als man mir mitteilte, dass Hans Broders im Sterben liege. Hans war schon krank aus dem Krieg zurückgekehrt und hatte all die Jahre Probleme mit der Gesundheit gehabt. Nun lag er mit akutem Nierenversagen im Krankenhaus, und es schien zu Ende zu gehen.

Ich fuhr sofort hin und traf meinen alten Freund, meinen Mitstreiter von der ersten Stunde, in sehr schlechter körperlicher Verfassung an. Ich hatte ein schlechtes Gewissen und machte mir die größten Vorwürfe. All die Jahre hatte Hans seine Probleme mit der Gesundheit gehabt und war trotzdem maßgebend beim Aufbau von Wiebensohn beteiligt gewesen, hatte sich gesundheitlich aufgerieben.

Ich saß bei ihm am Bett und übte Selbstkritik: „Ich hätte auf deine angegriffene Gesundheit mehr Rücksicht nehmen müssen!"

Aber das wollte er nicht gelten lassen: „Ach Hannes, was kannst du dafür? Nicht Wiebensohn hat mich kaputt gemacht, sondern dieser Scheißkrieg! Der Winterkrieg in Russland, abgefrorne Zehen, vom gefrorenen Kommissbrot verdorbener Magen und was weiß ich sonst noch.

Und was Wiebensohn angeht, das war doch meine schönste Zeit. Beim Aufbau unserer Firma mitzuarbeiten, war für mich das Glück meines Lebens, eines erfüllten Lebens. Weil ich selbst keine Familie gründen konnte, war Wiebensohn meine Familie.

Und du hast mich immer voll anerkannt! Der kleine Tagelöhnersohn ohne kaufmännische Ausbildung durfte in der Chefetage beim Aufbau von Wiebensohn mit dabei sein, mit eigenem Büro und Sekretärin. Und auch privat haben Gesine und du mich immer dabei sein lassen, bei der Oldenhusener Runde hab ich all die berühmten Leute kennengelernt.

Ich habe dir viel zu danken, mein lieber Hannes! Alles, was meinem Leben Inhalt gegeben hat, das ist von dir gekommen."

Darauf konnte ich nichts erwidern, ein großer Kloß steckte mir im Halse und die Tränen liefen uns beiden über die Backen. Ich nahm seine Hand und drückte sie fest und lange. Es war auch alles gesagt.

Zwei Tage später starb Hans Broders und wurde unter großer Anteilnahme der Familie Wiebensohn und der Kollegen aus der Firma beigesetzt. Nur Gesine war nicht dabei.

Seine Stelle wurde nicht wieder besetzt. Er war bei uns der Querdenker gewesen, aber auch das gute Gewissen den Erzeugern, Kunden und Mitarbeitern gegenüber. Eine solche Persönlichkeit ist nicht beim Arbeitsamt zu kriegen, sie muss von unten hochwachsen.

All das nahm mich sehr mit, und ich hatte eine schwere Zeit durchzustehen. Gott sei Dank lief die Firma wie ein gut geöltes Uhrwerk, ohne dass mir große Entscheidungen abverlangt wurden. Natürlich wusste jeder in der Hauptverwaltung, dass meine Frau mich verlassen hatte; dafür hatte Biggi Peters noch gesorgt. Aber es wurde nicht davon gesprochen, das Thema war tabu.

Nur mit den Kindern musste ich darüber sprechen. Ich zeigte ihnen Gesines Abschiedsbrief, sofern man dieses kurze Schreiben so bezeichnen konnte.

„Ich hätte nie geglaubt, dass eure Ehe einmal in die Brüche gehen könnte", meinte Viktoria etwas zaghaft, „ihr wart doch immer so glücklich."

„Noch ist sie ja auch nicht kaputt“, klammerte ich mich an eine letzte Hoffnung, „sie ist nur in einer Krise. Allerdings in einer schweren Krise. Ich werde jedenfalls alles tun, was ich kann, um eure Mutter zurück zu holen. Deshalb sollten wir uns auch mit irgendwelchen Schuldzuweisungen zurückhalten. Wenn ich nur wüsste, wo sie ist.“

Darauf konnte keiner eine Antwort geben, wir mussten hoffen. Die Kinder zeigten sich in dieser Zeit von ihrer besten Seite. Besonders unsere Älteste, die liebe Viktoria, bemutterte mich regelrecht. Immer war sie um mich herum, und als ich einmal im Büro einen Schnaps trank und sie zufällig dazu kam, nahm sie mir die Flasche weg und sagte streng: „Aber das geht nun nicht Papa, fang bloß nicht auch noch zu trinken an.“

Auch Holger machte mir eine große Freude, als er ein erstklassiges Abitur hinlegte und danach mitteilte, Betriebswirtschaft studieren zu wollen, um später einmal in die Firma einzutreten.

Einzig unser Jüngster, Jan-Hermann, machte mir Sorgen. Ihn schien Gesines Auszug am meisten getroffen zu haben; er legte ein stilles und in sich gekehrtes Verhalten an den Tag. Ich nahm mir vor, mich mehr um ihn zu kümmern, öfter mit ihm zu reden. Aber die dann einsetzenden Ereignisse ließen mir wenig Zeit und Gelegenheit dazu.

Ich hatte ja diese Detektei beauftragt, über die Desertanten Erkundigungen einzuholen und gleichzeitig Gesines Aufenthalt zu ermitteln.

Eines Tages erschien der Inhaber des Detektivbüros persönlich bei mir im Büro, ein gewisser Georg Erfle, um einen Zwischenbericht abzuliefern. Gesines Aufenthalt hatte er nicht ermitteln können, aber über die Desertanten einiges. Diese Sekte kam aus den USA und war dort vor einigen Jahren von einem eingewanderten Franzosen, einem gewissen Jean-Pierre Dupont, der sich „Desernator“ nannte, gegründet worden. Der Hauptsitz der Sekte war Los Angeles, wo sie angeblich schon über eine Menge Mitglieder verfügte. Los Angeles lag ja auch nahe der Mojavewüste, wo die Sektenmitglieder ihre Meditationen und Wüstengebete abhielten. In Europa hatten sie im vorigen Jahr Fuß gefasst und in der Schweiz einen sogenannten „Tempel der Wüste“ errichtet.

Die Ziele der Desertanten-Sekte waren eher verschwommen. Es war von der „absoluten Glückseligkeit" die Rede, die sie ihren Anhängern vermitteln wolle. Aber nach Erfles Meinung liefe das Ganze eher auf eine massive Manipulation hinaus. Es wäre mehr eine Psychodiktatur als die „Brücke zur totalen Freiheit", von der auch laufend geredet würde.

Eine der Zielgruppen der 'Kinder der Wüste' waren die Frauen erfolgreicher Manager, die sich von ihren aktiven und voll im Berufsstreß stehenden Männern allein gelassen und missverstanden vorkamen. Ob es der Sekte auch um Geld ginge, konnte Erfle noch nicht sagen. Wahrscheinlich ja, er wollte am Ball bleiben und mehr darüber herausbringen.

Und als er so weit war, ließ er noch einen weiteren Hammer auf mich runtersausen: „Im übrigen habe ich bei meinen Ermittlungen so nebenbei herausgefunden, dass Sie, Herr Wiebensohn, auch von Detektiven überwacht werden."

„Was, ich werde bespitzelt?"

„Ja, seit einiger Zeit sind amerikanische Klickerton-Detektive hinter Ihnen und Wiebensohn her und ermitteln alles Mögliche."

„Ja, was wollen die denn von mir", fuhr es aus mir heraus, „hat das auch mit den Desertanten zu tun? Oder wer hat die beauftragt?"

„Ich glaube nicht, dass die von der Sekte beauftragt sind", meinte Erfle. „Die Klickerton-Leute sind mehr auf dem Gebiet der Wirtschaft tätig; aber auszuschließen ist das natürlich nicht. Jedenfalls nach allem, was ich bisher weiß. Man müsste mehr darüber recherchieren, wenn Sie das wollen?"

„Natürlich will ich wissen, wer mich bespitzeln lässt! Das ist eine Frage von eminenter Wichtigkeit, also finden Sie das heraus."

Nachdem Erfle mein Büro noch auf versteckte Mikrophone untersucht hatte, aber keine Wanzen fand, verabschiedete er sich und ließ einen ziemlich nachdenklichen Hannes Wiebensohn zurück.

Das Telefon klingelte, und als ich abhob, meldete sich einer unserer Marktleiter aus Hamburg: „Hier in Hamburg steht in allen Tageszeitungen, dass Wiebensohn etwas mit dieser großen Baal-Sekte, von der seit einiger Zeit alle Medien voll sind, zu tun hat. In der Abendpost lese ich gerade, dass Sie Mitglied bei denen sind, und dass die Gewinne unserer Firma an diese Sektenleute nach Amerika gehen. In allen anderen Zeitungen steht so ungefähr dasselbe und das bei vielen Blättern auf der ersten Seite. Wenn wir nicht bald etwas dagegen unternehmen, müssen wir mit Umsatzeinbußen rechnen."

Verdammt, auch das noch!

Unser Mann in Hamburg hatte recht; wenn dieses Gerücht sich weiter verbreitete, möglicherweise noch von Rundfunk und Fernsehen aufgegriffen wurde, konnte es eine Katastrophe geben. Denn welcher Verbraucher kauft schon gern bei einer Firma, bei der er davon ausgehen muss, dass er mit seinem Geld eine obskure Sekte unterstützt.

„Das ist natürlich alles Quatsch", beruhigte ich meinen Gesprächspartner, „aber Sie haben recht, wir müssen etwas dagegen unternehmen. Schicken Sie mir sofort alle Zeitungen, in denen dieser Unsinn steht. Und beobachten Sie weiter, was sich auf diesem Gebiet tut. Geben Sie mir täglich einen Bericht zur Lage durch."

Ich ließ mir die Zeitungen kommen, die wir abonniert hatten, und brauchte auch hier nicht lange zu suchen. Gleich auf der ersten Seite eines dieser Blätter ein kurzer Hinweis: „Ist Wiebensohn eine Tochter der Baal-Sekte?" Und dann auf der letzten Seite, dort wo immer die Sensationsnachrichten stehen, ein längerer Artikel, in dem wir so richtig angemistet wurden.

Ich trommelte meine Abteilungsleiter zusammen und las ihnen den Quatsch vor. Dann fasste ich zusammen: „Es ist wohl auch hier im Hause kein Geheimnis mehr, dass meine Frau mit der Desertanten-Sekte sympathisiert und dass ich nicht weiß, wo sie sich zur Zeit aufhält. Außerdem wissen wir seit einiger Zeit, dass Wiebensohn und ich von amerikanischen Detektiven bespitzelt werden. Die werden wohl Gesines Aktivitäten bei den Desertanten herausbekommen haben. Ob diese Zeitungsartikel damit etwas zu tun haben, wissen wir noch nicht. Wir müssen aber davon ausgehen und wohl auch, dass uns irgendwelche übelwollende Konkurrenten ans Leder wollen."

„Ruf doch mal dieses Käseblatt an", riet Emil Hennemann, „und frag', woher sie den Unsinn haben. Und dann sollen sie dementieren!"

Ich ließ mich mit der Zeitung verbinden, und als sich das Blatt meldete, verlangte ich den Chefredakteur. Aber der war nicht zu erreichen oder ließ sich verleugnen. Dann rief ich den Herausgeber an und hatte mehr Glück; er war zu Hause. Ich stauchte ihn zusammen und wollte wissen, woher die Information kam. Wenn man bei der Presse nach Informanten fragt, kann man ebenso gut eine Kuh über die Geheimnisse des Skatspiels ausfragen. Also er stellte sich dumm, hatte vermutlich seine eigene Zeitung noch nicht gelesen.

„Verdienen Sie immer noch nicht genug an unseren ganzseitigen Annoncen", schrie ich wutentbrannt in den Hörer, „oder warum mischen Sie so eifrig dabei mit, Wiebensohn in Bedrängnis zu bringen? Ich verlange eine Gegendarstellung; wir werden Ihnen den Text zukommen lassen!"

Es wurde ein Krisenstab berufen, dem, außer mir, Emil Hennemann, unser Werbeleiter Daniel Peters und der Syndikus Hjalmar Beck angehörten. Eine Gegendarstellung wurde entworfen, in der den Behauptungen der Presse ganz entschieden widersprochen wurde. Ein Zusammenhang von Wiebensohn und der Baal-Sekte sei barer Unsinn und nichts als ein Gerücht.

Die meisten Zeitungen brachten auch dieses Dementi. Einige ohne Kommentar, andere mit positiven oder auch negativen Hinzufügungen.

Natürlich schrieben wir auch alle unsere Betriebe an, um unsere Mitarbeiter zu informieren und zu beruhigen.

Aber leider zeigte das Gerücht Auswirkungen: Der Umsatz ging zurück. Der Umsatz ging bald erheblich zurück! Immer noch kursierten die wildesten Gerüchte, auch an Stammtischen und Biertresen.

So entschlossen wir uns zu einem Akt der Verzweiflung, zu einer Anzeigenkampagne in den Tageszeitungen in unserem Verbreitungsgebiet:

„Rufmörder gesucht!

»Wiebensohn« ist seit zwei Jahrzehnten eine bei den Verbrauchern beliebte Einkaufsquelle, mit dem Ruf der Qualität, der Redlichkeit und des partnerschaftlichen Verhaltens den Kunden gegenüber.

Durch eine heimtückische Verleumdung wurde die Wiebensohn-Lebensmittel AG kürzlich mit einer weltweit agierenden Sekte in

Verbindung gebracht, wodurch sich einige unserer Kunden veranlasst gefühlt haben, nicht mehr bei uns zu kaufen. Das Gerücht einer Verbindung zwischen der ‚Wiebensohn-Lebensmittel AG' und dieser esoterischen Sekte entbehrt jeder Grundlage.

Um gegen die Verleumder vorgehen zu können, erbittet Wiebensohn die Mithilfe der Lieferanten, Kunden und Mitarbeiter. Setzen Sie uns bitte in Kenntnis, wer Ihnen wie und wann mitgeteilt hat, dass es angeblich zwischen Wiebensohn und der Baal-Sekte eine Verbindung gibt.

Ihre aufklärende Mitteilung hat nichts mit Denunziantentum zu tun. Sie tun dies im Namen von Wahrheit und Gerechtigkeit!

Hans Martin Wiebensohn."

Der Umsatz ging aber weiter zurück, in einem geradezu dramatischen Umfang. Weitere negative Artikel erschienen in der Presse, auch von Gesine war darin die Rede. Sie habe mich verlassen, hieß es da, weil ich ein ranghoher Baal-Sektenmann sei und versucht habe, sie zu manipulieren.

Das war ja nun alles falsch und verdreht dargestellt! Nicht ich hing einer Sekte an sondern Gesine und nicht der Baal-Sekte, sondern den Desertanten.

Aber wer wollte diese feinen Unterschiede schon wissen? Ich hatte auch nicht die Absicht, Gesine weiter in diese Schmutzkampagne hineinzuziehen. Lieber in die Pleite gehen als meinen Schatz in der Öffentlichkeit mit Dreck zu bewerfen.

Und wenn es so weiter ging, war die Pleite vorprogrammiert!

Nach zwei Monaten wurde das Geld langsam knapp. Ich fragte bei unseren Hausbanken um Überbrückungskredite an und wurde meistens mit Ausflüchten hingehalten. Die eine der Banken stellte wenigstens eine klare Bedingung: Wenn es uns gelänge, die negativen Berichte und Stimmen in der Öffentlichkeit zu widerlegen und zum Schweigen zu bringen, dann könne man über Kredite reden, vorher nicht!

Ja, wenn uns das gelänge und wenn dann die Kunden wieder bei uns kauften, dann brauchten wir auch keine Kredite! Wir mussten aus diesem Teufelskreis rauskommen. Wenn wir nur wüssten, wer dahinter steckte?

Unsere Anzeigenkampagne hatte nichts gebracht außer hohe Kosten. Mit dem Hamburger Detektivbüro war es dito. Die Medien wollten die Wahrheit nicht hören. Sie überschlugen sich geradezu mit allen möglichen Enthüllungen und Sensationen über mich und Wiebensohn; aber kein Journalist kam auf die naheliegende Idee, mich zu fragen.

Eine Zeitung schrieb bei der anderen ab, jeder Moderator in Funk und Fernsehen brachte „neue", irgendwo gehörte oder gelesene sogenannte „Wahrheiten"; aber alles war erstunken und erlogen.

Es gab aber auch Positives zu vermelden in dieser verrückten Zeit. In der Firma hielten alle zu mir, kannten sie mich und die näheren Umstände ja auch genauer. Und dann standen auch die Kinder fest und treu zu ihrem Vater, obwohl sie es auch nicht immer leicht hatten und in der Öffentlichkeit oft dumm angeflaumt wurden.

Besonderen Grund zur Freude bot mir dabei mein jüngster Sohn Jan-Hermann. Unser sensibler Jan-Hermann, der meiner Arbeit und der Firma immer kritisch gegenüber gestanden hatte, wandelte sich in kurzer Zeit von einem Saulus zum Paulus, stand voll zu seinem Vater und der Firma und rief voller Wut und mit tiefer Überzeugung: „Es ist ein himmelschreiendes Unrecht, wie die Öffentlichkeit mit Dir und mit Wiebensohn umgeht. Die haben alle ein Brett vorm Kopf; doch gegen Dummheit kämpfen Götter selbst vergebens."

Und dann Ignaz Stöltenhuber!

Kurz nach unserer Anzeigenkampagne war er plötzlich da und bot mir seine Hilfe an. Er kam persönlich nach Dithmarschen und blieb fast vierzehn Tage; er wohnte natürlich bei uns in Oldenhusen.

Er machte mir ein tolles Angebot: „Mein lieber Hannes Wiebensohn, Sie sind zur Zeit in einer bitterbösen Lage! Wenn es Ihnen eine Hilfe ist, kaufe ich meinen Betrieb zurück. Ich gebe Ihnen dafür den damaligen Kaufpreis zurück, dann haben Sie das Geld, um diese schlimme Zeit durchzustehen. Wenn dann dieser ganze Rummel vorbei ist und Sie wieder fest im Sattel sitzen, machen wir alles wieder rückgängig. Das ist mein Angebot!"

Ja, das war sein Angebot, das Angebot eines wirklichen Freundes. Ich griff danach, wie der Ertrinkende nach dem rettenden Strohhalm. Allerdings war es mehr als nur ein Strohhalm, ging es dabei doch um Millionen. Das war ein Haufen Geld, genug um uns über ein ganzes schlechtes Jahr hinüber zu retten. Und in einem Jahr kann viel passieren, könnte Wiebensohn längst wieder in den schwarzen Zahlen sein.

Wenn es uns nur gelänge, diese Rufmordkampagne zu stoppen. Daran mussten wir noch hart arbeiten, aber Zeit gewonnen – alles gewonnen!

Und so erklärte ich mich mit dem Rückkauf der Stöltenhuber-Betriebe durch Ignaz Stöltenhuber einverstanden. Allerdings machte unser Syndikus Hjalmar Beck schwere Bedenken geltend: Nach dem Aktiengesetz könne nicht ein Teil der Gesellschaft so ohne weiteres verkauft werden, dazu müsse immerhin die Hauptversammlung einen Beschluss fassen.

Aber so viel Zeit hatten wir nicht, wir brauchten sofort Hilfe und Geld. Wir schlugen Ignaz Stöltenhuber vor, ein Aktienpaket von zehn Prozent der gesamten Aktien von mir zum Nennwert zu übernehmen. Denn unsere Aktien waren an der Börse nicht zu verkaufen, nicht einmal zum Schleuderpreis; kein Mensch wollte Wiebensohn-Aktien haben. Aber auf diesen Vorschlag ging Stöltenhuber nicht ein. Er wollte sein Geschäft zurück und sonst gar nichts! Und dafür war er auch gewillt, einen anständigen Preis zu zahlen.

Ich brachte Verständnis für ihn auf; ich selbst hätte nicht anders gehandelt. Wenn „Wiebensohn“ in den Konkurs ging, dann wollte er wenigstens die Stöltenhuber-Betriebe heil dort herausbringen. Das einzige Zugeständnis, das er machte, war eine Klausel im Vertrag, womit er Wiebensohn das Vorkaufsrecht auf die Firma Stöltenhuber einräumte.

Und so setzten wir den Vertrag auf: Stöltenhuber kaufte seine Betriebe zurück und zahlte dafür den Betrag, den er seinerzeit von Wiebensohn erhalten hatte. Damit waren wir erst einmal aus dem Schneider!

Kurz darauf unternahmen wir einen massiven Versuch, unsere Kundschaft zurück zu gewinnen. Natürlich hatten wir in der Zwischenzeit laufend tolle Sonderangebote gemacht und damit auch einen Teil unserer Kundschaft halten können. Wir mussten aber alle unsere Kunden wieder haben, und dazu gingen wir noch einmal in die Offensive.

Wir griffen meine alte Idee mit dem „Verbraucherbeirat" wieder auf. Der Verbraucherbeirat sollte sich aus Vertretern der Kunden zusammensetzen, für jeden Supermarkt einen. Die Beiräte sollten die Interessen der Verbraucher oder Kunden vertreten und sich mit Fragen der Qualität, Gesundheit – sprich chemischen Zusätzen in Lebensmitteln –, Inhaltsangaben, Verfallsdaten, Gewichtsangaben und ähnlichen, den Verbraucher interessierenden Fragen befassen.

Hierüber sollten sie sich Gedanken machen und dem Vorstand der AG gegebenenfalls Wünsche und Verbesserungsvorschläge unterbreiten können. Dem Vorstand sollte dann die Pflicht obliegen, diese Vorschläge zu prüfen und, wenn möglich, in die Tat umzusetzen. Einzig bei der Preiskalkulation und der Personalpolitik sollte dem Verbraucherbeirat kein Mitspracherecht zustehen.

Wir diskutierten das Thema bei uns im Hause durch und beschlossen dieses Mal einstimmig, die Sache in Angriff zu nehmen. Dann wurde sie vorbereitet, wobei Krisenstab, Entwicklungs- und Werbeabteilung mitmachen mussten. Alles, was Arme und Beine hatte, musste mit ranklotzen! Es tauchte dann die Idee auf, die Installation des Verbraucherbeirates mit einem großen Preisausschreiben zu verbinden.

Und so zogen wir die Sache durch!

In all unseren Supermärkten lagen Stimmzettel aus, auf denen die Kunden einen Kandidaten zum Beirat benennen konnten, und damit nahm jeder Kunde gleichzeitig an einer Preisauslosung teil. Mit Preisen wurde nicht geknausert: Reisen, Autos, Fahrräder, Präsentkörbe, Gesines Schallplatten und Kochbücher waren in reichem Maße zu gewinnen. Auch Geldpreise nicht zu knapp, der Hauptgewinn hunderttausend Mark.

Und dann machten wir das Ganze in einer großen Werbekampagne publik, wobei wir auch das Fernsehen einspannten.

Mit Speck fängt man Mäuse! Und die Mäuse schnupperten kurz und kamen dann aus ihren Löchern heraus. Sprich: Das Verbraucherbeirat-Preisausschreiben wurde ein Riesenerfolg. Den Zahlen nach zu urteilen, machten nicht nur unsere alten Kunden mit, sondern es kamen auch noch Leute, die sonst bei uns nicht gekauft hatten.

Wir hatten die Stimmzettel bei den Kassen ausliegen, das heißt, wer einen haben wollte, musste erst einkaufen. Die Kassen klingelten wie lange nicht mehr. Und wie es sich später zeigen sollte: Viele Stammkunden kamen auf Dauer zurück, und neue Kunden wurden hinzugewonnen.

Dann wurde der Verbraucherbeirat installiert, was mit einem Haufen zusätzlicher Arbeit verbunden war. In jedem einzelnen unserer Verbrauchermärkte waren die Stimmzettel zu sichten, Stimmen zu zählen. Wer die meisten Stimmen erhalten hatte, war als Beirat gewählt. Der Name des oder der Gewählten wurde an unsere Zentrale weitergeleitet und registriert. Die so gewählten Beiräte wurden in mehreren regionalen Versammlungen miteinander bekannt gemacht und begannen zu arbeiten. Sie wählten ihrerseits einen Vorstand von fünfzehn Leuten, den wir zu einer gemeinsamen Sitzung mit Vorstand und Aufsichtsrat der Wiebensohn AG zu dem Sitz der Aktiengesellschaft einluden.

Bei der Gelegenheit konnte ich die Schmutzkampagne gegen Wiebensohn, vor allem meine angebliche Mitgliedschaft bei der Baal-Sekte, ansprechen und zurückweisen. Es wurden dazu noch eine Reihe von Fragen gestellt, die ich alle, wie ich meinte, zufriedenstellend beantworten konnte.

Alle Stimmzettel gingen nach der Auswertung an unsere Hauptverwaltung, und bei uns wurden dann die Gewinner ausgelost. Bei dieser Auslosung fehlte uns Gesine natürlich sehr. Sie wäre die richtige Glücksfee gewesen, und wir hätten mit ihr auch noch ordentlich werben können. So aber musste Viktoria in den Glückstopf greifen und die Gewinner ermitteln. Als diese feststanden, wurden die Preise auf die einzelnen Supermärkte verteilt und dort den Gewinnern ausgehändigt. Ganz klar: Dabei und auch bei der Bekanntgabe der gewählten Beiräte wurde massiv geworben, was seine Wirkung auch nicht verfehlte. Der Umsatz stieg wieder und das nicht so knapp!

Aber noch waren wir nicht über den Berg; denn noch gaben unsere Gegner nicht auf. Aber bei ihrem nächsten Angriff auf Wiebensohn waren sie gezwungen, ihre Deckung aufzugeben und aus der Anonymität herauszutreten.

Es ging bei uns ein Einschreiben von einem unserer Aktionäre ein, mit dem die Einberufung einer Hauptversammlung gefordert wurde. Dieser Aktionär hieß William Cornfeld und hatte etwas mehr als sechs Prozent unserer Aktien zusammengekauft. Der Name Cornfeld war mir schon irgendwo 'mal untergekommen, aber ich konnte mich nicht entsinnen in welchem Zusammenhang. Bis mich unser Syndikus Hjalmar Beck aufklärte: „Da gab es doch vor ein paar Jahren einen Bernie Cornfeld, der mit dubiosen Geschäften auf dem Investmentmarkt viele Leute um ihr Geld brachte. Wenn dieser William Cornfeld auch so ein Finanzakrobat ist, können wir uns auf einiges gefasst machen."

Cornfeld begründete die Einberufung der Hauptversammlung mit der Behauptung, dass ich ein maßgebender Manager der Baal-Sekte sei und dadurch die Wiebensohn AG um Millionenbeträge geschädigt habe. Unter anderem hätte ich einen wesentlichen Teil der Wiebensohn AG an die Baal-Sekte verkauft, was nach dem Aktiengesetz ohne entsprechenden Beschluss der Hauptversammlung unrechtmäßig sei. Seine Forderungen gipfelten in zwei Punkten, die er auf die Tagesordnung gesetzt haben wollte:

- Auflösung der Wiebensohn AG und
- Beschluss über die Zahlung eines Schadensersatzes an die Aktionäre durch den Vorsitzenden des Vorstandes Hans Martin Wiebensohn.

Also das war ja wohl der Gipfel! Nicht allein, dass hier wieder die alte Lüge aufgegriffen wurde, dass ich ein Mitglied dieser beknackten Sekte sei. Ich wurde nun auch noch für den finanziellen Schaden verantwortlich gemacht, der aus dieser Lüge den Aktionären zweifellos entstanden war!

Außerdem: Dass dieser Cornfeld schon kurze Zeit nach Rückkauf der Stöltenhuber-Betriebe davon Wind bekommen hatte, war ein Zeichen dafür, dass unsere Gegner einen Informanten in unserem Hause haben mussten. Es gab einen Verräter bei der Wiebensohn AG. Aber das war inzwischen auch schon bald egal.

Fakt war, dass ich 65 Prozent der Aktien hielt und es damit gegen mich nicht möglich war, die Wiebensohn AG aufzulösen. Und wegen einer Entschädigung an die Aktionäre würde ich auch nicht überstimmt werden können.

Aber die Hauptversammlung mussten wir wohl einberufen; denn nach dem Aktiengesetz können Minderheitsaktionäre die Einberufung verlangen, sofern ihre Anteile den zwanzigsten Teil des Grundkapitals erreichen. Das war hier der Fall. Also luden wir frist- und formgerecht zur ersten Hauptversammlung der „Wiebensohn-Lebensmittel AG“ ein.

In der Zwischenzeit konnte das von uns engagierte Detektivbüro nach langer Zeit wieder einmal Erfolge verbuchen. Georg Erfle war wieder persönlich gekommen; wir waren wohl einer seiner besten Kunden.

Zunächst einmal ging es um die Frage: Wer ist William Cornfeld? Im „Who is Who“ hatte er nichts finden können, Cornfeld gehörte wohl nicht zu der wirklichen Prominenz. Deshalb hatte Erfle noch eine weitere Detektei eingeschaltet, die in der internationalen Geschäfts- und Finanzwelt bewandert war.

Und nu hol di fast: Cornfeld war Geschäftsführer einer amerikanischen Firma, die sich mit der Einfuhr von amerikanischen Lebensmitteln in die Bundesrepublik befasste und eine hundertprozentige Tochter der „Primus-Agria“ war. Und die „Primus – Agria“ war ein internationaler Lebensmittelmulti und betrieb mehrere Ladenketten in der Bundesrepublik und Europa.

Also war William Cornfeld der Strohmann von einem der schärfsten Konkurrenten von Wiebensohn und offensichtlich darauf angesetzt, uns kaputt zu machen!

Dass da irgendwas in der Art gegen uns lief, hatten wir ja schon lange vermutet; nun hatten wir die Bestätigung. Gut, dass wir noch vor unserer Hauptversammlung diese Information erhalten hatten.

Und darüber hinaus hatte Erfle einen Zeitungsmenschen bei einer Presseagentur ausfindig gemacht, der gegen einen warmen Händedruck bereit war, uns den Informanten in Sachen Pressekampagne gegen Wiebensohn zu benennen. Der warme Händedruck – sprich Bestechung – müsse aber erheblich sein, unter fünfzigtausend liefe da nichts, so Erfle. Dann könnten wir auch Klarheit darüber bekommen, wer die Baal-Lüge gegen mich und Wiebensohn in Umlauf gebracht habe.

Daran war uns natürlich viel gelegen, und so händigte ich Erfle fünfzigtausend bare Mark aus mit der Bedingung, dass dieser Redakteur nicht nur seinen Informanten benennen müsse, sondern auch Material bereitzustellen habe. Es müsse Material sein, mit dem wir vor Gericht etwas anfangen könnten, oder dieser Zeitungsmensch müsse bereit sein, vor Gericht als Zeuge auszusagen.

Zwei Tage später rief Erfle mich an und teilte mit, mit dem Material sei es nichts, die Information sei mündlich erfolgt. Und wenn dieser Redakteur vor Gericht aussagen solle, dann verlange er dafür noch weitere fünfzigtausend Mark. Dieser Fiesling spielte das alte Spiel vom langen Hebel, und ich musste akzeptieren. Irgendwann würde ich dem großen Gegner „Primus-Agria" die Rechnung präsentieren, und auch diese hunderttausend Mark anfordern!

Und so bewilligte ich auch diese zweite Bestechung, und dann kriegten wir endlich zu wissen, dass auch hierbei Cornfeld die Finger im Spiel hatte. Der Informant war ein gewisser Hank Snyders, und das war der Leibwächter, Herrenfahrer und Intimus von William Cornfeld. Der Zeitungsmann hatte beide kurz darauf in einem Lokal gesehen, und Cornfeld kannte er schon länger.

Also wieder Cornfeld und „Primus-Agria"; das Bild begann sich zu runden.

Die Hauptversammlung fand statt und lief für mich und Wiebensohn erfolgreich ab, auch wenn sie recht turbulent war und mit einem Eklat endete.

Alle Aktionäre waren gekommen, jedenfalls die Großaktionäre. Eine Reihe von Kleinaktionären wurden von Banken vertreten. Am Anfang eröffnete ich die Versammlung, begrüßte die Anwesenden und stellte die Beschlussfähigkeit fest.

Im Anschluss gab ich einen Geschäftsbericht und leitete dann zu einer persönlichen Erklärung über:

„Die Hauptversammlung ist eine außerordentliche Versammlung, die von einem Aktionär verlangt und daraufhin vom Vorstand einberufen wurde. Ich kann dieses Verlangen insofern verstehen und nachvollziehen, als in letzter Zeit durch falsche und gehässige Zeitungsberichte der Umsatz von Wiebensohn erheblich geschädigt und zurückgegangen war, wodurch die Firma eine zeitlang in erhebliche Schwierigkeiten geriet und die Aktienkurse von Wiebensohn auf einen Bruchteil des Nennwertes fielen.

Nicht nachvollziehen kann ich, wenn dieser Aktionär die gegen mich und Wiebensohn verbreiteten Lügen aufgreift und daraus die

Konsequenz zieht, dass Wiebensohn nun aufgelöst werden müsse!“

Ich wandte mich nun direkt an den nicht weit von mir sitzenden William Cornfeld und meinte, immer noch recht friedlich: „Herr Cornfeld, Sie hätten immerhin die Möglichkeit gehabt, mich in dieser Angelegenheit zu befragen und Rücksprache zu nehmen. Das haben Sie nicht getan, und das mache ich Ihnen zum Vorwurf!

Statt dessen greifen Sie diese Lügen auf und verlangen, dass über eine Auflösung der „Wiebensohn-Lebensmittel-AG.“ beschlossen werden soll. Dies lehne ich mit aller Entschiedenheit ab; denn der Vorstand hat in letzter Zeit Maßnahmen ergriffen, die eine Konsolidierung der Lage von Wiebensohn in Kürze zur Folge haben werden. Unsere Kunden fassen wieder Vertrauen zu Wiebensohn, und die Geschäfte florieren wieder.

Im übrigen erkläre ich hiermit noch einmal ausdrücklich, zu keiner Zeit hat es eine Beziehung zwischen mir persönlich oder der Wiebensohn AG zur Baal-Sekte gegeben!“

Danach war zunächst Stille, dann Gemurmel und immer lauter werdendes Stimmengewirr, und zum Schluss schrie Cornfeld: „Stehen Sie Rede und Antwort über den Verkauf von den Stöltenhuber-Betrieben. Immerhin waren das ein Drittel der Läden von der Wiebensohn-AG! Ein Drittel von unserem Vermögen, das Sie verschleudert haben!“

Ich hob die Hand, um Ruhe im Saal zu bekommen und um anzudeuten, dass ich ‘was zu sagen hätte: „Es ist richtig, dass der Vorstand mit Genehmigung des Aufsichtsrates die Stöltenhuber-Betriebe wieder an Ignaz Stöltenhuber zurückverkauft hat. Aber von einer Verschleuderung kann nicht die Rede sein. Wir haben genau den Preis erhalten, den wir seinerzeit an Stöltenhuber zahlten. Und dieses Geld brauchten wir dringend, um diese schwere Zeit durchzustehen. Wir hatten damals kaum Einnahmen in unseren Läden und wussten nicht, wie wir die Löhne und sonstige Verpflichtungen bezahlen sollten, zumal uns die Banken im Stich ließen. Hätten Sie es lieber gesehen, wenn wir in den Konkurs gegangen wären? Diese Maßnahmen waren bitter, aber unumgänglich. Wir haben damit die Wiebensohn-Lebensmittel-AG vor dem Zusammenbruch gerettet. Und was die Stöltenhuber-Betriebe angeht, so haben wir darauf das

Vorkaufsrecht und werden sie zurückkaufen, sobald die AG wieder in den schwarzen Zahlen ist.“

Cornfeld ging nicht darauf ein, sondern schrie in den Saal: „Die Aktionäre verlangen einen Schadensersatz von Ihnen! Wir sind ein Drittel ärmer geworden, und das müssen Sie uns ersetzen!“

„Das werde ich nicht tun“, widersprach ich, nun auch etwas lauter werdend, „denn die Aktionäre sind keineswegs um ein Drittel ärmer geworden. Die AG hat zwar ein Drittel Läden weniger, aber dafür den Gegenwert in Geld und Aktien erhalten.

Und jetzt sollten wir uns der Tagesordnung zuwenden. Ich rufe zur Abstimmung über Punkt zwei der Tagesordnung auf: Auflösung der Wiebensohn AG.“

Aber so schnell ging das nicht, es meldeten sich Cornfeld und noch einige andere Aktionäre zu Wort, und es dauerte noch eine ganze Zeit, bis wir zur Abstimmung kamen. Cornfeld ritt immer noch auf der Baal-Lüge herum und behauptete unter anderem, dass Wiebensohn größere Beträge an die Baal-Sekte gezahlt habe.

Ich wies auch diesen Vorwurf zurück und führte aus: „Die Wiebensohn-Lebensmittel AG wird nach Ablauf des ersten Geschäftsjahres einen von einem dafür zugelassenen Wirtschaftsprüfer geprüften Jahresabschluss vorlegen. Dieser wird den Aktionären zugestellt werden, und auf der nächsten ordentlichen Hauptversammlung wird darüber zu beschließen sein.

Dann werden Sie sehen, dass keine einzige Mark von Wiebensohn an diese Sekte gezahlt worden ist.“

Als alle ihre Meinung gesagt hatten, kam es endlich zur Abstimmung, und dabei wurde die Auflösung der Wiebensohn AG mit Mehrheit abgewiesen, wie auch die Zahlung von Schadensersatz an die Aktionäre. Außerdem wurde der Verkauf der Stöltenhuber-Betriebe an Ignaz Stöltenhuber nachträglich genehmigt.

Am Ausgang der Abstimmung hatte es für den Vorstand auch keine Bedenken gegeben, hielt ich doch inclusive der zehn Prozent Aktien aus dem Besitz von Ignaz Stöltenhuber fast drei Viertel der Aktien und Stimmrechte in meiner Hand.

Als die Abstimmung zu Ende war, schloß ich die Versammlung. Aber danach sprang William Cornfeld auf und rief in die Versammlung: „Damit ist die Angelegenheit noch lange nicht beendet.

Ich werde Sie auf Schadensersatz verklagen, vor Gericht sehen wir uns wieder!"

Also würde der Kampf weiter gehen! Und Hans Broders hatte doch recht behalten, als er mich damals vor einer Umwandlung von Wiebensohn in eine Aktiengesellschaft gewarnt hatte.

Während der Versammlung war ich mehrere Male versucht gewesen, Cornfeld seine Zugehörigkeit zum „Primus-Agria-Konzern" vorzuhalten und ihn der Urheberschaft der Baal-Lüge zu bezichtigen. Jetzt war ich froh, dass ich mein Wissen über diese Dinge für mich behalten hatte. Diese Zusammenhänge würde ich in einem anstehenden Prozess gut als Argumente verwenden können. Bis dahin war es klug, William Cornfeld in Sicherheit zu wiegen.

In diesen turbulenten Monaten fing Gesines Bild bei mir langsam an zu verblassen. Ich ertappte mich immer öfter dabei, dass ich schon als Alleinstehender dachte und handelte. Das Wir-Gefühl drohte mir, abhanden zu kommen!

Der Tag forderte mir auch immer allerhand ab, alle Kraft ging in den Beruf und die Firma hinein. Am Abend waren dann die Kinder um mich; aber immer öfter hatten sie auch ihre eigenen Interessen, gingen ihren Weg. Die alten Freunde mied ich, weil ich ihre mitleidigen Blicke und ihr krampfhaftes Bemühen, mich aufzuheitern, nicht ertragen konnte.

Mit einem Wort: Ich war nicht mehr gut drauf! Am schlimmsten waren die Nächte. Dann lag ich lange wach, grübelte hin und her, und zu guter Letzt drehte sich alles um die Frage: Was habe ich falsch gemacht? Habe ich selbst Gesine aus dem Haus getrieben?

Hin und wieder legte ich eine ihrer Platten auf. Aber das war auch keine gute Therapie. Wenn dann ihre warme Stimme den Raum füllte, war es wie Morphium: Der Schmerz war eine kurze Zeit betäubt, um dann um so stärker zurückzukommen.

Ab und zu dachte ich daran aufzugeben. Der Kurs unserer Aktien fing langsam wieder an zu steigen; irgendwann würde ich sie zu einem annehmbaren Preis verkaufen können. Dann sollten andere weiter machen. Ich würde dann mein Geld leben, auf Reisen gehen, in die Stadt ziehen.

Nein, ich war nicht gut drauf in dieser Zeit!

Das alles änderte sich schlagartig, als das erste Lebenszeichen von Gesine eintraf. Gesines jüngere Schwester Irene lebte in Wiesbaden, war dort mit einem Juristen verheiratet. Und bei ihr tauchte eines Tages meine Frau auf und blieb ein paar Tage.

Auch Gesine war nicht gerade glücklich und zufrieden mit ihrem Leben. Bei den Desertanten war sie schon lange nicht mehr. Sie hatte sich schon nach ein paar Monaten von der Sekte getrennt, als sie merkte, dass bei den Kindern der Wüste nur Phrasen gedroschen und die Mitglieder manipuliert und unterdrückt wurden. Das war für eine emanzipierte und an Selbstständigkeit gewöhnte Künstlerin auf Dauer nicht zu ertragen. Anstatt den Trip in die große Freiheit hatte sie bei den Desertanten eine absolute Einengung ihrer Persönlichkeit, eine primitive und öde Unterdrückung erlebt.

Mit Biggi Peters Hilfe konnte sie sich von der Sekte lösen, wobei Biggi selbst bei den Desertanten blieb. Für Biggi war es wohl das richtige Leben, wenngleich sie auch sehr an Gesine hing. Als letzten Freundschaftsdienst half sie Gesine, sich von der Sekte loszumachen.

Im Anschluss daran hatte Gesine eine längere Reise durch Italien und die Schweiz gemacht, wobei sie von ihrer inzwischen verwitweten Freundin Hanna Betz-Neumann begleitet wurde. Dann tauchte sie bei ihrer Schwester in Wiesbaden auf.

Das alles kriegte ich eines Abends von unserem jüngsten Sohn Jan Hermann zu wissen. Unser sensibler Jan Hermann hatte wohl – neben mir – durch Gesines Auszug am stärksten gelitten. Und er hatte all die Zeit, das kriegte ich dabei zu wissen, seine eigenen Nachforschungen über Gesines Verbleib angestellt. Bei allen möglichen Leuten hatte er immer wieder nach seiner Mutter gefragt. So rief er denn auch eines Tages bei seiner Tante Irene in Wiesbaden an, und als er hörte, Gesine sei da, fuhr er, ohne lange zu überlegen, hin.

Gesine war im Grunde ihres Wesens eine Glucke, die immer all ihre Küchlein um sich haben musste. Aber genau wie in der Natur, wo die Glucke ihre Küken verlässt, wenn diese groß geworden sind, war auch Gesine eines Tages auf und davon gegangen.

Aber die Sehnsucht blieb. Und so war es eine große Freude für sie, als Jan Hermann auf einmal in Wiesbaden auftauchte, und sie schloß ihren Jüngsten gerührt in die Arme.

Und dann schüttete sie ihm ihr Herz aus und bekannte unter Tränen, wie gerne sie wieder bei uns in Oldenhusen leben würde. Nur traute sie sich nicht so einfach heimzufahren und zu sagen: „Hier bin ich und ich bleibe nun bei euch!“

Zumal sie von den Schwierigkeiten um Wiebensohn wusste und schuldbewusst die Baal-Lüge ihrem Desertanten-Abenteuer zuschrieb. Und außerdem hatte sie einen Vertrag mit einem Kreuzfahrtschiff abgeschlossen. Ihr alter Produzent Jason Nefedov hatte ihr ein Engagement auf der „World-Traveller“ besorgt. Dort nahm sie an einer vierzehntägigen Nordlandfahrt teil, musste einige Male am Abend auftreten. Das Schiff war inzwischen schon unterwegs, die Zeit würden wir wohl abwarten müssen, so Jan Hermann.

Aber ich wollte nicht mehr warten, eine Riesensehnsucht nach Gesine überkam mich, und ich beschloss zu handeln. Ich ging ins Reisebüro und ließ anfragen, ob an Bord des Schiffes noch eine Kabine frei sei und ob ich noch zusteigen könne. Es klappte, und so flog ich mit der Lufthansa nach Reykjavik, wo ich an Bord ging.

Ich richtete mich nur kurz in der Kabine ein und machte mich dann auf die Suche. Aber ich konnte Gesine nicht finden, die meisten Passagiere waren ohnehin auf einem Ausflug zu den Geysiren unterwegs.

In der Kabine lag eine Menge Informationsmaterial auf dem Tisch, unter anderem wurden die Künstler vorgestellt, die zur Unterhaltung der Passagiere beitrugen. Und tatsächlich, Gesine Möller gab an mehreren Abenden Konzerte, wobei sie von der Bordkapelle begleitet wurde. Eins war schon gewesen, ein weiteres folgte in der nächsten Woche. An der Rezeption wollte man mir die Kabinennummer von Gesine nicht mitteilen: Es sei nicht gestattet! Man wolle die Künstler vor übermäßiger Neugier schützen; wenn ich jedoch ein Foto mit Autogramm haben wolle, könne man es besorgen. Nein, das wollte ich nun wirklich nicht. Also musste ich mich weiter auf die Suche machen.

Ich ging ins Lido-Café, das nur spärlich besucht war, trank Kaffee und aß Kuchen. Dann suchte ich mir einen Liegestuhl auf dem Achterdeck und verdöste den Nachmittag und wartete der Dinge, die da kommen würden.

Wir trafen uns das erste Mal am Abend im Speisesaal. Man hatte mir einen Platz beim Eingang zugewiesen, und als ich mir gerade vom Steward das Menü zusammenstellen ließ, ging Gesine an mir vorbei, ohne mich zu bemerken. Sie war in Begleitung von Hanna Betz-Neumann, und die beiden nahmen an einem ziemlich entfernten Tisch Platz.

Nach dem Dinner blieb ich sitzen und wartete; sie mussten ja wieder an mir vorbeikommen. Der Speisesaal hatte sich schon ziemlich geleert, als die beiden Frauen aufbrachen und geradewegs auf mich zukamen. Ich stand auf, und sie waren schon fast bei mir, als Gesine mich bemerkte.

„Guten Abend, Gesine", grüßte ich sie und fügte zaghaft hinzu, „kennst du mich noch?"

Das Blut schoss ihr ins Antlitz, und sie stammelte völlig verwirrt: „Mein Gott, Hannes, wo kommst du her?"

„Ich habe viel durchgemacht in letzter Zeit", meinte ich völlig wahrheitsgemäß, „muss mich mal erholen. Deshalb mache ich eine Nordlandreise. Und du?"

„Ich habe hier ein Engagement, gebe einige kleine Konzerte am Abend."

„Also singst du wieder? Das finde ich gut."

„Nur eine kleine Sache zwischendurch."

Wir standen noch immer zwischen den Tischen im Speisesaal, in dem nun das Personal mit dem Abräumen anfing. Ich trachtete danach, diesen jetzt ziemlich ungemütlichen Ort zu verlassen und lud Gesine auf einen Drink an die Bar ein. Wir mussten uns ein Deck höher begeben, um in die sogenannte „Nordkap-Bar" zu gelangen und stiegen nebeneinander die breite Treppe hoch, Hanna ließ uns allein.

Dann saßen wir uns an einem kleinen Tisch gegenüber und ließen uns einen „Planters Punsch" servieren. Wir waren beide sehr gehemmt und keiner wusste, wie er das Gespräch beginnen sollte. Schließlich sprachen wir über das Wetter, das Schiff, das Essen, die Kabinen, nur nicht über uns.

Aber wir sprachen immerhin miteinander, wir sprachen lange, und allmählich bauten sich die Hemmungen ab.

Dann verabredeten wir uns für den nächsten Tag, und als wir aufbrachen, fragte Gesine: „Wieso habe ich dich die ganzen Tage noch nicht gesehen?"

„Ich bin erst heute in Reykjavik an Bord gekommen. Im Grunde bin ich dir nachgefahren", klärte ich sie auf, „ich hoffe, es ist dir nicht unangenehm?"

Sie legte ihre Hand ganz leicht auf meinen Arm und schaute mich das erste Mal richtig an. Dann sagte sie ganz leise: „Wieso unangenehm? Ich bin sehr glücklich, dass du hier bist."

Nachdem wir uns getrennt hatten, blieb ich noch lange an Deck. Es saßen noch viele Passagiere in den Liegestühlen oder standen an der Reling, um die Mitternachtssonne zu beobachten. Um halb eins versank die Sonne für kurze Zeit im Norden hinter der schroffen Landschaft Islands, eine halbe Stunde später ging sie schon wieder auf. Es ging ein eigenartiges rötlich-gelbes Licht von ihr aus, ein Sonnenschein, wie ich ihn noch nie erlebt hatte.

Auf einmal war Gesine neben mir und schob ihre Hand in meinen Arm. So standen wir eine ganze Zeit und beobachteten die Mitternachtssonne. Dann legte ich meinen Kopf an den ihren, spürte die Wärme ihrer Haut, und ein Teil der alten Vertrautheit kehrte zurück.

Das Schiff zog ruhig seine Bahn, noch im Windschatten von Island mit Kurs auf Hammerfest. Man muss nach vorne schauen, das Leben lässt einem keine andere Wahl!

Nordeuropa hat einen ganz eigenen und herben Reiz, der mit dem keiner anderen Landschaft zu vergleichen ist. Schroffe, felsige Küsten wechseln mit blitzsauberen Städten ab, malerische Fjorde ziehen sich meilenweit ins Land. Dunkle Berge säumen das klare und meist ruhig daliegende Wasser der Fjorde. Das Bild ändert sich laufend; sobald das Schiff um eine Biegung fährt, gibt es etwas anderes zu sehen. Nebelschleier können geheimnisvolle Stimmungen erzeugen, Wasserfälle bringen Dramatik ins Spiel, mit jeder vorüberziehenden Wolke wechseln Farbe und Stimmung des Fjords. Gelegentlich tauchen Uferstreifen auf, gerade breit genug, dass sich hier ein paar Familien niederlassen können, die Landwirtschaft oder Fischerei betreiben. Anderswo kann das Fjordufer breit genug für einen Fähranleger, ein Dorf mit bunten Holzhäusern oder ein kleines Hotel sein.

Bevor wir aber die norwegische Küste mit ihren Städten und Fjorden kennenlernten, war das Schiff drei Tage von Reykjavik nach Hammerfest unterwegs. Und diese Fahrt bot schon ein besonderes Erlebnis: Das Meer in seiner gewaltigen Ursprünglichkeit.

Schon kurz nachdem die „World-Traveller" die Isländische Küste hinter sich gelassen hatte, geriet sie in die gewaltige Dünung des Nordatlantik.

Ich wurde von einigen eigenartigen Geräuschen wach, die an mein Ohr drangen und die ganz offensichtlich aus der unmittelbaren Umgebung in meiner Kabine stammten. Es war ein rhythmisches Knirschen und Scheuern, gelegentlich unterbrochen von einem rollenden Geräusch, das jedesmal mit einem harten Knall abschloss. Darüber hinaus hatte ich das Gefühl, als wenn ich mich in einem Fahrstuhl befand, der andauernd hoch und wieder runter fuhr. Alles in allem war die Situation nicht sehr angenehm. Ich machte Licht, um mich zu orientieren, was mir erst nach einiger Zeit gelang. Zuerst dachte ich, dass ich wieder von diesem schlimmen Alptraum befallen war, was aber nicht stimmte.

Um es kurz zu machen: Das Schiff stampfte schwer in der riesigen Dünung, und das hatte zur Folge, dass die Täfelung der Kabine zu knirschen und zu scheuern anfing und dieses eklige Geräusch von sich gab. Dazu hob und senkte sich das Vorschiff, wo ich untergebracht war, und verursachte ein Gefühl, als wenn es laufend auf und nieder ging, was ja auch so war!

Zu allem Überfluss sprang auch noch die Schublade des Schreibtisches immer dann auf, wenn sich der Bug des Schiffes hob, rollte auf Schienen bis zum Anschlag und schlug mit hartem Knall wieder zu, sobald sich das Vorschiff wieder senkte. Da an Schlaf nicht mehr zu denken war, zog ich mich an und ging an Deck.

Hier bot sich nun ein überwältigendes Schauspiel, das sich durch eine diesige Morgenluft und die Unendlichkeit des Meeres ins Kolossale steigerte. Ich war mittschiffs an Deck gegangen, und als ich von dort zum Heck des Schiffes blickte, senkte sich dieses gerade und man schaute mitten in eine riesige blaugrüne Welle hinein. Es hatte den Anschein, als würde das Meer direkt an Deck spülen und das Schiff unter sich begraben. Aber die Woge lief natürlich unter dem Schiff hindurch und hob dabei das Heck mit einem gewaltigen

Schwung in die Höhe, bis man nur noch den Himmel mit einigen Wolkenfetzen sehen konnte, der sich im fahlen Licht des heraufziehenden Tages dem Auge darbot. Und schon senkte sich das Hinterschiff wieder, und man sah nichts als Wasser. Dieser Wechsel von Himmel und Meer wiederholte sich unablässig, stundenlang, drei Tage lang, bis wir kurz vor der norwegischen Küste in ruhigeres Gewässer kamen. Dabei war kein Sturm, noch nicht einmal starker Wind, nur diese enorme Dünung, die den Nordatlantik in Bewegung hält, immer und ewig.

Ich setzte mich in einen der Liegestühle und beobachtete das Meer. Wasser so weit das Auge reichte, nur Wasser und Himmel. Nun ja, drei Viertel der Erdoberfläche ist ja auch mit Wasser bedeckt, das wurde so einer Landratte wie mir hier deutlich vor Augen geführt.

Nach einer kurzen Eingewöhnungszeit kam ich mit diesen extremen Verhältnissen einigermaßen zurecht. Sogar der Appetit war gut, und ich war einer der wenigen Gäste bei den Mahlzeiten im Speisesaal während der Überfahrt nach Hammerfest. Aber die arme Gesine hatte schwer mit der Seekrankheit zu kämpfen. Hanna kam zu mir und teilte mir mit, dass Gesine bettlägerig sei und Sehnsucht nach mir habe. Aber gleichzeitig habe sie gesagt, sie sehe schrecklich aus, und ich solle um Gottes willen nicht zu ihr kommen. Also hielt ich mich zurück, ging aber in die Boutique und kaufte einen hübschen Ring, mit Rubinen und Diamanten besetzt, den ich ihr mit den besten Wünschen auf baldige Genesung zustellen ließ.

Ich schrieb auf eine Karte: „Werde bald wieder gesund, denn ich liebe dich und kann ohne dich nicht mehr leben!“

Am zweiten Tag wurde Gesine immer schwächer und musste in die Schiffsklinik verlegt werden. Dort hing sie am Tropf, und nun besuchte ich sie doch, denn ich hatte Angst um die liebe Deern. Ich saß an ihrem Bett und hielt ihre Hand, und sie sagte, und es sollte wohl irgendwie schuldbewusst klingen: „Nun bist du mir nachgefahren mit so großen Hoffnungen, und ich liege hier und mache dir wieder Sorgen. Du hast schon eine Frau, die dir nur Ärger macht.“

„Ach was Ärger“, versuchte ich sie aufzurichten, „werd’ nur erst einmal wieder gesund. Und dann hoffe ich, dass du zu mir zurückkommst.“

Sie drückte ganz schwach meine Hand und sagte, während ihre Augen meinen Blick suchten, leise: „Ich werde kommen, wenn du mich noch willst."

Dann kriegte sie doch etwas Appetit und verlangte, Buttermilch zu trinken. Denn Buttermilch war das einzige, was sie in solchen Situationen bei sich behalten konnte. Das wussten wir noch von den Zeiten ihrer Schwangerschaften her.

Also machte ich mich auf den Weg, Buttermilch zu besorgen. Es ist doch eigenartig, dass auf so einem großen Schiff, in dessen Vorratsräumen tonnenweise Kaviar und Sekt und Weinbergschnecken und andere Delikatessen lagern, so einfache Sachen wie Buttermilch Mangelware sind. Nachdem ich den Kabinenservice und die Stewards vergeblich bemüht hatte, ging ich direkt in die Küche und schilderte die Notlage, und endlich machte man einige Tüten mit Buttermilch ausfindig. Damit und mit noch ein paar Infusionen erreichten wir dann mit Mühe und Not Norwegen. Und damit auch ruhigere Gewässer.

Als die Reise zu Ende war, kriegte ich meine Frau zurück; sie kam wieder mit mir nach Oldenhusen, und damit ging die schwerste Zeit meines Lebens zu Ende. Ich hatte meine Deern wieder, alles andere würde sich schon irgendwie regeln lassen!

Bald darauf ging ein Angebot vom Primus-Agria-Konzern ein, Wiebensohn zu kaufen. Nachdem die Peitsche nicht zum Ziel geführt hatte, versuchte man es mit dem Zuckerbrot. Das Angebot war gut, sogar sehr gut! Ich wäre mit einem Schlage meiner ganzen Sorgen ledig und ein reicher Mann!

Aber Wiebensohn, die „Wiebensohn-Lebensmittel-AG", würde es dann nicht mehr geben. Meine Firma würde in dem großen Multi aufgehen und von der Bildfläche verschwinden. Und damit auch mein Lebenswerk, meine Idee des integrierten und für alle Beteiligten gerechten Lebensmittelhandels.

Der Verbraucherbeirat, eben mit großem Tamtam ins Leben gerufen, wäre, kaum dass er mit seiner Arbeit angefangen hatte, Makulatur. Und alle, die dabei mitgemacht haben, müssten sich für dumm verkauft vorkommen, und ich selbst würde darüber mein Gesicht verlieren!

Nein, dieses Angebot würde ich nicht annehmen können. Derselben Meinung waren auch meine Mitarbeiter, und Emil Hennemann stellte erst einmal ganz sachlich fest, dass wir dazu auch keinen Grund mehr hätten. Die Geschäfte gingen wieder gut, Wiebensohn machte wieder Gewinn, und die Talsohle lag hinter uns.

Wozu aufgeben? Jetzt wieder den Blick nach vorne zu richten, sei die Devise!

Dann warf unser Werbechef Daniel Peters einen Gedanken in die Debatte, der etwas für sich zu haben schien, jedenfalls auf den ersten Blick: „Wie wäre es, wenn wir das Angebot annähmen, aber unter der Bedingung, dass die Primus-Agria sich unserer integrierten Lebensmittelvermarktung anschließen müsste. Dass sie in all ihren Supermärkten in der Bundesrepublik auch nur deutsche Lebensmittel verkaufen würde, mal abgesehen von Kaffee und Bananen. Und auch in ihren Geschäften einen Verbraucherbeirat einrichtete.

Das wäre dann doch ein ganz großer Erfolg unserer Idee! Und das müssen sie dann in ihrer Satzung festschreiben."

„Ich weiß gar nicht mal, ob die überhaupt eine Satzung haben", gab Raketen-Emil zu bedenken, „und außerdem, da machen die nicht mit. Lehrt mich die großen Multis kennen, bei denen geht alles nur um Gewinn. Und dabei sind ihnen Verbraucherbeirat und gläserner Lebensmittelhandel nur im Wege!"

„So seh ich das auch", warf Dr. Mummeltey ein, „denkt doch nur an die Food-Power-Strategie, mit der die amerikanische Regierung das Zahlungsbilanzdefizit der USA beheben wollte. Man wollte mit riesigen Nahrungsmittelexporten einmal den amerikanischen Farmern auf die Beine helfen und außerdem den armen Ländern in der Dritten Welt und dem Ostblock den Einkauf von preisgünstigen Lebensmitteln ermöglichen. Und was ist dabei herausgekommen? Die einzigen, die dabei einen Vorteil hatten und Riesengewinne eingestrichen haben, das waren die großen Lebensmittelhandelsgesellschaften, eben die Multis. Und die werden uns nie und nimmer auf den Leim gehen!"

„Einige von Ihnen, Herrschaften, werden in die Zentrale der Primus-Agria nach Frankfurt fahren und sich das Angebot in allen Einzelheiten erklären lassen. Und anfragen, wie sie zu unseren Ideen stehen. Danach werden wir weiter sehen."

So fuhren einige von unseren jungen Leuten nach Frankfurt: Dieter Mummeltey, Hjalmar Beck und als Vertreterin der Familie Wiebensohn unsere Tochter Viktoria. Dort in der Höhle des Löwen sollten sie auf den Busch klopfen. Im übrigen übten wir Hinhaltetaktik.

In der Zwischenzeit war eine Abordnung des Verbraucherbeirates bei uns im Büro und legte erste Forderungen, oder sagen wir mal: Verbesserungswünsche auf den Tisch des Hauses.

Darunter waren nun gute Ideen, die wirklich im Interesse der Verbraucher lagen, aber auch ziemlich blödsinnige Forderungen. So kam einer mit dem geradezu lachhaften Hinweis, dass in unseren Fleischabteilungen die Waagen mit einem Zugluftschutz zu versehen seien. Denn wenn möglicherweise hinter der Fleischtheke eine Tür offen oder im Sommer ein Ventilator im Gange sei, so würde sich das auf die empfindlichen Waagen derart auswirken, dass sie von der Zugluft heruntergedrückt würden und einige Gramm zuviel anzeigten.

Und dabei soll man ernst bleiben, dazu fällt einem doch nichts mehr ein!

Eine der wichtigsten Hinweise des Verbraucherbeirates betraf die bei uns verkauften Fleisch- und Molkereiprodukte im Hinblick auf Hygiene und Gesundheit. Man forderte für Fleisch- und Wurstwaren, für Trinkmilch, Butter, Quark und Käse Zertifikate oder Atteste, dass beim Verzehr keine gesundheitlichen Nachteile möglich seien.

Die Leute wollten Sicherheit nach dem Motto: Vertrauen ist gut, Garantie ist besser!

Eigentlich war das beim Stand der Dinge eine Selbstverständlichkeit. Denn laufend wurden die bei uns verkauften Lebensmittel von den Gesundheitsbehörden überprüft. Und weil wir das wussten, bemühten wir uns, nur erstklassige und frische Waren anzubieten.

Das geschlachtete Vieh wurde schon im Schlachthof einer Fleischbeschau auf Trichinen, Finnen, Rausch- und Milzbrand unterzogen und ging bei positivem Befund in die Abdeckerei. Darüber hinaus waren die deutschen Viehbestände nach den durchgeführten Sanierungsmaßnahmen schon lange frei von Tuberkulose und Brucellose. Wodurch die Landwirtschaft in der Bundesrepublik schon seit Jahren einen Beitrag zur Volksgesundheit leistete.

All das teilte ich den Beiräten mit. Aber sie hatten recht, warum sollte man das nicht publik machen? Und so versprach ich ihnen eine nochmalige Überprüfung und möglicherweise ein Fleisch- und Milchzertifikat.

Wir überprüften unsere Abnahmeverträge mit den Bauern und stellten fest, dass schon seit einigen Jahren Schlachtrinder nur von Betrieben aufgekauft wurden, deren Bestände als amtlich tuberkulose- und brucellosefrei anerkannt waren.

Also stellten wir überall an unseren Fleischtheken Schilder mit dem Hinweis auf: „Hier kaufen sie Rindfleisch aus deutschen Landen, das aus tuberkulose- und brucellosefreien Beständen stammt!"

Ähnlich verfuhren wir bei den Molkereiprodukten. Es ging wieder aufwärts bei Wiebensohn. Wir waren nicht mehr bloß der Amboss, sondern auch wieder Hammer!

Unsere Expedition kam aus Frankfurt zurück und brachte zwei Nachrichten mit, eine gute und eine schlechte. Die schlechte zuerst: Mit der Primus-Agria war über unsere Ideen keine Einigung zu erzielen gewesen. Ein Verbraucherbeirat, so Primus-Agria, passe nicht in ihr Firmenkonzept. Und nur deutsche Produkte in ihren Märkten anbieten, dafür konnten sie sich schon gar nicht begeistern. Das sei für eine so große Firma nicht machbar und mit einem zu großen Risiko behaftet.

Was hatten wir denn gedacht? Dass ein Konzern, der sich zum überwiegenden Teil in amerikanischer Hand befindet, vorrangig die Produkte der deutschen Landwirtschaft vertreibt? Nein, so naiv waren wir denn doch nicht!

Im Grunde war es schon so verlaufen, wie wir vermutet hatten. Und weil Primus-Agria unseren Besuch bei sich so deutete, als wollten wir nur einen besseren Preis heraushandeln, legten sie noch zehn Millionen drauf.

Also so schlecht war dieses Ergebnis, das unsere jungen Leute aus Frankfurt mitbrachten, denn doch nicht. Das heißt: Wenn wir verkaufen wollten. Aber das wollten wir ja gerade nicht. Und so schrieb ich einen Brief nach Frankfurt und bat um Bedenkzeit, wir müssten erst die nächste ordentliche Hauptversammlung abwarten. Danach würden wir ihnen unsere Entscheidung mitteilen. Wie gesagt, um die Primus-Agria von weiteren Schlägen unter die Gürtellinie abzuhalten, setzten wir auf Hinhaltetaktik.

Die gute Nachricht war privater Natur: Unsere Tochter Viktoria hatte sich mit Dieter Mummeltey verlobt.

Da sieht man mal, wie wenig ich in letzter Zeit dazu gekommen war, mich um meine Familie zu kümmern. Ich hatte keine Ahnung gehabt, dass sich da zwischen Vicki und Mummeltey 'was anbahnte. Aber Vicki war schließlich im besten heiratsfähigen Alter und ihr Auserwählter ein cleverer Junge, auf den ich als Mitarbeiter große Stücke hielt und der mir auch sonst sympathisch war.

Also meinetwegen!

Gesine hatte auch nichts dagegen, Schwiegermutter zu werden, wenn ihre geliebte Tochter nur glücklich würde. Und sie fing auch gleich mit Pläneschmieden an. Vor allem sollte die Verlobung ganz groß gefeiert werden. Nach all den Querelen und enttäuschten Hoffnungen mit den Desertanten und unserer zeitweiligen Trennung kam ihr ein schönes großes Familienfest gerade recht, um ihr noch immer etwas lädiertes Selbstbewusstsein wieder aufzumöbeln.

Die drei Frauen bei uns im Hause, Gesine, Viktoria und Antje Voß bereiteten das Fest vor und luden alle Verwandten, Freunde und Kollegen des Brautpaares ein. Ich selbst behielt mir nur vor, Ignaz Stöltenhuber einzuladen, wogegen auch Gesine und die Verlobten nichts einzuwenden hatten.

Der alleinstehende Stöltenhuber kam herzlich gerne und blieb eine ganze Woche. Er wohnte natürlich wieder bei uns auf dem Hofe in Oldenhusen.

Das Fest selbst lief mit einem grandiosen Essen ab, wobei Antje Voß wieder einmal mehr mit ihren Kochkünsten glänzte. Danach war für die jungen Leute ein kleiner Hausball arrangiert, während wir Älteren uns in Gesines geräumigem Musikzimmer zusammenfanden.

Ich spielte mit Emil Hennemann, Ignaz Stöltenhuber, Doktor Reinhard und Fritz Fietkau Doppelkopf. Während einer Spielpause nutzte ich die Gelegenheit, das Gespräch auf die Kaufabsichten des Primus-Agria-Konzerns zu lenken: „Das Angebot ist gut, besonders nachden unsere Leute in Frankfurt waren. Andererseits wird von unserer Idee nichts übrig bleiben, mit Wiebensohn wird auch das Wiebensohn-Konzept von der Bildfläche verschwinden."

Sofort hakte Emil Hennemann ein: „Und dafür haben wir nicht all die Jahre geschuftet! Wir wollten etwas ganz besonderes auf die Beine stellen, was uns ja auch gelungen ist. Das Ergebnis unserer Arbeit wäre beinahe in die Brüche gegangen, damals während der Pressekampagne mit der Baal-Lüge. Das haben wir mit Ach und Krach und mit Hilfe von Ignaz Stöltenhuber durchgestanden, und nun geht es wieder aufwärts. Ich sehe keinen Grund, jetzt Wiebensohn zu verkaufen."

„Man darf nicht vergessen", warf Dr. Reinhard in die Debatte, „dass Wiebensohn eine Art des Absatzes der landwirtschaftlichen Produkte gefunden hat, die weitgehend frei und unbeeindruckt von der Politik und politischen Entscheidungen abläuft. Wir nehmen den Bauern ihre Produkte ab und vermarkten sie bestmöglich, ohne dass hier Zölle, Abschöpfungen, Devisenkurse, Orientierungs- und Interventionspreise hineinwirken. Alles spielt sich im eigenen Land ab und orientiert sich daran, was der Markt hergibt."

„Ja das finde ich ganz einmalig", gab Ignaz Stöltenhuber seine Meinung kund, „dieses Konzept hat mich schon immer an Wiebensohn fasziniert. Den Bauern, die über Wiebensohn vermarkten, kann doch nie passieren, was zum Beispiel den amerikanischen Weizenfarmern passierte, als Jimmy Carter das Getreideembargo über die Sowjetunion verhängte. Noch Mitte der siebziger Jahre hatte die amerikanische Regierung die Weizenfarmer wissen lassen: Ihr könnt gar nicht so viel Weizen anbauen, wie wir in der Welt verkaufen können! Dieser Aufruf trieb die Farmer dazu, den Anbau mit hohen Investitionen und mit hoher Kreditaufnahme auszuweiten. Daran kranken die heute noch, nachdem Jimmy Carter nach Einmarsch der Sowjets in Afghanistan alle Getreidelieferungen an die Sowjetunion stoppte."

„Wenn ich als dein ältester Mitarbeiter auch mal meine Meinung sagen darf", nahm Fritz Fietkau das Wort, „ich meine, du hast auch eine Verantwortung der jungen Generation gegenüber. Was du aufgebaut hast, mein lieber Hannes, das erkennen wir ja alle als etwas ganz Großartiges an. Wenn du nun aber die Firma verkaufst, hat keiner von den jungen Leuten die Möglichkeit, weiter darauf aufzubauen. Das sage ich an dem Tage, an dem wir die Verlobung deiner Tochter mit einem deiner jungen Mitarbeiter feiern.

Denke bitte daran und handle danach!“

Nun hatten alle ihre Meinung gesagt und ich konnte zusammenfassen: „Also ihr seid alle der Meinung, nicht verkaufen, sondern weiter machen!“

Ein Blick in die Runde genügte mir, um zu wissen, dass es so war: „Gut, also machen wir weiter! Im Grunde habe ich auch nie etwas anderes vorgehabt, aber ich wollte doch einmal eure Meinung hören.“

Aber eine Hürde hatten wir noch zu nehmen: William Cornfeld machte seine Drohung wahr und verklagte mich auf Schadensersatz.

Noch während sich das Verfahren beim Gericht in der Vorbereitungsphase befand, gelang uns ein weiterer Schlag gegen unsere Gegner: Wir konnten den Verräter bei uns im Hause ausfindig machen und hatten damit einen weiteren Beweis, dass der Primus-Agria-Multi hinter den Machenschaften gegen Wiebensohn stand.

Die Laus im Pelz hieß Thomas Schein und war ein Mitarbeiter unseres Geschäftsführers Emil Hennemann. Ein Mann aus dem dritten Glied zwar, der aber Zugang zu allen wichtigen Vorgängen hatte oder sich beschaffen konnte. Zumal er schon fast fünf Jahre bei uns arbeitete und einen Überblick über alle bedeutenden Abläufe hatte. Und außerdem machte er auch bei der privaten Clique der jungen Leute aus unserem Büro mit, zu der auch unsere Viktoria, Dieter Mummeltey und Hjalmar Beck gehörten. So kam er auch an Informationen aus dem privaten Bereich der Familie Wiebensohn heran, wie das Desertanten-Abenteuer von Gesine.

Wir kamen ihm auf die Schliche durch die Aufmerksamkeit von Emil Hennemann selbst. Der hatte am Abend einen wichtigen Vorgang im Stahlschrank verschlossen, und als er ihn am nächsten Morgen wieder hervorholte, war er zwar im Safe, aber in einem ganz anderen Fach. Emil hatte schon immer ein gutes Gedächtnis für solche Details, und es war für ihn klar, dass zwischen Abend und Morgen jemand in die Akte Einsicht genommen, möglicherweise Kopien angefertigt hatte.

Wer konnte das gewesen sein?

Außer Emil Hennemann selbst, seiner Sekretärin und mir, kamen eigentlich nur noch Viktoria und Thomas Schein in Frage. Nachdem Emil mich und Viktoria befragt hatte und wir beide in besagter Nacht nicht mehr am Schrank gewesen waren, blieben nur noch Emils Sekretärin und Schein übrig. Emil hatte zu beiden Vertrauen, aber einer von ihnen musste es gewesen sein.

Wir schalteten wieder die Detektei Erfle ein, und die bekam heraus, dass Thomas Schein sich hin und wieder mit Klickerton-Detektiven traf, dabei Material übergab und offensichtlich dafür bezahlt wurde. Außerdem konnten sie nun endlich auch ermitteln, dass die Klickerton-Detektei für Primus-Agria arbeitete.

Zu guter Letzt legten sich zwei von Georg Erfles Mitarbeitern mehrere Nächte lang auf die Lauer, und es gelang ihnen auch tatsächlich, Thomas Schein auf frischer Tat zu ertappen. Er hatte sich vom Stahlschrank einen Nachschlüssel besorgt, wobei ihm die Klickertons behilflich waren, wie er nachher zugab. Die Zahlenkombination des Tresors hatte er einem Zettel entnommen, den Emil Hennemann in seiner Schreibtischschublade aufbewahrte.

Die Detektive riefen mich sofort an, und ich fuhr auf die Stelle ins Büro. Emil Hennemann kam kurz nach mir an, und nun knöpften wir uns unseren Mitarbeiter Schein, dieses verräterische Luder vor. Er hatte sich wieder ein wichtiges Dokument aus dem Schrank geholt, und das lag nun als Corpus delicti auf dem Schreibtisch, um den herum die Anwesenden teils standen oder saßen. Die Szene war filmreif!

Es war kurz nach Mitternacht, der Raum wurde nur durch eine Schreibtischlampe erhellt, so dass der Hintergrund des ziemlich geräumigen Büros im Dunkeln blieb.

Ich saß auf Emil Hennemanns Bürosessel, mir gegenüber der Verräter, hinter ihm standen die beiden Detektive, neben mir Emil.

„Ihnen haben wir also die ganzen Scherereien der letzten Monate zu verdanken", eröffnete ich das Gespräch.

Er leugnete nicht, war aber zuerst nicht sehr gesprächsbereit, zuckte nur mit den Schultern.

Emil Hennemann nahm das Wort und fuhr ihn in scharfem Ton an: „Und Ihnen habe ich nun vertraut, wie man sich in Menschen doch täuschen kann!

Aber kommen wir zur Sache: Was Sie gemacht haben, ist reine Industriespionage, und Sie haben Wiebensohn dabei um Millionen geschädigt. Sie werden uns den Schaden nicht ersetzen können, denn soviel Geld haben Sie gar nicht. Trotzdem werden wir Anzeige erstatten und Schadenersatz fordern. Das heißt, Sie werden das ergaunerte Geld wieder los, verschwinden für lange Zeit im Kittchen und werden nie wieder eine gute Stellung bekommen. Nicht eben rosige Aussichten!"

„Ich werde schon bei Primus-Agria unterkommen", fuhr es aus meinem Gegenüber heraus, dann schwieg er wieder abrupt.

„Aha, das sind also Ihre Auftraggeber", stellte ich fest.

Er biss sich auf die Lippen und meinte dann unsicher: „Das habe ich nicht gesagt, aber die brauchen immer Leute vom Fach."

„Die werden sich hüten, einen ertappten Verräter einzustellen", folgerte ich sachlich. „Damit geben die doch zu, etwas mit der Angelegenheit zu tun zu haben! So dumm sind die nun wirklich nicht. Für die Primus-Agria waren Sie nur interessant, so lange Sie als Spion nicht aufgeflogen waren, das ist nun vorbei.

Aber ich bin bereit, Ihnen eine letzte Chance zu geben. Sie können bei uns bleiben, allerdings nicht hier in der Hauptverwaltung, wenn Sie mit uns zusammen arbeiten. Das heißt, vor Gericht die Wahrheit sagen und auspacken. So dass wir nachweisen können, dass alle Schäden, die Wiebensohn erlitten hat, von der Konkurrenzfirma Primus-Agria ausgegangen sind."

Emil Hennemann hakte nach: „Ganz klar, entweder Anzeige und Gefängnis oder voll auf unserer Seite gegen die anderen. Und bis auf weiteres arbeiten Sie in unserem Supermarkt in der Süderstraße."

„Das muss ich mir erst noch einmal überlegen", versuchte Schein uns hinzuhalten.

„Nein", blaffte ich ihn an, „Sie entscheiden sich hier und sofort, und geben uns das schriftlich!"

Was sollte er machen, er hatte wirklich keine Wahl.

So gingen wir guten Mutes in die Gerichtsverhandlung. Die Klage stützte sich im Wesentlichen auf die Paragraphen 93 und 117 des Aktiengesetzes, wonach einmal Vorstand und Geschäftsführung

Sorgfalt und Verantwortlichkeit gegenüber der Gesellschaft zur Pflicht gemacht werden und zum anderen eine Schadensersatzpflicht des Vorstandes gegenüber der Gesellschaft und den Aktionären besteht, wenn diese Sorgfaltspflicht verletzt wird.

Das sah Cornfeld als gegeben an und forderte von mir persönlich als Vorstandsvorsitzenden Schadensersatz in Millionenhöhe.

Er war sich seiner Sache sehr sicher und trat ziemlich großspurig dabei auf. Außerdem hatte er eine Reihe von Anwälten aufgeboten, die mein „Vergehen" in den düstersten Farben schilderten.

Aber wir waren auch nicht ohne juristischen Beistand in die Schlacht gezogen. Außer unserem Syndikus Hjalmar Beck hatten wir seinen ehemaligen Lehrer Professor Reimers als Beistand gewinnen können.

Als wir dann am Zuge waren, legten wir unsere Karten auf den Tisch, und das waren durchweg Asse.

Unsere beiden Zeugen sagten zu unseren Gunsten aus, und dann kündigten wir eine Gegenklage an. Wir würden in einem weiteren Prozess die Schäden, die wir durch die unlauteren Machenschaften der Primus-Agria erlitten hatten, auf Heller und Pfennig einfordern.

Die Gegenseite war völlig überrumpelt. Am meisten freute ich mich über das dämliche Gesicht, das dieser William Cornfeld dabei machte. Als wir seine unlauteren Machenschaften und damit die Absicht der Primus-Agria, einen Mitanbieter auszuschalten und überzuschnappen, Zug um Zug enttarnten und nachwiesen, brach sein Lügengebäude von einem Augenblick auf den anderen zusammen!

Seine Anwälte beantragten Vertagung; offensichtlich waren sie auch mit ihrem Latein am Ende. Die Vertagung wurde ihnen zwar gewährt, nützte ihnen aber auch nicht viel. Als es vier Wochen später zu einem letzten Termin kam, wurde die Klage des William Cornfeld abgeschmettert. Beide Seiten nahmen das Urteil an, wir hatten endlich die Schlacht gewonnen.

Aber der Krieg ging weiter!

Nun erhoben wir von Wiebensohn eine Schadensersatzklage gegen Primus-Agria in Höhe von sechzig Millionen Mark. Damit würden die Gerichte noch lange zu tun haben, aber das ist wieder eine andere Geschichte.

Und jetzt gingen wir mit unserem Sieg an die Öffentlichkeit!

Daniel Peters, Hjalmar Beck und Dieter Mummeltey arbeiteten einen umfassenden Bericht aus, den wir den wichtigsten Zeitungen, Presseagenturen, Funk und Fernsehen mit der Bitte um Veröffentlichung zuschickten. Auch legten wir in allen unseren Märkten diesen Bericht als Handzettel zum Mitnehmen aus.

Dabei wurden offen und schonungslos Ross und Reiter genannt. Verdammich, endlich konnten wir die Gegner über den Tisch ziehen, und das taten wir nicht zu knapp und mit Vergnügen. Die Presse stürzte sich begierig auf das Thema; plötzlich war Wiebensohn in aller Munde.

Alle möglichen Fragen tauchten auf, laufend waren irgendwelche Journalisten bei uns und wollten Interviews. Unsere Abteilung für Öffentlichkeitsarbeit leistete Schwerstarbeit. Aber nicht alle Medienvertreter wollten nur unsere Werbeleute sprechen, hin und wieder wünschte auch jemand ein Gespräch mit dem Chef persönlich.

So hatte sich wieder einmal ein Redakteur einer großen Wochenzeitung angesagt, und ich hatte ihn nach Oldenhusen eingeladen. Ich legte großen Wert darauf, dass das Interview hier stattfand, machte doch das Ambiente des Wiebensohn-Hofes immer großen Eindruck auf Städter überhaupt und auf Presseleute besonders.

Nach einem Rundgang über den Hof und durch die Stallungen machten wir es uns bei Kaffee und Kuchen in unserem Wohnzimmer bequem, und dann gesellte sich auch Gesine zu uns. Sie wollte unbedingt dabei sein und hatte gemeint, dass ich es nicht allein ausbaden solle, wenn die Sprache auf die Desertanten und unsere zeitweilige Trennung kam. Aber der Journalist, übrigens ein bundesweit bekannter Reporter – die Zeitung hatte ihren besten Mann geschickt –, mied diese Themen geflissentlich. Er schien ein großer Verehrer von Gesine und ihrer Kunst zu sein und machte den Eindruck eines kleinen Jungen, der den Weihnachtsmann persönlich kennenlernt.

Dass Gesine neben mir saß und wir uns hin und wieder zulachten, schien ihm Beweis genug, dass bei den Wiebensohns privat alles im Lot war. Und etwas in der Art schrieb er dann auch in seinem

Artikel, der überhaupt sehr fair und zu unseren Gunsten ausfiel. Die öffentliche Stimmung in Sachen Wiebensohn hatte sich seit den Tagen der Pressekampagne mit der Baal-Lüge grundlegend gewandelt. Er nannte Gesine und mich eines der sympathischsten Paare, dem er je begegnet sei und meinte, dass wir das Mitgefühl der Öffentlichkeit in hohem Maße verdient hätten.

Nachdem der Redakteur uns verlassen hatte, machten Gesine und ich einen längeren Spaziergang den Feldweg entlang bis zur Pferdeweide. Hier weideten zwar keine Pferde mehr, aber der Name war geblieben.

Am Gatter blieben wir stehen. Hier war die Stelle, wo wir uns in den Armen hielten, als Gesine das erste Mal auf unserem Hof zu Besuch war.

„Hier haben wir uns geküßt", erinnerte sich Gesine, „und während du mich im Arm hieltest, hat uns die Stute beschnuppert, wie hieß sie noch?"

„Sie hieß Pauline und wollte ein Stück Brot von uns. Aber Brot hatten wir nicht mehr, statt dessen war die Zeit der Liebe. Pauline gibt es schon lange nicht mehr, aber lieben werde ich dich, so lange ich lebe!"

„Ich liebe dich auch, mein Hannes. Mir tut nur leid, dass ich dir so viel Kummer gemacht habe. Ich bin nun mal eine dumme Gans." Während Gesine dies sagte, schimmerten ihre Augen feucht, und sie sah wieder so hinreißend aus, wie damals vor so langen Jahren.

Ich musste sie einfach in den Arm nehmen und wieder besiegelte ein langer Kuss unsere Liebe!

Dann gingen wir Hand in Hand zum Hof zurück. Es war kurz vor der Ernte, das reife Korn auf den Feldern leuchtete golden im Sonnenschein.